元代咏物诗研究

徐国荣 著

·郑州·

图书在版编目(CIP)数据

元代咏物诗研究/徐国荣著.—郑州:河南大学出版社,2020.4
ISBN 978-7-5649-4200-7

Ⅰ.①元… Ⅱ.①徐… Ⅲ.①咏物诗-诗歌研究-中国-元代 Ⅳ.①I207.22

中国版本图书馆 CIP 数据核字(2020)第 050026 号

责任编辑	郑 鑫 阎现章
责任校对	林方丽
封面设计	马 龙

出版发行	河南大学出版社
	地址:郑州市郑东新区商务外环中华大厦 2401 号
	邮编:450046
	电话:0371-86059750(高等教育出版分社)
	0371-86059701(营销部)
	网址:hupress.henu.edu.cn
排　　版	河南大学出版社设计排版部
印　　刷	北京虎彩文化传播有限公司
版　　次	2020 年 5 月第 1 版
印　　次	2020 年 5 月第 1 次印刷
开　　本	787mm×1092mm　1/16
印　　张	10.25
字　　数	162 千字
定　　价	38.00 元

(本书如有印装质量问题,请与河南大学出版社营销部联系调换)

序

咏物作为一种诗歌题材,有其特有的表现手段、审美效果和价值理念。在元代,创作咏物诗成为一种社会风气,不仅在数量上,在诗人创作群体规模上也呈现出社会化与规模化的趋势。这一时期甚至还出现了像谢宗可这样以咏物诗传世的诗人。

元代是我国历史上一个具有十分鲜明的时代特质的历史时期。作为中国历史上第一个由汉族以外的民族建立的大一统国家,它的疆域极其辽阔,民族成分复杂,宗教众多,商贸发达。这一时期的咏物诗中出现了不少新的题材,如马奶酒、拂郎马、大食瓶、东倭扇等。元朝的建立,结束了南北长期割裂的局面,北人南下和南人北上成为时代潮流。反映在咏物诗中,则集中体现为对南方尤其是江南一带风物的展示与北地尤其是上都地区的风物展示,如北人多咏南方花木与食材、器具,南人则多关注北地的动物与饮食,如海东青、黄羊、黄鼠、沙菌、牛酥、乳饼等物。

在元代文人尤其是元末江南地区的文人咏物诗中,常常可见隐逸思想,究其原因,则与元代的社会文化背景有着密切的关系。元代统治者受草原文明影响,对文人普遍比较轻视,文人的社会地位急剧下降。有元一朝,科举时断时续,广大文人失去了进阶谋生的出路,为了生存,他们中的大多数人不得不另寻出路,散入社会各行各业,成为社会底层人员。另一方面,则在于元廷对文人始终存在着不信任与猜忌。元末社会动乱,战火频仍,诸多因素,都导致了元代文人诗中隐逸主题的出现。元代的市民文化活跃,在元人的咏物诗中又常常浸透着世俗情味。

在元代,同题集咏活动十分风行,文人通过这种方式广结同好,诗歌竞技,咏物便是其中最常见的一种集咏题材。元代亦是题画诗大兴的时期,其中亦存在着大量的咏物诗,如咏画马、画竹、画梅、画兰等等,题画诗中大量存在的咏物诗亦是元代咏物诗的一大组成。

元代初期,遗民诗人尤其是南宋遗民诗人群体的咏物诗创作,具有突出的群体特色,故国沦丧之悲、坚贞自守之志成为其咏物诗歌的主题。与之相对比的则是金遗民诗人群体在咏物诗中表现出来的淡泊偷闲主题,不同的亡国经历造就了宋金遗民诗人在咏物诗创作中主题的差异。元初北方文人刘因、郝经是具有强烈个人色彩的诗人,刘因作为理学大儒,其诗中流露出强烈的用世思想与甘于淡泊隐居的双重取向。郝经南渡被困仪真馆之后,创作了大量的咏物诗,其中包含着诗人的北归之思与全节之志,在元初咏物诗人中具有强烈的个人色彩。

元代中期,元诗四大家成为最具有代表性的诗人,他们提倡尊唐复古,诗歌风格多学唐,四人皆为入仕文人,作品中多题画咏物诗类,语言清新典雅,颇有盛世风气。四人之中,虞集、揭傒斯两人最受君恩,其主题亦以应制酬唱为主。杨载咏物诗具有气势惊人的特征,其用世思想表达之强烈也为四人之最,范梈的诗中则表现出了用世与隐逸的双重主题。

谢宗可为元代晚期诗人,有《咏物诗》一卷传世,其诗集中涵盖了元代江南地区流行的大量集咏咏物诗题,颇能反映元末江南隐逸文人咏物诗创作的特色。

咏物诗历来常被诗人视为诗歌之余事,咏物诗的诗歌特征决定了它偏于摹写、少兴寄的一面,然而也是它的这一特征让它能够栩栩如生的描画诗人日常,记录诗人的生活情味。通过咏物诗,我们亦能观察体味到元代社会的世态百味,触摸元代文人们的细微情感流动,以一小物而窥见大千世界。

目 录

第一章　绪论 ………………………………………………（1）
　　一、课题研究的目的与意义 ……………………………（1）
　　二、目前国内外研究概况 ………………………………（2）

第二章　咏物诗概念界定 …………………………………（7）
　　一、古人对咏物诗的认识 ………………………………（7）
　　二、当代学者对咏物诗概念的判定 ……………………（11）
　　三、元代咏物诗概念之我见 ……………………………（15）

第三章　元代咏物诗的专集与题材 ………………………（19）
　　一、咏物诗集情况概述 …………………………………（19）
　　二、元代咏物诗的题材 …………………………………（28）
　　三、咏马诗与咏雁诗 ……………………………………（39）

第四章　元代咏物诗的艺术特征 …………………………（56）
　　一、元代文人的审美特征 ………………………………（56）
　　二、元代咏物诗的形式特征 ……………………………（63）
　　三、元代咏物诗、词、散曲比较 ………………………（77）

第五章　元代咏物诗代表诗人及作品研究 ………………（84）
　　一、元初遗民诗人与刘因、郝经 ………………………（84）

· 1 ·

二、元中期元诗四大家咏物诗 …………………………… (109)
三、元末谢宗可咏物诗 ………………………………………… (121)

余论 ……………………………………………………………… (146)
参考文献 ……………………………………………………… (150)

第一章 绪　　论

一、课题研究的目的与意义

元代是中国历史上第一个非汉族统治的统一王朝,在蒙古人的统治下,空前辽阔的疆域与有别于历代王朝的统治政策催生了不一样的社会生态,诗歌作为文人生活中不可或缺的一部分,忠实地反映着社会生态的变化对文人们思想、生活的影响。在元代,咏物诗是诗歌创作中的重要组成部分。咏物诗并非在元代才开始兴盛,它经历了先秦时期的滥觞,两汉时期的缓慢发展,南北朝时期的勃兴与体制的确立,唐代的鼎盛,宋代的新变,发展到元代时已经成为一种非常成熟并且被广泛认可的诗歌类型。咏物诗在元代的空前盛行和广受重视有目共睹,不仅数量众多,而且规模宏大,出现了大量的同题集咏之作,多有组诗形式。元代还出现了谢宗可这样以咏物诗传世的诗人,后人亦有效仿。

元代咏物诗的盛行,不仅是咏物诗这种诗歌样式发展成熟和受前人影响的结果,它与元代文人的生存状况也有着密切的关系。与社会地位比较优越的宋代文人完全不同,元代文人的生存处境比较艰难。元代统治者实行四等人制度,等级从高到低依次为蒙古人、色目人、汉人、南人,加上元代统治者轻视文化,并不信任重用汉人,元代一朝科举时兴时废,形同虚设。汉族文人进仕无路,只能转向民间,元代诗社和书会大量涌现,同题集咏盛行,这为文人们宣泄情绪,展示自身才华,比试才力提供了途径。远离官场,独特的生存处境也使得他们将生活的重心转移到身边日常中来,咏物诗是他们诗歌创作中很好的一种选择。总体来看,元代咏物诗寄托较少,文人更看重诗歌的技巧,而咏物诗的题材范围更是深入生活中的方方面面,包罗万千,呈现出新的特质。

元代咏物诗在继承历代咏物诗创作传统的同时发生了许多变化，这与元代独特的社会背景和文化生态有着紧密的联系。在元代，诗人们的身份比较复杂，就政治背景来看，既有金遗民，又有宋遗民。同样是汉族，因为所处地域不同，原属金国统治与原属南宋统治的人民，被划分为两个差距明显的等级——汉人和南人。就种族来看，元代民族和种族的组成是中国历史上最丰富的，元代的疆域空前辽阔，从东南沿海到西亚地中海，皆是元的领土，有着数十个欧亚种族，涵盖了蒙古人、色目人、汉人、南人四个阶层。不同地域、政治、文化背景的人们之间的交流与往来，形成了元代独特的社会背景，进而形成了咏物诗创作的新特色。

　　本书选择元代咏物诗研究作为题目是因为：咏物诗作为一种诗歌题材，有其独特的价值与意义，发现这种诗歌题材的独特之处，正是本书研究的价值所在。本书立足于咏物诗这一专题，对元代咏物诗进行断代研究，以期发现这一诗歌类型在元代的发展状况及其对前人文学传统的继承和创新，并从中窥见元代不同文人群体的生存状况和元代整个社会的文化生态。

二、目前国内外研究概况

　　1. 咏物诗探源及文化学的阐释。育松《咏物诗的兴盛及其价值》、麻守中《试论古代咏物诗》都对咏物诗的起源与发展过程进行了梳理，前者以文学自身发展规律、人们审美活动的角度出发，对咏物诗繁衍兴盛的原因进行探究，后者重点探讨了诗人与物的关系、咏物诗的艺术特点等问题。赵红菊《古代咏物诗探源》把隐语看做是咏物诗在非文学领域里的起源，把《诗经》看做是咏物诗在文学领域里的萌芽。杨凤琴《试论咏物诗的起源》认为探究咏物诗产生的根源，首先要从自然物象入诗谈起。邹颠《咏物诗的发生及其原品格》多引用西方理论，从人类学、社会学角度阐释咏物诗的产生，角度和方法比较新颖。于志鹏《〈诗经〉与咏物诗起源探析》认为《诗经》中虽然还没有真正意义上的咏物诗，但它在描摹物态、借物喻人、托物起兴等方面对后世咏物诗产生了重要的影响,因此《诗经》在咏物诗的流变发展过程中的导源作用不可忽视。

2. 理论研究。陈一舟《中国古代的咏物诗理论》比较系统地总结和探讨了中国古代咏物诗的发展过程及其相关的理论阐述。于志鹏、成曙霞《〈文心雕龙〉与咏物诗关系略论》从咏物诗产生的心理基础、唐前咏物诗发展的各个历史阶段的评价、咏物诗的审美意味方面对咏物诗进行评论,从而体现出《文心雕龙》与咏物诗之间的紧密联系。高淑平《〈艺文类聚〉与南朝咏物诗的关系》阐述了《艺文类聚》对咏物题材文献汇编的模式产生的重要影响,并通过《艺文类聚》这一工具书性质的媒介阐述了南朝咏物诗作为可被效仿的创作范式与可被征引的文辞来源,对初唐宫廷咏物诗的创作产生的重要影响。赵红菊《"体物"诗学观与南朝咏物诗的兴盛》认为"缘情而绮靡"的诗学观为南朝咏物诗的大量出现提供了理论前提和基础。此外还有詹福瑞的《中国古代咏物诗说的理论探索》。林淑贞《中国咏物诗托物言志析论》一书以咏物诗托物言志的艺术特征为切入点,进而从理论基础、物类取象、取义关系、审美价值等方面进行论述,形成比较完整的系统,对研究咏物诗有借鉴意义。

3. 分期研究。咏物诗的分期研究主要集中在南朝时期。比较重要的文章是台湾学者洪顺隆的《六朝咏物诗研究》,此文为其著述《六朝诗论》中的单列章节。洪顺隆先生在文中总结了咏物诗的概念,这对当代学者判定咏物诗的概念有重要参考价值。《六朝咏物诗研究》一文对咏物诗起源与兴盛原因进行了归纳整理,并对六朝咏物诗的题材内容、表现方式进行归纳分类,为今人研究咏物诗提供了借鉴思路。阎采平《齐梁诗歌研究》从诗歌内在发展规律与外部环境影响相结合的角度出发,对齐梁咏物诗的兴盛原因进行了分析。齐梁专题研究还有尹荣方《略论齐梁咏物诗》、林大志《论咏物诗在齐梁间的演进》、梁陈专题研究有樊荣《梁陈咏物诗试论》等。王钟陵《中国中古诗歌史》一书中对南朝咏物诗的基本特征进行了点评。他认为南齐永明诗人和梁陈宫体诗人的咏物诗标格过于卑弱,持明显贬低的态度。王钟陵的这一观点有其切合齐梁咏物诗发展特征的一面,但其对齐梁咏物诗的贬斥态度也有其过于武断的一面,他重点从诗歌兴寄方面出发来评价诗歌成就,忽视了齐梁咏物诗在诗歌语言技巧上的贡献。

高淑平《中古咏物诗研究》以两汉至南北朝时期的咏物诗为研究对象，从心物关系、形神关系、语言批评、咏物形式、创作题材五个角度出发，对中古咏物诗展开论述。并从咏物诗与山水诗、宫体诗的联系，南朝咏物诗与《艺文类聚》的联系两个方面，考察了咏物诗的诗体形成、《艺文类聚》对南朝咏物诗的保存作用等。

赵红菊《南朝咏物诗研究》，从南朝咏物诗兴盛原因、诗歌分期分类、时期艺术特征及诗学意义方面进行论述，是南朝咏物诗研究中的重要艺术成果。

徐盛《魏晋至盛唐咏物诗研究》集中考察了先秦至盛唐咏物诗的产生、发展、特点及表现方法的流变，从各种与咏物有关的诗类里找出咏物诗萌芽和形成的线索，对"咏物"概念作出大致的界定，然后讨论咏物诗的特征和发展轨迹。阐述先秦已产生的吟咏事物的三种表现方法——赋、比、兴，经过漫长的时期各自发展，到盛唐时期融为一体的过程。

杨凤琴《唐代咏物诗研究》将咏物诗兴盛的原因与时代背景相结合，从政治、经济、社会风尚、意识形态、哲学传统等方面加以探讨，对唐代咏物诗的文学意蕴、文人精神做出了充分的阐释，此文是唐代咏物诗研究的重要成果。

林启兴《论唐代咏物诗》按照五分法将唐代咏物诗划分为初、盛、中、晚、末五个时期，以具有代表性的诗人及其作品进行个案研究，以此获得对唐代咏物诗不同分期的诗歌特色的直观认识。

胡大浚、兰甲云《唐代咏物诗发展之历史轮廓与轨迹》将唐代咏物诗分为初、盛、中、晚四期，结合重要作家的创作特征，分析唐代咏物诗不同分期的创作倾向、艺术风格。但该文对咏物诗的内涵界定较宽，存在选诗泛滥的问题。

于志鹏的《宋前咏物诗发展史》以宋前咏物诗发展史为研究对象，试图梳理出宋前咏物诗的发展脉络，以及不同时期咏物诗的创作特征。刘利侠《清初咏物诗研究》以清初咏物诗创作为研究对象，前编对清初咏物诗的艺术成就、诗学研究、清初遗民诗人的咏物诗思想进行探究，后编重点采用诗人个案研究的方法，选取了代表诗人进行具体研究。

是清初咏物诗研究的重要学术成果。

4. 具体咏物意象研究。台湾萧翠霞的硕士论文《南宋四大家咏花诗研究》和石韶华的硕士论文《宋代咏茶诗研究》,两篇皆已出版。此外还有石志鸟的博士学位论文《中国古代文学杨柳题材与意象研究》,陈圣萌的硕士论文《唐人咏花诗研究》等。

5. 专人咏物诗研究。专人咏物诗研究主要围绕着南朝诗人沈约、谢朓,唐代诗人杜甫和李商隐展开。其他专人咏物诗研究亦存在不少,其范围还是主要集中于南朝和唐朝诗人上,总体来看数量少且质量一般。魏耕原《谢朓咏物诗论》(《谢朓诗论》第十一章)是近年来专人咏物诗中有创见性的文章,可供借鉴。

6. 诗体研究。王玫《论六朝咏物诗、宫体诗、山水诗的联系》、归青《体物潮流对宫体诗形成的影响》,前者从诗歌流变的角度出发,认为六朝咏物诗和宫体诗脱胎于山水诗,引起人们的重视,其是否正确尚值得商榷。后者从纵、横两个角度进行分析,认为宫体诗是咏物诗的延伸与变种,两者之间存在源流关系。

7. 与元代咏物诗相关的元代诗歌研究。

目前已有的与元代咏物诗研究有关的文章有刘利侠《论宋遗民咏物诗的悲剧情怀》、李秋花《元代文人的心态写照——元散曲咏物诗之析》。刘利侠《论宋遗民咏物诗的悲剧情怀》对元初宋遗民诗人的咏物诗创作的悲剧特色进行了归类。李秋花《元代文人的心态写照——元散曲咏物诗之析》从人生哲理与处世态度、百业世态与世风人情、动植物具象、文化娱乐、女性体肤衣饰五个方面分析了元代散曲中的咏物诗创作。李正春《从〈元诗选〉看元代组诗的创作》虽然不是针对咏物诗进行的研究,但其对元代盛行的组诗形式进行的研究有助于了解元代咏物诗的形式特征。

杨镰《元诗史》第四卷第十章对元代的同题集咏作了专题介绍,有专门章节介绍咏物诗和咏梅诗。其中咏物诗部分主要考证元代谢宗可《咏物诗》一卷中部分诗歌的真伪,涉及对著名诗人萨都剌咏物诗的考察。

杨光辉《萨都剌生平及著作实证研究》第四章第三节对真伪难辨的

诗作进行了论述,其中论及元代诗人谢宗可《咏物诗集》与萨诗的归属问题,但因缺资料,难以考证。杨光辉在此书后文附萨都剌、谢宗可、何孟舒三人诗歌重复部分目录。

综上所述,相对其他朝代,元代诗歌较少受到研究者关注,针对诗歌类别的断代研究更为缺乏,元代咏物诗迄今未见专门的研究成果,对于今人深入认识中国诗学和元代诗歌显然是不利的。

第二章 咏物诗概念界定

咏物诗研究,首先要解决并且无法回避的是这类诗歌的界定问题。本章对咏物诗概念的断定主要从两个方面入手,一是考察古人的咏物诗学观点与咏物诗作情况,二是参考今人学者的概念界定。

一、古人对咏物诗的认识

古人论诗,大部分是从其创作方法入手,很少有比较直观的概念,他们尽管认识到了咏物诗这一诗歌类型的存在,却缺乏对其系统的概括与描述,这与古代诗论家倾向于感性的认识有关。在此情况下,清人俞琰的《咏物诗选·自序》对我们认识古人对咏物诗的看法,具有十分重要的意义。

"凡诗之作,所以言志也。志之动由于物也。感于物而动,故形于言。言不足,故发为诗。诗也者,发于志而实感于物者也。诗感于物而其体物者,不可以不工;状物者,不可以不切。于是有咏物一体,以穷物之情,尽物之态。而诗学之要,莫先于咏物矣。古之咏物,其见于经,则'灼灼'写桃华之鲜,'依依'极杨柳之貌,'杲杲'为日出之容,'凄凄'拟雨雪之状。此咏物之祖也,而其体犹未全。至六朝而始以一物命题。唐人继之,著作益工。两宋、元、明承之,篇什愈广。故咏物一体,《三百》导其源,六朝备其制,唐人擅其美,两宋、元、明延其传。其佳者,往往拟诸形容,象其物,宜不即不离,而绘声绘影。学者读之,可以恢扩性灵,发挥才调。"①

诗人观物进而感物,最后又借助感物抒发心志,咏物诗的产生便来

---

① (清)俞琰:《咏物诗选》,成都:成都古籍出版社,1984年版,第4页。

自诗人最初的感物行为。在感物行为发生以后，诗人在创作过程中对物象进行了描摹，而物象的描摹必然要求诗人对物象进行贴切形象的展示，进一步促成了咏物诗这一诗体的形成。在俞琰看来，咏物诗主要包含着两个方面的内容："穷物之情"与"尽物之态"。咏物诗的创作，一方面是为了穷尽物态，展示物象；另一方面则是抒发诗人观物感物之情，也就是所谓的托物言志。

清人李重华也有类似的观点，他在《贞一斋诗话》中称："咏物一体，就题言之，则赋也；就所以作诗言之，即兴与比也。"[①]咏物诗的写作，从题目上来看，就是为了描写物象，但就诗人而言，其创作过程中往往蕴含着自身的情感寄托。

然则赋与比兴，地位并不平等。因为就咏物诗而言，体物切物是必要的基础，托物言志则是诗人在体物切物基础上赋予咏物诗的功能之一。故俞琰在谈及咏物诗的发展时，言唐以后的咏物诗之作"往往拟诸形容"，实际上就是指唐以后的咏物诗倾向于体物状物，"穷物之情"的减少了，"尽物之态"的增多了。由此可知，咏物诗的必要条件应当是体物。诗人在创作咏物诗的过程中，可以通过物象的展示抒发情感，即托物言志，但其并非是必须的。

俞琰《自序》中还提到了一物命题的现象，并称"至六朝而始以一物命题"，对于俞琰提到的"一物命题"现象，笔者更倾向于将其理解为诗人专意咏物。

对于咏物诗在六朝以前的发展过程，《四库全书总目·咏物诗》中的说法更为详细：

"昔屈原颂橘、荀况赋蚕，咏物之作，萌芽于是，然特赋家流耳。汉武之《天马》，班固之《白雉》《宝鼎》，亦皆因事抒文，非主于刻画一物。其托物寄怀，见于诗篇者，蔡邕《咏庭前石榴》，其始见也。沿及六朝，此风渐盛。"[②]

---

① （清）李重华：《贞一斋诗话》，《清诗话》本，上海：上海古籍出版社，1978年版，第930页。

② （元）谢宗可：《咏物诗》，《文渊阁四库全书》本，1216册，第619页。

我们可以对《四库全书总目提要》中提及的汉武帝《天马》、班固《宝鼎》、蔡邕《咏庭前石榴》(又称《翠鸟诗》)进行对比,以此更好地理解这段话的意思。

"太一贡兮天马下,沾赤汗兮沫流赭。骋容与兮跇万里,今安匹兮龙为友。"①(刘彻《太一天马歌》)

"岳修贡兮川效珍,吐金景兮歊浮云。宝鼎见兮色纷缊,焕其炳兮被龙文。登祖庙兮享圣神,昭灵德兮弥亿年。"②(班固《宝鼎》)

"庭陬有若榴,绿叶含丹荣。翠鸟时来集,振翼修形容。回顾生碧色,动摇扬缥青。幸脱虞人机,得亲君子庭。驯心托君素,雌雄保百龄。"③(蔡邕《翠鸟诗》)

从诗歌的内容上来看,这三首诗歌都对咏物对象进行了描写,从其创作动机与目的来看,则不一致,其效果也不一样。刘彻《天马》、班固《宝鼎》的创作与当时的社会事件有着直接的关联。据《史记·乐书》记载,汉武帝曾作两首《天马歌》,其作诗的动机皆与西域进献天马有关。

"又尝得神马渥洼水中,复次以为《太一之歌》。歌曲曰:'太一贡兮天马下,霑赤汗兮沫流赭。骋容与兮跇万里,今安匹兮龙为友。'后伐大宛得千里马,马名蒲梢,次作以为歌。歌诗曰:'天马来兮从西极,经万里兮归有德。承灵威兮降外国,涉流沙兮四夷服。'中尉汲黯进曰:'凡王者作乐,上以承祖宗,下以化兆民。今陛下得马,诗以为歌,协于宗庙,先帝百姓岂能知其音邪?'上默然不说。丞相公孙弘曰:'黯诽谤圣制,当族。'"④

汉武帝是一位具有野心与能力的君主,其以武力之盛获得天马,整件事极大地展示了这位君主的威仪,《天马歌》的创作与其说是咏物,倒不如说是汉武帝对自身能力与强大国力的肯定与展示。汲黯劝阻汉武帝作《天马歌》,原因在于王者作乐,目的都是赞颂先祖,教化百姓,而汉武帝因得了西域进献的天马,就又配乐又作诗,来力显示自己的威望与

---

① 逯钦立辑校:《先秦汉魏晋南北朝诗》,北京:中华书局,1982年版,第95页。
② 逯钦立辑校:《先秦汉魏晋南北朝诗》,北京:中华书局,1982年版,第169页。
③ 逯钦立辑校:《先秦汉魏晋南北朝诗》,北京:中华书局,1982年版,第193页。
④ (汉)司马迁:《史记》卷二十四《乐书》,北京:中华书局,1959年版,第1178页。

政治野心,有违王者作乐的目的。有趣的是,汉武帝对汲黯的劝谏,反应是默然不悦,丞相公孙弘反而称汲黯诽谤圣制,当族。从《天马歌》的内容来看,诗人固然赞美了天马的不凡,但令人感受深刻的却非天马本身形象,而是君王的自信与豪情。

班固的《宝鼎》一诗用了很大篇幅赞美宝鼎,落脚点最终还是赞颂祖先,显示国家祥瑞,颇符合汲黯劝谏汉武帝时所说的"凡王者作乐,上以承祖宗,下以化兆民"之语。

与汉武帝、班固的创作动机截然不同的是蔡邕的《咏庭前石榴》,该诗又称《翠鸟诗》。蔡邕的写作动机源自由物及人的情感触发。蔡邕是东汉末年有名的文学家、书法家,博学多才,时名显赫,在东汉末年时局动荡的情况下,过高的名气也为他招来了祸端,献帝时董卓曾强迫他出仕为侍御史,官左中郎将。董卓被诛后,蔡邕又为王允所捕,最后死于狱中。诗人由翠鸟来集庭院,触物生情,由翠鸟在庭院求得安闲之地联想到自身处境之艰,借以表达对容身之处的渴求。《翠鸟诗》完全带入了诗人自身的境遇、情感,对于翠鸟的刻画,也融入了情感成分,如诗中描写翠鸟形态的"振翼修形容,回顾生碧色"两句,活泼生动,读之令人印象深刻。在《翠鸟诗》中,读者仍可察觉诗人的情感流动,但其已然隐藏于翠鸟形象之下,这显然与《天马歌》《宝鼎》不同。蔡邕诗歌的取材对象来自身边生活场景中常见的物象,而非天马、宝鼎这类与国家有着强烈联系又有象征意义的事物,这也将诗人个人与国家皇权区分开来,意味着咏物题材的生活化与日常化,其自身情感的介入也意味着咏物诗创作的个人化与个性化。

创作动机对咏物诗诗体的形成具有十分重要的作用,由物象本身触动而促使诗人产生创作的欲望进而对物象加以吟咏,这标志着咏物诗体独立的开始。这意味着咏物不再仅仅是诗人借以抒情言志的艺术手段,更成为一种创作的目的。而诗人在咏物过程中情感的加入,无疑使得咏物诗的创作具有了打动人心的隐含力量,丰富了它的生命力,这对诗体的发展具有重要的影响。

六朝时期是咏物诗飞速发展并形成完备体制的时期。完备的体制包括了语言技巧、艺术水平和诗歌体式。六朝时期文人对语言描摹能力的竭力追求极大提高了咏物诗本身必须具备的体物能力,而六朝诗歌中寄托的卑弱更造就了诗人对咏物对象本身形象的重视,这一时期专意于刻画物象的咏物诗成为主流。这对于以题材分类,并对体物状物具有一定要求的咏物诗来说,意义重大。

俞琰提到的"一物命题"应当还有另一层含义,即专咏一物,强调的是咏物对象的数量。就普遍情况而言,这种说法是成立的,但并非绝对。咏物诗中也存在着两个甚至更多物象同时存在的情况。比如欧阳修的《思白兔杂言戏答公仪忆鹤之作》,写白兔与白鹤两物,后又以鹤、兔为题材作《戏答圣俞》诗,吟咏的对象始终是白兔与白鹤两种,又如元人刘诜的《草虫诗》,提到9种昆虫,亦相映成趣。这些以多物为吟咏对象的诗歌中,它们在诗歌中的地位是均衡的,并不存在主次之分。

综合以上观点,我们可以推测出古人对咏物诗界定的条件:

1. 咏物诗的首要内容是体物状物,展现咏物对象。
2. 诗人可以借助咏物诗托物言志、借物抒情。
3. 咏物诗在通常情况下以一物为吟咏对象。

二、当代学者对咏物诗概念的判定

近几十年来,随着咏物诗研究的深入,当代学者对咏物诗的概念也有了比较深入的认识,现摘录部分观点如下:

"我们以为一篇之中,主旨在吟咏物的个体(包括自然界和人造的)的,也即作者因感于物,而力求工切地'体物''状物',以'穷物之情''尽物之态',且出之以诗体的,才是咏物诗。"[①]

"咏物诗是以物为吟咏对象的诗歌。"[②]

"咏物诗就是以动物、植物、器物以及种种自然现象等具体事物为歌咏对象的诗歌,从体裁上说,它没有具体的限制。从现有的咏物诗来看,有古风,有律诗,有绝句,甚至还有散体长短句。之所以称为咏物

---

① 洪顺隆:《六朝诗论》,台北:文津出版社,1985年版,第5页。
② 陈新璋:《唐宋咏物诗略论》,《华南师范大学学报》,1985年第4期。

诗,还是从诗歌歌咏的对象来限定的。"①

"咏物诗是以动植物以及人工器物为吟咏对象,在诗中作者或就物论物,或借物咏怀寄寓深意,或二者相融的诗歌。"②

"咏物诗是以'物'作为题材进行创作的,'物'不仅是诗歌的题材,而且是诗歌中独立的、惟一的题材表现和审美主体(此处所谓'审美主体'的'主',只是相对于'次'而言的物象,并不是文艺学中通常所指的相对于'客体'的、具有思维能力的创作者),也就是要一篇咏一物。"③

"(咏物诗)专以自然界或现实生活中的某些物体作为描写对象的诗歌。"④

刘利侠在其博士学位论文《清初咏物诗研究》一文中,则将咏物诗定义为"将客观事物作为诗歌的表现主体"⑤的诗歌。

归纳整理以上观点,可得出以下结论:

1. 强调咏物诗的吟咏对象是"物",并对"物"进行一定的限定。

2. 诗人可以通过咏物来托物言志、借物抒情或因物述理。

从以上内容可以看出,当代学者对咏物诗的界定,主要是从诗歌吟咏的对象上来进行的。那么这里就会涉及对咏物诗题材的限定问题。

"物"是一个非常宽泛的概念,存在天地间的皆可称之为物。如果不对咏物诗中的"物"进行限定,咏物诗的概念就会失去意义。"物"的限定过程中需要参考古人诗歌创作的实际情况与古人的诗学观念。参考大量的咏物作品来看,会发现尽管咏物诗的题材很广泛,但是从整体上来看,还是植物、动物占据了最主要的位置,其次是生活器具,再次是天文气象如风、云、雨、雪、雹、雾、月等。

以诗人实际的咏物创作情况来看,"物"也集中为某类植物、动物、器具或某种天象物体,如月亮、星星、云等。或自然气象,如雨、雪、风

---

① 李之亮、张玉枝、贾滨选注:《咏物诗精华·前言》,北京:京华出版社,2001年版。
② 于志鹏:《宋前咏物诗发展史》,博士学位论文,2005年,第19页。
③ 高淑平:《中古咏物诗研究》,博士学位论文,2011年,第24页。
④ 刘国盈、廖仲安主编:《中国古典文学辞典》,北京:北京出版社,1989年版,第934页。
⑤ 刘利侠:《清初咏物诗研究》,博士学位论文,2011年,第199页。

等。更普遍的则是咏特定的一株花、一棵树、一只动物、一件器具、一场雪、某天的月亮等。天然气象,如雪,因为描写展示的主题不同,也很有可能从咏雪转变为描写雪景,前者尚属咏物,后者则成为写景了。故可以说,诗人咏物的对象是具体的,它更多地呈现的是特指性。

在笔者看来,对于咏物诗的概念而言,"物"的限定固然重要,但更重要的则是考察诗人对于"物"的表现方式,考察诗中之"物"是否是诗人集中表现的具体之物、特指之物。

同时,对咏物诗的限定也需要参考其他已经形成的诗歌类型概念的实际情况。古人的咏物题材大至天文气象、山川地理、宫苑景物,小至日用器具、树木花草、虫鱼鸟兽均有涉及。清朝编制的《御定佩文斋咏物诗选》是我国目前已有的最大的咏物诗选总集,编为486卷,收录了14590首咏物诗,其诗歌题材采用类书形式分为四大部类即天、地、人、物,内容包罗万象,更有诸多山川湖泊、亭台楼阁、名胜古迹等物。但在笔者看来,此类虽属物类,但基于诗歌题材类型的逐渐成熟与发展,一些题材因为其创作规模与创作倾向的集中,逐渐被公认为一类诗歌,比如山水田园诗、怀古诗、游览诗等。故而山川地理、名胜古迹、亭台楼阁类的诗歌应按实际情况列入上述诗歌分类中,不应该笼统归为咏物诗。

还需要明确的是一些比较有争议的"物",比如时序、节令。关于时序、节令是否要归入咏物诗,古人与今人都有一些看法可供参考。如俞琰在《咏物诗选》凡例中云:"岁时,非物也。"[①]在笔者看来,同样不建议将时序、节令归入咏物诗的范围内。时序、节令是一种非常抽象的概念,展现在人们的观念中往往由两个方面组成:一是万物随着气候进行的物理、生理变化;二是人们已经形成的文化观念,并由其引发的一系列外在活动与心理活动。比如清明节,清明节往往包括以下信息:具体时间节点,万物返青、人们踏青扫墓,再进一步深入,则还包含着今人对逝者的哀思,古人流传下来的种种习俗细节,文化知识等等。它是由多方面的内容组成的,只选其一实际上就构不成这个时序业已形成的意

---

① (清)俞琰:《咏物诗选》,成都:成都古籍出版社,1984年版,第4页。

义。此外,文人写时序、节令的诗歌,想要表现与表达的也不尽是时序、节序本身,而是在这个时间点内万物的变化与人们的一系列行为与心理活动等。这在一定程度上决定了时序、节序诗的内容往往包含了广阔的图景与诗人的情感体验,而不会仅限于表现在固定的事物上。故笔者不主张将其列入本书的咏物诗范围中。

同样是抽象概念或者虚构出来的事物,因为其指向性与内容都非常明确,就不会存在像节序、时序这样的问题,反而可以进行想象的具体描摹,故而可以成为咏物诗的吟咏对象。如荀卿的《赋篇》中包括的5篇咏物赋,《礼》《知》《云》《蚕》《箴》。其中《礼》《知》描写的并不是真实存在的事物,而是存在人们意识中的德行,荀子通过铺陈,把它们具体物象化了。在元人谢宗可的《咏物诗》一卷中也有《煮茶声》《水中梅影》等完全不具备形态的事物,但诗人通过诗歌描绘,赋予了它们可感的具象,它们便成了实际存在的"物"。又如雨雪等自然气象,在诗人笔下,它们显然是可以潜入身边、触摸可感的实物。但有些实实在在存在的实物,又是不可以入选到咏物诗中去的,最典型的是山水。因为古代诗歌中围绕山水描写,诞生了专门的诗歌类型——山水诗,那么将山水诗列入咏物诗中,显然是不合适的。可以说,咏物诗中的"物"本身是实是虚并不是重点,重要的是诗中的"物"是否是具象化的、能够被人们所感知或者说能够想象的、具有确切内容的个体的"物"。

咏物诗在一定程度上来说,其本质上是描写诗。对物的描写是咏物诗形成的一项重要内容。对"物"展开描写的形式多种多样,总体来看不外乎直接描写与间接描写,同时也存在着以它物进行陪衬与烘托的现象,既有白描勾勒又有工笔细画。诗人体物状物并不意味着一定要对咏物对象展开直观的描写,比如苏轼的《海棠》:

"东风袅袅泛崇光,香雾空蒙月转廊。只恐夜深花睡去,故烧高烛照红妆。"[①]

这首诗歌中并未出现对海棠的直接描写,只以诗题点题,诗人以周

[①] (清)王文诰辑注,孔凡礼校点:《苏轼诗集》,北京:中华书局,1982年版,第1187页。

围环境和诗人行为烘托出海棠之美,未着一字,而意境全出。海棠之美,难以言表,不可方物,其形象深入人心。同理,直观的形象描写,并不意味着此诗就是咏物诗。不少诗歌中会以某一物作为媒介或者起兴的手段。在这些诗歌中对物的描写往往会比较细致,无论从物的种类还是描写上看,都是符合咏物诗的部分界定条件的,只是诗人写物是为了引起下文,或叙事或抒怀,或者烘托气氛,故并不能将其归为咏物诗歌。可以说,诗中采用什么样的描写技巧并非关键,最终还是要看诗歌中想要描写、表达的中心与重心是什么。无论是哪一种写法,咏物诗中必然是以其中某物为诗歌表达展示的中心与重心的。诗人或抒怀言志,或述理达情都是由物感发,进而通过对物的描写展示传达,是围绕着所咏之物进行的。

故笔者认为,对于咏物诗的界定有如下标准:

1. 咏物诗的吟咏对象为具体的物象,此物象具有一定的特指性。
2. 咏物诗在通常情况下以一物为吟咏对象。
3. 咏物诗的首要内容是体物状物,展现咏物对象。
4. 诗人可以借助咏物诗托物言志、借物抒情、因物述理。

三、元代咏物诗概念之我见

元代咏物诗创作中还有一类十分特别的存在,即题画诗。关于题画诗,台湾学者李栖认为:

"题画诗是题画文学的一支,题画诗是为画而作的诗,虽不一定题在画面上,但它的内容必须与画有关系,或咏画、或抒情、或记事或说理,可以任由诗人依时、依地、依人而尽情发挥。虽然如此,诗人的思维仍不得不以画为中心,作环绕盘旋,其诗至少要有一两句点出与画相依之处,因而它的存在,固然读者可以当作诗来独立欣赏,不一定非要见到画不可,但它在创作的动机与过程上,却非依赖画的存在不可。"①

王韶华在《元代题画诗文研究》中认为:

---

① 李栖:《两宋题画诗论》,台湾学生书局,1995年版,第3—4页。

"题画诗,因画而题的诗。它既指直接题写于画面上的配画诗,也包括题写于画面外的咏画诗。又因为中国绘画不仅仅出现于绢、纸、壁、石上,而且常常作为扇面、屏风的主要装饰,故咏扇面画、咏屏画诗也属于题画诗的范围。"①

由此可知,题画诗与画作之间存在着直接的关系。元代创作题画诗的风气极盛,王韶华在其《元代题画诗文研究》一文中谈及元代题画诗创作情况时,称:

"元代是题画诗大盛的时期,陈邦彦《历代题画诗类》收录清以前题画诗不到9000首。其中,元代题画诗近4000首。据迄今容量最大的元诗选总集顾嗣立《元诗选》,收录题画诗2000多首。该书340位诗人中有题画诗者达到三分之二。查阅诗人别集,发现许多诗人的题画诗是其诗作的主要内容,仅王恽《秋涧先生大全集》中有题画诗400余首,另虞集、柯九思、贡性之等题画诗皆在百首以上。题画诗近百首者,如刘因、赵孟頫、贡师泰、陈旅、黄溍、杨维祯等有多人。而画家的题画诗几近其诗歌创作的全部。如四大家吴镇、倪瓒、黄公望、王蒙,又郑思肖、王冕、钱选、朱德润等,构成了元代诗坛一道独特的风景。甚至接受汉化时间不久的少数民族诗人,也创作了大量的题画诗,如马祖常、萨都剌、丁鹤年等,题画诗是其诗作的重要内容。元代书法家更是积极参与其中,如邓文原、鲜于枢、张雨、柯九思等,其诗歌的主要成就来自于其题画诗。在《元诗选》癸集中,许多诗人仅存的几首诗中,或全部是题画诗或大部分是题画诗。"②

元代题画诗的数量当然远远不止4000首,但就其在《历代题画诗类》中所占的比例与元代题画诗的实际创作情况来看,元代题画诗创作之盛确实前所未有。沈德潜在议论题画诗写作技法时,曾说道:

"唐以前未见题画诗,开此体者老杜也。其法全在不粘画上发论。如题画马画鹰,必说到真马真鹰,复从真马真鹰开出议论,后人可以为式。又如题画山水,有地名可按者,必写出登临凭吊之意;题画人物,有

---

① 王韶华:《元代题画诗文研究》,浙江大学博士后论文,2002年,第2页。
② 王韶华:《元代题画诗文研究》,浙江大学博士后论文,2002年,第9页。

事实可拈者,必发出知人论世之意。本老杜法推广之,才是作手。"①

题画诗是否起源于唐尚且不论,其讨论针对山水、人物、动植物的不同的写法是比较具有代表性的,也就是说,一般而言,针对动植物的题画诗,咏物性质的比较常见。山水题画诗或为登览纪游,或为咏史怀古,或为写景抒怀。人物题画诗则主要以知人论世为主。

文人题画,其内容往往与画作内容有着千丝万缕的关系,而在画作中广泛存在的植物、动物、器具等,诗人在题画时很容易变成对其的描述,如庄节先生韩性的《题赵子固墨兰》:"镂琼为佩翠为裳,冷落游蜂试采香。烟雨馆寒春寂寂,不知清梦到沅湘。"②此诗既是题画诗,又是咏物诗,其咏物对象为画中之兰。而虞集的《秋山行旅图》:

"春夏农务急,新凉事征游。饭粮既盈橐,治丝亦催裘。升高践白石,降观索轻舟。试问将何之,结客趋神州。珠光照连乘,宝剑珊瑚钩。乘马垂首蓿,纵目上高丘。策名羽林郎,谈笑觅封侯。太行何崔嵬,日暮摧回辀。古木多悲风,长途使人愁。羸骖见木末,足倦霜雪稠。谷口何人耕,禾麻正盈畴。出门不及里,酒馔相绸缪。壮者酣以歌,期颐醉而休。安知万里事,有此千岁忧。"③

此诗虽然是题画诗,也描述了画作的内容,但显然不是咏物诗。其他如《程门立雪》《竹林七贤》等与历史典故有关的题画诗,就更不可能属于咏物诗了。

题画诗,以其诗描写的对象即画作来看,目标指向明确,诗歌内容也确实是围绕着画作内容进行的,只是并非所有的题画诗都可归入咏物诗,正如沈德潜所言,诗人写题画诗,往往由画中之物言及真物,进行生发,这时就需要判断其是否属于咏物诗了。通常来讲,如果画作的对象为动植物、器具等,题画诗往往偏向为咏物诗,其他如风景名胜、人物事件等画作,则需要仔细分析,进行判断。所以,题画诗是否属于咏物诗,一方面需要留意其画作内容,另一方面则取决于诗人的写作重点与

---

① (清)沈德潜:《说诗晬语》,《清诗话》本,上海:上海古籍出版社,1978年版,第245页。
② (清)顾嗣立编:《元诗选》(二集),北京:中华书局,1987年版,第877页。
③ (元)虞集著,王颋校点:《虞集全集》,天津:天津古籍出版社,2007年版,第23页。

内容。如果诗人题画以描述画面或以吟咏画中物象为中心,那么这首题画诗就偏于咏物或者可以称之为咏物诗了;反之,诗人题画诗仅仅以画作内容为切入点,以此为媒介,展开自身的议论说理,或抒情言志,都不能算作咏物诗。

不论如何,元代题画诗中存在着大量的咏物之作是不争的事实,这也是元代咏物诗的一大特色。

综上,笔者对元代咏物诗的界定总结出以下几个标准:

1. 诗歌吟咏对象展现在诗中,通常表现为具体的物象形象。

2. 咏物对象通常情况下为一物,此物通常情况下具有个体独立性与特指性。

3. 诗歌的主要内容与重心应当围绕所展示物象展开,诗人可借物抒情、托物言志或因物述理。

4. 元代题画诗中的咏物诗,应当依据其画作内容与诗歌创作的主要目的与描写对象进行区分,以展现画作内容为主,对画中物,或画中物之实物,进行吟咏展示的才是咏物诗。

第三章 元代咏物诗的专集与题材

一、咏物诗集情况概述

元代诗人写作咏物诗的热情前所未有,在元代,有不少的咏物诗专集,以题材来看,可分为专题类咏物诗集、专属类咏物诗集和杂咏类咏物诗集。

1. 专题类咏物诗集

专题咏物诗集主要以花类为主,以咏梅最为多见。元代的咏梅专集有冯子振与释明本的咏梅唱和之作《梅花百咏》,韦珪的《梅花百咏》(即《梅吟百题》),郭豫亨的《梅花字字香》等。

冯子振与释明本的《梅花百咏》唱和堪称元代影响最大的咏梅事件。冯子振,字海粟,攸州人,元初出仕,官承事郎集贤待制,在当时以博闻强记,才气横溢闻名。释明本,号中峰,本姓孙氏,钱塘人,后在吴山圣水寺出家,有诗才,是当时有名的诗僧。据《尧山堂外纪》记载,赵孟頫与释明本、冯子振皆交好,但冯子振轻视释明本。一日,赵孟頫强拉释明本访海粟,海粟出示所作梅花诗百首,释明本览后走笔亦和百首,海粟犹未以为然。明本又出所作《九字梅花歌》示海粟,海粟竦然,遂与定交。冯子振与释明本因梅花诗而结缘的故事在当时是一段诗坛佳话,且参与者皆为当时颇有影响力的名人,文采亦佳,故在当时影响甚众。直到元末尚有不少诗人犹自选取《梅花百咏》中诗题进行创作。

《梅花百咏》常见版本为《文渊阁四库全书》本,其中所录诗歌皆是冯子振与释明本的唱和诗,为七绝百首。后边又附录了春字韵七律百首,仅存释明本所作,冯子振原作已佚。《梅花百咏》是元代梅花诗中水平较高者,《四库全书总目提要》称赞冯子振之作"才思奔放,往往能出奇制胜"①,清人夏洪基认为"明本所和亦颇雕镂尽致,足称合璧联珠","今其诗裁冰镂雪,慕绘入神,而逸韵藻思,实堪伯仲"②。也正因此,明清两代追和者甚多,且不乏名家巨擘。

元人韦珪亦有《梅花百咏》传世,韦珪,字德圭,号梅庭主人,山阴(今浙江绍兴)人。夏洪基曾经考订校刊元明两代多种《梅花百咏》,认为韦珪诗歌水平远不如冯子振、释明本所作《梅花百咏》,且其集子中有不少诗歌实为释明本之作。夏氏识语曰:

"又有韦德珪集,虽亦百首,然八九皆中峰作,而履靖所和百首,则扯拽枯淡,不堪与二公涤砚矣。兹悉弃去。止取二帙,雠校而汇集之,为梅花谱韵焉。但中峰集独缺《东阁》一题,而韦集有之,则偶逸于此,而适存于彼,信珠玑咳唾,不容遗弃人间也。爰为补入,以成全璧,仍俟考订云。"③

郭豫亨,号梅岩野人,宋末元初诗人,至大年间仍在世,其具体生平不详。其作《梅花字字香》得名于晏殊词中"唱得梅花字字香"一语,为集句咏梅诗,诗集分前后两卷,共98首。郭豫亨在自序中称其:

"凡见古今诗人梅花杰作,必随手抄录而歌咏之,积以岁月,遂成巨编。熟之既久,若有所得,暇日辄集其句得百篇,目为《字字香》。其间句锻意炼,璧合珠联,亦有天然之巧者,吾不知其为古作也。"④(《梅花字字香·原序》)

郭豫亨所作《梅花字字香》乃汇集前人咏梅佳句而成,自宋以来,常有集句之作,郭豫亨此诗集,开创了咏梅集句诗歌先例,堪称咏梅集句诗中佳作。

除去冯子振、释明本、韦珪、郭豫亨等尚有诗集可寻的诗人外,还有一些诗人的作品早已散佚,仅能凭借他人诗文提及一二,如毛宗文的

---

① (元)冯子振、释明本:《梅花百咏》卷首,《文渊阁四库全书》本,第1366册,第560页。
② 《梅花百咏》附录(清)夏洪基识语,《文渊阁四库全书》本,第1366册,第579页。
③ 《梅花百咏》附录(清)夏洪基识语,《文渊阁四库全书》本,第1366册,第579页。
④ (元)郭豫亨:《梅花字字香》,《文渊阁四库全书》本,第1205册,第668页。

《梅花二百咏》与陈公哲的《梅花百咏》。

毛宗文,生平不详,仅知其著有《梅花二百咏》,原诗早已散佚,仅留两首,见于吴澄的《题毛宗文梅花二百咏》中,其云:

"毛宗文《梅花二百咏》,其开也,曰:'客折一枝头上插,我绕花边行百匝。忽然客问花如何,看得入神浑忘答。'其落也,曰:'海风捲水攒飞箭,战退花神人不见。芒鞋破晓出门看,万玉枝头无一片。'昔之诗人一句亦可传名,今于二百之中得其二焉,多矣乎。"①

陈公哲的情况与毛宗文类似,著有《梅花百咏》,惜其不传。仅见于戴表元的《陈公哲梅花百咏》一诗:

"梅下故人呼不应,石桥溪寺水泠泠。回头听得陈惊坐,一似春风吹梦醒。雪后西湖空碧波,酒徒消散也无多。白头醒眼春风里,奈此梅花百咏何。"②

根据吴澄与戴表元的生活时间段看来,毛宗文与陈公哲应都是宋元之际的诗人,生活的主要时间段应该在南宋。

除了梅花专集外,还有张逢辰的《菊花百咏》与张广员的咏竹专集《青士集》。

张逢辰,字君遇,号爱梅,檇李(浙江嘉兴)人。宋末元初诗人,以咏菊诗知名,著《菊花百咏》,其诗集包括序诗、跋诗共102首,是今存最早的百咏菊花诗。张逢辰在《菊花百咏》序诗中称赞菊花:

"不随凡卉逐韶光,独向深秋擅晚香。占得中央黄色正,此花长是属重阳。"③

张逢辰认为菊花淡泊悠然,深秋凛然而开,不与世俗花卉争光逐艳。菊花颜色通常为黄色,而黄色又常用以象征皇天后土,为中央王朝之色,故菊花黄色又意味着其气度之纯正浑厚。自陶渊明之"采菊东篱下,悠然见南山"成为千古绝唱之后,历代士大夫向来以菊花视作淡泊宁静、悠然出尘、静心明志的雅士之花。张逢辰《菊花百咏》中收录了百

---

① 杨镰主编:《全元诗》(第8册),北京:中华书局,2013年版,第194页。
② 杨镰主编:《全元诗》(第12册),北京:中华书局,2013年版,第164页。
③ 杨镰主编:《全元诗》(第8册),北京:中华书局,2013年版,第49页。

首菊花诗,诗人在咏各类菊花的同时,又常在花下作注,表明菊花的形状、习性或出处等等。如《早莲菊》,其注云:"紫红,单叶,心绿。三月末方开。"①《鹅毛菊》注曰:"花白,带青色,如毛生于花萼上。"②《新罗菊》注曰:"一名玉梅,一名矮菊,千叶,红白长短相次。"③其诗云:

"荷钱未叠花先见,人作荷花又恐非。虽入东篱花谱系,却从春野斗芳菲。"④(《早莲菊》)

"风清露冷远流馨,委羽山中旧得名。若当梅花堪折赠,胜如千里鹅毛轻。"⑤(《鹅毛菊》)

"素瓣飘香号玉梅,蕊攒千叶向秋开。看来此品人间少,见说元从外国来。"⑥(《新罗菊》)

张逢辰的咏菊诗一般紧扣菊名,如《大夫菊》《墨菊》《徘徊菊》:

"标致清高与众殊,擅称人爵世间无。嘉名应自餐英得,犹忆三闾楚大夫。"⑦(《大夫菊》)

"有黄花为正色,其他品类谩多般。不因枝叶重重翠,只作寻常墨戏看。"⑧(《墨菊》)

"移得香英傍砌栽,紫花朵朵未全开。流连不许秋容老,解使骚人去复来。"⑨(《徘徊菊》)

张逢辰的《菊花百咏》中描写了100种菊花,几乎包括了当时所有的菊花品种。

张广员,生平不详,《永乐大典》作元人,有咏竹专集《青士集》,原本已经失传,仅见于《永乐大典》中,现存诗27首⑩。

---

① 杨镰主编:《全元诗》(第8册),北京:中华书局,2013年版,第52页。
② 杨镰主编:《全元诗》(第8册),北京:中华书局,2013年版,第52页。
③ 杨镰主编:《全元诗》(第8册),北京:中华书局,2013年版,第58页。
④ 杨镰主编:《全元诗》(第8册),北京:中华书局,2013年版,第52页。
⑤ 杨镰主编:《全元诗》(第8册),北京:中华书局,2013年版,第52页。
⑥ 杨镰主编:《全元诗》(第8册),北京:中华书局,2013年版,第58页。
⑦ 杨镰主编:《全元诗》(第8册),北京:中华书局,2013年版,第55页。
⑧ 杨镰主编:《全元诗》(第8册),北京:中华书局,2013年版,第55页。
⑨ 杨镰主编:《全元诗》(第8册),北京:中华书局,2013年版,第51页。
⑩ 张逢辰、张广元的作品,笔者主要参考了《全元诗》中收录的作品。

2. 专属类咏物诗集

元代咏物诗集中除了专题咏物外,还有同一类属的咏物诗专集,如胡仕可的《本草歌括》收录各类可入药的草本植物、精石等物,董嗣杲《百花诗》吟咏各类花木,王祯《农事诗》则录入各类农具诗。

胡仕可,字可丹,宜丰(今属江西)人。《千顷堂书目》记录其有《草木歌括》八卷,云其为瑞州路医学教授,胡仕可擅长本草,为便于药学入门将常用药物339种编成七言歌括,一药一诗,以此记录草药名的性味。可惜《草木歌括》今无传本,后有明熊宗立《增补本草歌括》8卷本传世。《本草歌括》仅有少数几首见于《永乐大典》,《全元诗》中收录8首,分别为《乌梅》《何首乌》《玄精石》《海藻》《豉》《澹竹》《小麦》《瞿麦》。胡仕可作《本草歌括》是出于医者仁心,故其诗歌艺术价值并不高,重在记录传承药学。

董嗣杲,字明德,号靖传,杭州人,宋末曾任武康令。宋亡后入道,改名思学,字无益,号老君山人。其咏花专集《百花诗》几乎完整地保存在《诗渊》中,其所咏为各类花木,如梅花、杏花、梨花、海棠花、山茶花、罂粟花、稻花、豆花、麦花等等,林林总总,以至百首,堪称花类大全。

王祯的《农具图谱》是元代颇有特色的咏农具类诗歌专集。王祯,字伯善,东平(今山东)人,成宗元贞初年为旌德县尹,后调永丰。王祯是元代有名的农学家,所著《农书》是元代十分重要的一部农书专著。《农书》中包括了《农桑通诀》6卷,《谷谱》4卷和《农具图谱》12卷。《农具图谱》每图往往附有赋铭赞诗,部分引用了梅尧臣、王安石等前人诗作,绝大部分为自作。可以说,《农具图谱》采用了诗画合一的形式,向世人展示了农具的形状及功用,具有很好的普及性和实用性。如:

"广石横短柄,双环系长引。却行作敛踪,前排如拥盾。起偃作陂塘,分田立畦畛。人间不平地,所到略能尽。"①(《刮板》)

"汗随低首沛如淋,散髻斜横得此簪。冰筋玲珑清吹入,月痕依约墨云深。孤标不作附炎态,虚腹宁无利物心。微眇弃馀能适用,何殊敝

---

① (清)顾嗣立编:《元诗选》(二集),北京:中华书局,1987年版,第909页。

帛直千金。"①(《通簪》)

"粤昔伊耆氏,乐制惟土苴。继自神农氏,作鼓正从瓦。蕢桴一引击,真性足陶写。当时风俗成,往往朴而野。大音能希声,高和诚寡迨。周因用之吹,合龥颂雅祈年及祭蜡,齐敬格上下。是虽器质略,名亦不徒假。花腰鸣且急,可以愧来者。"②(《土鼓》)

王祯的农具诗不拘泥于固定的诗体格式,追求简洁形象,描述准确精到,其中亦不乏雅致、风趣之言语。如其咏《通簪》:"冰箸玲珑清吹入,月痕依约墨云深",咏《阴沟》:"花逐有同流暗水,桃源误认出残红",咏《平板》:"一行已见光如拭,再过都无迹可寻"等。王祯农具诗兼备诗之雅趣与治世之用,戴表元在《王伯善农书序》中称赞其"纲提目举,华寨实聚,顾旧农书有南北异宜而古今异制者,此书历历可以通贯,信儒者之用世,非空言也。"③

此外,元人释德净虽无咏物专集,但其作《咏物次韵宏叟五十二首》④咏各类花木,多达50多首,亦可列入此类。

3. 杂咏类咏物诗集

(1) 谢宗可《咏物诗》一卷

谢宗可是元代唯一一位凭借咏物诗传世的诗人,他的《咏物诗》一卷亦是目前可见的第一部以咏物诗命名的诗歌别集,其中收录的诗题多为元代江南一带流行的集咏题材,对研究元末江南文人咏物诗具有典型意义。

谢宗可,生卒年不详,事迹几不可考,《四库书目提要·咏物诗》中称谢:"自称金陵人,其始末无考,相传为元人,故顾嗣立元百家诗选录是编于戊集之末,亦不知其当何代也。"元人汪泽民在至正十三年(1353)曾为其《咏物诗》作序,称其为"本朝金陵谢宗可"⑤,元人孔齐的

---

① (清)顾嗣立编:《元诗选》(二集),北京:中华书局,1987年版,第909页。
② (清)顾嗣立编:《元诗选》(二集),北京:中华书局,1987年版,第911页。
③ (元)戴表元:《剡源戴先生文集》,卷七,《四部丛刊》景上海涵芬楼藏明刊本。
④ 笔者主要参考了《全元诗》中所录释德净作品。
⑤ (元)谢宗可、(明)瞿宗吉、朱之藩:《合刻咏物诗》,明天启二年刻本。

《至正直记》"萨都剌"条目中亦称其为金陵谢宗可,其他文献资料对其记载也基本止于其为金陵人,字号,生卒年皆无记载。仅《千顷堂书目》中称其为临川人,又云其为金陵人。以目前的文献资料来看,以其为金陵人最为可靠。

目前可见谢宗可《咏物诗》别集有以下几个版本。

《合刻咏物诗》,谢宗可、瞿佑、朱之蕃三人咏物诗合集,明天启二年(1622)刻本,共六册,这也是目前可见的最早的谢宗可咏物诗刻本,收录了谢宗可咏物诗100首,谢宗可咏物诗目前附朱之蕃序、汪泽民至正十三年序,瞿佑咏物诗目前附张益咏物新题诗序,朱之蕃咏物诗目前附许无文序;《三家咏物诗》,谢宗可、瞿佑、张邵三人咏物诗合集,清康熙五十三年(1714)刻本,共一册,收录谢宗可咏物诗106首,内附有瞿佑序、张劭序、贺光烈序;《谢瞿咏物诗》谢宗可、瞿佑咏物诗合集,清茵阁刻本,共两册,收录了谢宗可咏物诗106首,附瞿佑序;《咏物诗》,署名谢宗可,清乾隆五十六年(1791)冰丝馆刊,收诗372首;《咏物诗》,谢宗可咏物诗,民国刘氏远碧楼抄本,一册,收诗106首。《四库全书》集部别集类收咏物诗一卷,谢宗可著,收诗106首。

其中明天启二年的刻本又见于《千顷堂书目》中,是目前可见的最早的谢宗可咏物诗别集刻本。《三家咏物诗》《谢瞿咏物诗》、民国远碧楼抄本《咏物诗》与《四库全书》版本的咏物诗诗目[①]一致,清乾隆五十六年(1791)冰丝馆刊《咏物诗》显然不是谢宗可一人所作,应该是多人

---

① 这106首咏物诗诗目分别是睡燕、睡蝶、纸帐、纸衾、茶筅、酒旗、诗瓢、笔阵、雁宾、蝶使、雁字、莺梭、龙杖、虎枕、萤灯、雁阵、鹤骨笛、虎顶杯、鹭羽扇、鼠须笔、龙涎香、螳螂簪、蟾蜍滴水、螺壳酒杯、芦花被、莲叶舟、玉壶冰、网巾、胭脂、琉璃帘、走马灯、泡灯、雪灯、莲灯、水灯、书灯、灯花、瓶笙、砚铁、渔蓑、钓丝、雪珠、霜花、柳眼、荷钱、纸鸢、雪狮、蟠梅、挂兰、花雾、茶烟、砚冰、游丝、海蜇、江潮、绿阴、红树、醉乡、尘世、仙槎、天灯、醒酒石、无弦琴、橙杯、梅杖、松酿酒、雪煎茶、卖花声、煮茶声、松枝火、藕花风、絮化萍、松化石、月中桂花、水中梅花、水中云、水中月、白莲、红菊、藕丝、尊线、同根竹、并蒂兰、红梅、苔梅、雪月梅、绿萼梅、梅魂、梅梦、松梅、桃梅、月下梅、问梅、挑梅、龙形松、鸳鸯梅、鸳鸯菊、半日闲、晓色、水纹、竹夫人、白雁、塔灯、沙书、双陆、混堂。(螺壳酒杯又作螺杯,尘世有的版本作尘,混堂又作浴堂,诗名有些许差异。)

合集,其前106首与四库版本一致①。明天启二年的《合刻咏物诗》版本收录的诗目与四库版比,不见《萤灯》《雁阵》、《鹤骨笛》《虎顶杯》《桃梅》《鸳鸯梅》《松梅》《月下梅》8首,增入了《碧筩酒》《汤婆子》2首,为100首,其他诗目与四库版本所录基本一致。本文以明天启二年的刻本为底本,进行研究。②

(2)郭居敬《百香诗》

元人郭居敬的《百香诗》是一部值得注意的诗人别集,其中收录了80多首咏物诗。

郭居敬,字仪祖,尤溪(今福建)人,为人至孝,曾作《全相二十四孝诗选》,以训童蒙,虞集、欧阳玄等人曾举荐其为官,隐居不仕。关于郭居敬的生平,《大清一统志》《福建通志》《闽中理学渊源考》中皆有简单提及。文渊阁《千顷堂书目》中记载郭居敬著有《百香诗》一卷。

今《百香诗》的钞本主要有两本,一本是日本龙谷大学藏《百香诗》,一为清刻本《百香诗》。其中龙谷大学藏《百香诗》录诗101首,清刻本《百香诗》录诗100首。两本目录略有出入,清刻本无龙谷大学藏本中的《莺》《白牡丹》《冬夜》3首,而比其多收《帘》《荼䕷》③。

郭居敬的《百香诗》收录了100首七言绝句,其诗全部以香字为韵,故云《百香诗》,如其咏笔、墨、纸、砚文房四物:

"梯云来自广寒乡,拔得霜毫锐似芒。留与谪仙题品用,沉香亭北牡丹香。"④(《笔》)

"十八公生万仞岗,灰心火月利文房。陶泓池畔玄云起,犹带徂徕

---

① 杨镰《元诗史》的《咏物诗》一节中对此有说明,冰丝馆刊《咏物诗》中还包含了《落花三十韵》这样的咏物诗,必非谢宗可所作。其前106首咏物诗实际上就是《谢瞿咏物诗》、《三家咏物诗》、民国远碧楼抄本《咏物诗》,《四库全书》咏物诗一卷中收录的谢宗可咏物诗的全部内容,诗目顺序也基本一致。据本人推测,冰丝馆刊《咏物诗》的情形应该类似《合刻咏物诗》《三家咏物诗》情形,应是多人合集,在署名过程中出现了问题。

② 实际上谢宗可本人所作咏物诗数量应当远不止100首,相关情况本文在下面将会提到。

③ 对《百香诗》的钞本与存诗情况,笔者主要参考了《全元诗》第24册中对郭居敬《百香诗》的介绍,下文介绍《百香诗》,也皆采用《全元诗》中所录的诗歌。

④ 杨镰主编:《全元诗》(第24册),北京:中华书局,2013年版,第57页。

风雪香。"①(《墨》)

"赋就三都穷价直,楼修五凤擅文章。都缘白似梅花好,写出新吟字字香。"②(《纸》)

"买得昆山玉一方,吟边磨琢岁华长。夜来宝匣忘收闭,一点飞红清墨香。"③(《砚》)

《百香诗》中收录的题材范围颇广,既有人工器具类如文房四宝笔、墨、纸、砚;又有生活器具如剪刀、灯、镜、酒帘等物;飞禽走兽如莺、燕、蜂、蝶、马、龙、鱼、雁,饮食类如瓜、李、槟榔、橄榄、酒、茶,风雅之物如风、花、雪、月之属,花木之赏如梅、兰、竹、菊、红叶、牡丹、海棠、蔷薇,题画如墨梅。除去此等,还有女子艳妆之物如胭脂与粉:

"燕赵佳人独擅场,临鸾梳掠细端相。歌唇点破樱珠艳,笑脸捼开杏蕊香。"④(《胭脂》)

"清如翡翠帘前雪,白似鸳鸯瓦上霜。镜里妆成花妩艳,指尖勾破玉生香。"⑤(《粉》)

《百香诗》中虽然收诗百首,但并非皆为咏物,如其诗题中有《农》《牧》《渔》《樵》《美人》《贫女》《山行》《冬暖》《春游》《春宵》《春晚》《初夏》《夏》《秋》《冬夜》诸篇,就以其内容与诗题来看,皆不应列入咏物之列。但诗人作《百香诗》,原意在于以"香"字为韵,并非专在咏物,只是就诗言之,咏物诗最易展示文字技巧,故《百香诗》中大部分虽为咏物之作,却不能称其为咏物专集。只是《百香诗》中咏物诗占了80%以上,在考察元诗人的咏物诗作、个人别集时,仍应值得特别注意。尤其是郭居敬在《百香诗》中全压"香"字韵,足有百首,足见元人在诗技上的努力。

4. 其他

除去以上所述专集,元代还有不少诗人写有大量咏物诗,如顾逢、

---

① 杨镰主编:《全元诗》(第24册),北京:中华书局,2013年版,第57页。
② 杨镰主编:《全元诗》(第24册),北京:中华书局,2013年版,第57页。
③ 杨镰主编:《全元诗》(第24册),北京:中华书局,2013年版,第57页。
④ 杨镰主编:《全元诗》(第24册),北京:中华书局,2013年版,第59页。
⑤ 杨镰主编:《全元诗》(第24册),北京:中华书局,2013年版,第59页。

侯克中、张弘范、蒲寿宬、张之翰、袁士元、陆厚、赵叔英、耶律铸、连文凤、林景熙、缪鉴、陈栎、马臻、陈孚、黄庚、蒲道源、宋无、汪济、袁易、许有壬、王恽、刘因、郝经、洪希文、曹文晦、释梵琦、张昱、郑允端等人。其中,郑允端是元代存诗最多的女诗人,其存咏物诗40多首,与其他诗人相比,郑允端的咏物诗独具女性特质,其题材如咏袜、红指甲、纱橱、绫被、剪刀等,写得清新典雅、别具一格。

元代还有部分诗人存诗虽少,其诗作却基本为咏物诗,如刘宗远存诗5首,4首为咏物诗,分别为《龟壳冠》《鹤骨笛》《蚕蛹》《人影》,仇中甫存诗5首,4首为咏物诗,诗题分别为《牡丹》《喜鹊》《蜘蛛》《蝼蚁》[①]。

二、元代咏物诗的题材

1. 元代咏物题材分布情况

为了了解元代咏物诗的基本创作状况,笔者以《全元诗》为底本,对其所收录的近5000位诗人的咏物诗作进行了统计。为了统计方便,笔者的统计对象主要分为以下类属:植物类、动物类、人工器具类、自然天象类、饮食类及其他,因为元代题画诗中有大量的咏物诗作,故笔者亦依据其咏画内容选取,主要集中为动植物与人工器具。《全元诗》中收录了132,000多首诗歌,数量巨大,故统计时笔者主要依据其诗题进行统计,其中难免有偏误,但鉴于咏物诗以物命题的普遍现象,误差应当在可以接受的范围内。另外,元代诗歌中有大量吟咏风景名胜、亭台楼阁的作品,由不同的诗人写作,有的可归为咏物,有的可归为登览类,有的可归为咏史类,相同的题材在不同诗人的创作之下,其归类也不相同,在笔者看来,尽管一些诗作可归为咏物类,当其归根究底还是放入登览、纪游类更为合适。同时,也出于对统计的便利性考虑,此类内容并未列入笔者统计的范围内。

根据笔者对《全元诗》中咏物诗歌的统计情况来看,元代的咏物诗

---

① 刘宗远、仇中甫的存诗情况,笔者主要借鉴了《全元诗》中所录作品情况。

接近7500首,其中植物类接近3000首,题画类2000多首,动物类600多首,人工器具类接近900首,天然气象类600多首,饮食类200多首,其他如写身体部位、声音等无形之物约100首。

元代的咏物诗题材范围非常广泛,但在笔者的统计过程中,也能发现其分布的一定倾向。如在植物类别中,单独咏梅诗就有1000多首,堪称花中魁首。其他如杏花、莲花、海棠、桃花、牡丹、芍药、玉蕊、绣球花等花木种类也很多,但数量远不能与咏梅诗相比。动物类题材中则集中于飞禽与飞虫类,飞禽如雁、鹰(多咏鹰中之海青)、燕、莺、鹤、鹭、百舌、杜鹃等,飞虫如蝶、蜂、蚊、蝉、促织、萤、灯蛾等,走兽类如马、猫、虎,传说中的龙也有所吟咏,但显然不如飞禽与飞虫类多。至于诗人常吟咏的螃蟹,则多写其膏脂之美,更偏向饮食题材。

人工器具类则主要可分为三大类:一类为生活器具,如竹杖、纸帐、纸衾、竹夫人、灯具等;一类为古物珍玩、书房之物,如铜雀瓦砚、歙砚、鼠须笔、虎枕、古剑、古镜、奇石等;一类则为农具如水车、水碓、纺车之物。

天然气象则集中为雪、雨、月三类,其中又夹杂特定的天然物象记载,如飓风、日蚀、虹、潮等。

题画类题材内容丰富,笔者为了统计方便而主要选取了内容单一而好确认的题画题材,如梅、兰、竹、菊、水仙、兰花、牡丹、梨花、芍药等花木题材,马、鹰、雁、猫、猿、鹤、鹭、蝶等动物题材,其他如风景类、人物类、典故类内容并未选入。元代的题画诗创作通常意味着参与者众多,一幅画作必有多人为之进行题诗创作,尤其是名家作品更是如此。如赵孟頫之马、柯九思之竹石、高克恭之墨竹、王冕之梅等,吴镇之墨菜、温日观之葡萄、钱选之折枝图等,都是时人经常题诗的对象。元代题画题材中,墨竹、墨梅、画马都是时人吟咏甚多的题画题材。在题画题材中,值得注意的是墨梅并未占据魁首,反而吟咏墨竹多于墨梅。笔者认为,这与咏梅诗、咏竹诗的兴盛领域不一致有一定的关系,诗人咏梅,多为赏梅观梅,咏梅诗兴盛源于林逋的咏梅诗。而元人喜好画竹题竹,则主要受苏轼影响,苏轼善画竹,并且认为"居不可无竹""无竹使人俗",这些观念对元人影响较大,元代的画家大多会画竹,居所也讲究有竹木环绕,认为这样才足够文雅。当时社会地位较高的画家如柯九思、高克恭等人皆擅画墨竹。元人虽爱咏梅,但更多的是对现实之梅的赞美,元代画梅最出名的画家是王冕,但其地位明显不如柯九思等人。总体而言,在元代,名家的画作总不乏诗人雅集品题。

饮食题材方面,则可依据南北地域划分。一类突出表现为北地尤其是上都当地的饮食内容,如咏羊肉、黄鼠、籼麵、芦菔、牛酥、马奶酒等。一类为南方主要是江南一带的饮食题材,如竹笋、鲈鱼、蟹、茭白、海蜇等。在元代,饮食类题材中还频繁出现了西瓜、汗酒等新鲜事物。

元代咏物诗中,与女子有关的意象较少,郑允端的咏物诗中尚有不少与女子闺阁有关的物象,但数量也不多。

2. 对唐宋咏物题材的延续

元代咏物诗在取材方面,非常明显地延续了唐宋诗人的咏物取材倾向。

咏物题材,大体而言,可概括为三类,即动植物、天然气象、人工器具。咏物题材日益广泛化、生活化、细化的特征自六朝便已开始,唐、宋两朝延续了这一特征。尤其是到了宋代,其生产水平、经济繁荣程度前所未有,大量的新事物进入诗人生活中:手工类,如各类纸品、纸帐、纸被、纸甲、瓷器、灯品;农事类,如梯田、沙田、淤田、各类农具;饮食类,如河豚、莼菜、鲈鱼、竹笋、橄榄、茭白、荔枝等各类时蔬鱼肉水果,皆成为宋人咏物的题材。宋代人口受时局影响发生过两次大规模的南迁,南方尤其是江浙一带的地方风物成为宋代咏物诗的重要表现内容,其中西湖风物尤胜。策杖登山游湖,吟赏时物是宋人的一大偏好。江南一带市镇经济发达,大量富有市井生活色彩的事物进入咏物诗中,例如各类饮品、杂货买卖、游戏杂耍、灯市活动等,又如具有地方民俗生活色彩的竹夫人、汤婆等。宋代咏物题材诗具有双重性,一类充满市井民生色彩,一类则富有书斋雅士色彩,前者无所不包,后者则重吟咏书斋生活及其相关的书斋事物如笔墨纸砚等物,以及饮茶赏花的雅致生活内容。宋人好奇、好理、好雅,亦好俗,大量的新奇、雅致、少见或常见之物皆可成为吟咏的对象。

元代取代宋朝,完成了自唐以后的南北大统一,并将疆域扩展到了前所未有的程度,但就其咏物题材而言,虽有不少反映元代疆域辽阔所带来的新事物,如上京风物、域外之物的题材,基本上还是延续了唐宋以来的咏物题材特征,其中尤以江南地域、市井民俗风物为主。造成这种情况的主要原因有二:一是大量文人由宋入元,这些由宋入元的文人基本定居江南地区。元代有四等人制,原南宋疆域内各族被视为南人,这些被视为南人的汉族文人,是元代文坛的主要组成部分,终元一朝,江南文人大部分还是选择了聚居江南地区。二是受元代时政的影响,这些文人大部分选择了隐居度日。元代疆域虽然辽阔,元代文人地位却比较低,大部分人生活窘迫,并不具备游历南北的资本。这些都导致了元代咏物诗题材变化不大。宋人的咏物诗,在取材上有两个非常有意思的特点,一个是集中于展示文人的雅士生活。其突出表现为咏梅、咏笔、墨、纸、砚、琴、棋、书、画,咏纸帐、纸衾,咏煮茶、烹茶等这些能够展示文人雅味的题材上。另一方面则在于展示文人的普通日常,比如咏食笋、烹鱼,咏竹杖、芒鞋,咏橄榄、槟榔等。宋人这种取材倾向在元人的咏物诗创作中得到了延续。

　　以咏梅诗为例,元代的咏梅诗数量在其所有的花木类题材咏物诗中,占了1/3以上,可以说独占鳌头。而其咏梅诗的兴起,与宋人咏梅的喜好有着直接的关系。

　　"《离骚》遍撷香草,独不及梅。六代及唐,渐有赋咏,而偶然寄意,视之亦与诸花等。自北宋林逋诸人递相矜重'暗香疏影,半树横枝'之句,作者始别立品题。南宋以来,遂以咏梅为诗家一大公案。江湖诗人,无论爱梅与否,无不借梅以自重。凡别号及斋馆之名,多带'梅'字,以求附于雅人。黄大舆至辑诗馀为《梅苑》十卷。方回作《瀛奎律髓》,凡咏物俱入《著题类》,而《梅花》则自立一类。此倡彼和,踏杂不休。名则耐冷之交,实类附炎之局矣。"①(《四库全书总目·梅花字字香》)

　　自咏梅成为宋诗一大公案之后,元人延续了这种局面。

　　宋代诗人中,苏轼、黄庭坚的咏物诗在元代颇有影响。如元人咏海

---

① (元)郭豫亨撰:《梅花字字香》,《文渊阁四部全书》本,第1205册,第667页。

棠多受苏轼《海棠》一诗的影响。如刘秉忠的《因张平章就对东坡海棠诗二首遂赋一首》：

"一种奇花号海棠，十分颜色岂须香。雨中有泪真倾国，月下无言更断肠。不待金盘荐华屋，高烧银烛照红妆。少陵避讳将佳句，留与眉山苏二郎。"①

苏轼诗中的"故烧高烛照红妆"一句在元人的咏海棠诗中出现得十分频繁。马臻《海棠》："殷红含露卧朝寒，疑是春工画末乾。底事诗人吟不稳，直须烧烛夜深看。"②程端学《和写兄用东坡韵咏海棠》亦化用其语云："山日高悬朝露晞，锦帐春酣睡未足。"③又如黄庭坚的《咏猩猩毛笔》诗，《六艺之一录》在"咏笔诗"中称"猩猩毛笔惟山谷诗绝冠，名士无不讽咏。"④其诗如下：

"爱酒醉魂在，能言机事疏。平生几两屐，身后五车书。物色看王会，勋劳在石渠。拔毛能济世，端为谢杨朱。"⑤

黄庭坚诗中用了不少僻典，反映了诗人深厚的文学功力，具有江西诗派的特色，这种以事典来咏物的方式，在元代的咏物诗中是常见手法。黄诗多选书斋之物吟咏，这类题材在元诗中亦十分常见。南宋末年，江湖诗派盛行，江湖派诗人多身处下层，咏物多以身边之物取材，具有很强的烟火气息，这种咏物倾向，也为元人所继承。而宋代常见的谢惠诗在元代亦常见于诗人笔端，其内容常以惠纸砚笔墨、酒茶蔬食等为主，不少属于咏物诗。

可以说，元代咏物诗无论是在题材还是在写作方法上，很大程度上延续了唐宋，尤其是宋代诗人的咏物传统。

---

① 杨镰主编：《全元诗》（第3册），北京：中华书局，2013年版，第160页。
② 杨镰主编：《全元诗》（第17册），北京：中华书局，2013年版，第78页。
③ 杨镰主编：《全元诗》（第28册），北京：中华书局，2013年版，第394页。
④ 《六艺之一录》，卷三百七，《文渊阁四库全书》本。
⑤ （宋）黄庭坚撰，（宋）任渊等注，刘尚荣校点：《黄庭坚诗集注》，北京：中华书局，2003年版，第149—150页。

3. 题材的新变

元代的咏物诗题材,在延续唐宋诗人传统的基础上,也产生了新的变化。这些新变的产生,与元朝完成大一统,混一南北有着密不可分的关系。元朝可以称为中国历史上疆域版图最为广阔的王朝。

"自封建变为郡县,有天下者,汉、隋、唐、宋为盛,然幅员之广,咸不逮元。汉梗于北狄,隋不能服东夷,唐患在西戎,宋患常在西北。若元,则起朔漠,并西域,平西夏,灭女真,臣高丽,定南诏,遂下江南,而天下为一,故其地北逾阴山,西极流沙,东尽辽左,南越海表。盖汉东西九千三百二里,南北一万三千三百六十八里,唐东西九千五百一十一里,南北一万六千九百一十八里,元东南所至不下汉、唐,而西北则过之,有难以里数限者矣。"①

在元朝空前辽阔的疆域上,南北物候差异非常明显。元世祖结束混战,将长期割裂的南北混一,给了文人们一睹异域风光的机会。在元朝,北人南下与南人北上是这一时代特有的现象。元代文人的咏物诗创作中,反映出了新的时代内容,其中尤以北地上京风物与异域物品为最。上京,又称上都、滦京,是元朝的夏都,位于今内蒙古自治区锡林郭勒盟正蓝旗境内,每年四月,元朝皇帝便在群臣的陪伴下前往上都避暑,直到八九月秋凉方返回大都。在元朝,文人常常北上游历上都,尤其是宫廷文人更需要每年陪驾北上。这一时期的上京纪行诗非常多。关于北地的印象,在咏物诗中突出表现为两类题材,一类是以海东青与马为代表的猛禽与走兽,一类则是以蒙古八珍为代表的蒙古饮食。

"海东青,鹘之至俊者也,出于女真,在辽国已极重之,因是起变而契丹以亡。其物善擒天鹅,飞放时,旋风羊角而上,直入云际。能得头鹅者,元朝官里赏钞五十锭。"②

海东青是鹰类的一种,身小而健,其飞极高,能袭天鹅、搏鸡兔,其

---

① (明)宋濂等撰:《元史》,北京:中华书局,1976年版,第1345页。
② (明)叶子奇等撰,吴东坤等校点:《草木子(外三种)》,上海:上海古籍出版社,2012年版,第65页。

品种可分为秋黄、波黄、三年龙、玉爪,其中纯白色的玉爪最为珍贵。海东青常见于北地,白珽在《续演雅》中称赞其为"羽中虎",足见其勇猛。叶子奇称辽国因海东青亡国,是比较夸张的说法,但足以说明统治者对海东青的喜爱与重视。在元朝,海东青同样受到统治者们的重视喜爱:"皇朝昔宝赤,即养鹰人也。每岁以初按海青获头鹅者(即天鹅也),赏黄金一锭。"①元代的养鹰人,其所豢养的海东青如果能在狩猎活动中捉到头鹅,便可获得丰厚的奖赏。

海东青多出现在北方文人以及北上文人的诗中,南方人比较少见其物,据袁易《白海青》诗序所言:"尚方有赐江浙省臣白海青者,杭州人士美以歌诗,征余同赋。"②由此可见,在南方海东青是比较少见的。其诗云:

"森森东溟刷羽翰,乍随天马万人观。孤飞雪点青云破,一击秋生玉宇宽。赐予岂将追鹰鹯,驱除直欲辨枭鸾。江南明月难同色,梦想瑶阶白露漙。"③

王旭的《某丞相出示御赐白海青马图》一诗可与其相应:

"剑翮星眸百鸟雄,九天擎出赐元功。神姿净刷阴山雪,逸气寒吹碧海风。掣电惊看千里速,下鞲宁许一拳空。江湖不隔长杨梦,如在君王指顾中。"④

海东青与马,可以说是元朝勇猛武力与国力的象征。与海东青比,马具有更强烈的象征色彩,笔者将在下一小节专门对咏马类咏物诗进行说明。

海东青擅长捕天鹅,天鹅肉是蒙古八珍之一,故在咏海东青的诗歌中,常见诗人描写其捕捉天鹅的场景,而咏天鹅的诗中,则写其被海东青捕食的隐忧。如刘因《白海青》:

"扶馀玉爪旧曾闻,青鸟犹沾海气昏。掌上风标有如此,眼中神骏

---

① (元)杨瑀、孔齐撰,李梦生、庄葳、郭群一校点:《山居新语·至正直记》,上海:上海古籍出版社,2012版,第21页。
② (清)顾嗣立编:《元诗选》(初集),北京:中华书局,1987年版,第316—317页。
③ 杨镰主编:《全元诗》(第20册),北京:中华书局,2013年版,第91页。
④ 杨镰主编:《全元诗》(第13册),北京:中华书局,2013年版,第86页。

更怜君。平芜未洒头鹅血,春水谁开猎骑门。过雁昏鸦莫回首,霜拳高兴在空云。"①

袁桷《天鹅曲》:

"天鹅颈瘦身重肥,夜宿官荡群成围。芦根捷捷水蒲滑,翅足蹩曳难轻飞。参差旋地数百尺,宛转培风借双翻。翻身入云高帖天,下陋蓬蒿去无迹。五坊手擎海东青,侧眼光透瑶台层。解绦脱帽穷碧落,以掌疾掴东西倾。离披交旋百寻衮,苍鹰助击随势远。初如风轮舞长竿,末若银毬下平坂。蓬头喘息来献官,天颜一笑催传餐。不如家鸡栅中生死守,免使羽林春秋水边走。"②

元代还将海东青捕获天鹅的现象谱为新曲内容:

"新腔翻得凉州曲,弹出天鹅避海青。"③(《滦京杂咏》)

蒙古八珍,据白珽《续演雅》注中解释,为"醍醐、麆沆、野驼蹄、鹿唇、驼乳麋、天鹅炙、紫玉浆、玄玉浆"④。紫玉浆即葡萄酒,玄玉浆即马奶酒中的黑马奶酒。八珍中,以葡萄酒、马奶酒最常见于元人诗中。

在元代,葡萄与葡萄酒是诗中一景。根据叶子奇在《草木子》中的说法:"葡萄,汉张骞使西域,中国始有种。"⑤葡萄酒早在唐诗中就已经出现了,如王翰《凉州词》中的"葡萄美酒夜光杯"之语。古时葡萄的产地主要是在今天的新疆地区,宋代疆域不能与唐代相比,尤其是南宋,偏安江南一隅,葡萄罕见,葡萄酒几乎不见。元朝的创立者蒙古人武力强悍,横扫四方,中亚畏兀儿首领最先归附,畏兀儿人生活的地区,尤其是哈剌和州(今天的新疆吐鲁番)盛产葡萄,他们在元朝向朝廷进献葡萄酒,受到蒙古贵族的喜爱,葡萄酒逐渐流传开来。金元之际,山西地区开始酿造葡萄酒。在元代,葡萄酒是重要的宫廷贡酒,统治者对葡萄酒的需求量极大,这一时期还出现了以种植葡萄为生的农民。随着元

---

① (元)刘因:《静修集》,卷十六,《四部丛刊》景上海涵芬楼藏元刊本。
② (元)袁桷:《清容居士集》,卷十六,《四部丛刊》景上海涵芬楼藏武英殿聚珍版本。
③ (清)顾嗣立编:《元诗选》(初集),北京:中华书局,1987年版,第1965页。
④ (清)顾嗣立编:《元诗选》(二集),北京:中华书局,1987年版,第56页。
⑤ (明)叶子奇等撰,吴东坤等校点:《草木子(外三种)》,上海:上海古籍出版社,2012年版,第65页。

朝统治的稳定,葡萄由西域传入江南地区,对于葡萄移植江南的事实,元代文人在咏葡萄诗中多有反映,如欧阳玄《葡萄》:"宛马西来贡帝乡,骊珠颗颗露凝光。只今移植江南地,蔓引龙髯百尺长。"① 在宋元之际,葡萄也是画家喜爱的创作对象,杭州玛瑙寺僧人温日观的墨葡萄极为有名,时人多题诗。可以说,葡萄的引入与葡萄酒的盛行,都与蒙元的强大有着重要的关系。

马奶酒则是随着蒙古人入侵中原而进入汉人的视野。马奶酒又称忽迷思,是蒙古人最重要的饮品,与牛羊肉一样,是蒙古人饮食的重要组成部分,其主要原料是马乳,在制作过程中需要人工不断撞击搅拌,精品为黑马奶酒。马奶酒常用浑脱盛放,浑脱即为皮制酒囊。在蒙古人入侵以前,宋人几乎没见过此种酒类。

"初到金帐,鞑主饮以马奶,色清而味甜,与寻常色白而浊、味酸而膻者大不同,名曰黑马奶,盖清则似黑。问之,则云:'此实撞之七八日,撞多则愈清,清则气不膻。'只此一次得饮,他处更不曾见。"②

葡萄酒与马奶酒都是朝廷贡酒,元代统治者常用黑马奶酒和葡萄酒来祭祀祖先,宴飨群臣,需求量巨大。马奶酒与葡萄酒作为宫廷的标志性饮品,在北方诗人与官宦文人的作品中很常见,如刘因《黑马酒》:

"仙酪谁夸有太玄,汉家挏马亦空传。香来乳面人如醉,力尽皮囊味始全。千尺银驮开晓宴,一杯琼露洒秋天。山中唤起陶弘景,轰饮高歌敕勒川。"③

许有壬《谢贺右丞寄蒲萄酒》:

"几年西域蓄清醇,万里鳝夷贡紫宸。仙露甘分红玉液,天风香透白衣尘。相君不用凉州牧,老子方怀汉水春。自把巨罗还自酌,惜无细马锦靴人。"④

北地风物尤以上都风物最具有标志性,其常见于元代的上京纪行诗中,如杨允孚的《滦京杂咏》,专门的咏物诗比较少见,表现内容也多

---

① (清)顾嗣立编:《元诗选》(初集),北京:中华书局,1987年版,第1178页。
② 史卫民:《元代社会生活史》,北京:中国社会科学出版社,1996年版,第141页。
③ (元)刘因:《静修集》,卷二十,《四部丛刊》景上海涵芬楼藏元刊本。
④ (元)许有壬:《至正集》,卷二十,《元人文集珍本丛刊》石印本。

为饮食方面。最为集中反映北地风物饮食的作品为许有壬的《上京十咏》与程文的一系列反映北地饮食的咏物诗作。

许有壬的《上京十咏》在序言中称：

"元统甲戌,分台上京,饮马酒而甘,尝为作诗,丁丑分省,日常多暇,因数土产可记者尚多,又赋九题,并旧作为《上京十咏》云。"①

详细记载了马酒、秋羊、黄羊、黄鼠、粆麵、芦菔、白菜、沙菌、地椒、韭花十种北地物产的情况,为展示上都风物留下了珍贵的材料。列举其六：

"塞上秋风起,庖人急尚供。戎盐舂玉碎,肥荠压花重。肉净燕支透,膏凝琥珀浓。年年神御殿,颁饫每沾侬。"②（《秋羊》）

"北产推珍味,南来怯陋容。瓠肥宜不武,人拱若为恭。发掘怜禽狨,招徕或水攻。君毋急盘馔,幸自不穿墉。"③（《黄鼠》）

"坡远花全白,霜轻实便黄。杵头麸褪墨,磑齿雪流香。玉叶翻盘薄,银丝出漏长。元宵贮膏火,蒸墨笑南香。"④（《粆麴》,南乡荞面黑甚,热则坚硬若瓦石,可代陶盏贮膏火。）

"性质宜沙地,栽培属夏畦。熟登甘似芋,生荐脆如梨。老病消凝滞,奇功直品题。故园长尺许,青叶更堪虀。"⑤（《芦菔》,即萝卜）

"牛羊膏润足,物产借英华。帐脚骈遮地,钉头怒戴沙。斋厨供玉食,撬索出氊车。莫作垂涎想,家园有莫邪。"⑥（《沙菌》,此物喜生车帐卓歇之地,夏秋则环绕其迹而出）

"冻雨催花紫,轻风散野香。刺沙尖叶细,敷地乱条长。楚客收成裹,奚童撷满筐。行厨供草具,调鼎汝非良。"⑦（《地椒》）

程文所咏之物与许有壬《上京十咏》多有重合,如《粆麴》《芦菔》《韭

---

① （元）许有壬:《至正集》,卷十三,《元人文集珍本丛刊》石印本。
② （元）许有壬:《至正集》,卷十三,《元人文集珍本丛刊》石印本。
③ （元）许有壬:《至正集》,卷十三,《元人文集珍本丛刊》石印本。
④ （元）许有壬:《至正集》,卷十三,《元人文集珍本丛刊》石印本。
⑤ （元）许有壬:《至正集》,卷十三,《元人文集珍本丛刊》石印本。
⑥ （元）许有壬:《至正集》,卷十三,《元人文集珍本丛刊》石印本。
⑦ （元）许有壬:《至正集》,卷十三,《元人文集珍本丛刊》石印本。

花》《秋羊》《黄羊》《黄鼠》《地椒》《沙菌》《白菜》，他还对蒙古人食用的牛酥、乳饼、沙葱进行了记录，如：

"牛酥真异品，牛乳细烹熬。坚滑黄凝蜡，冲融白泻膏。研春茶碗腻，照夜佛灯高。买取江南去，诚堪慰老饕。"①（《牛酥》）

"煮酪以为饼，圆方白更坚。斋宜羞佛供，素可列宾筵。刀落云英薄，羹翻玉版鲜。老夫便豆乳，得此倍欣然。"②（《乳饼》）

"沙葱如石发，俗称苦蔴蔾。在野人争采，为菹味亦奇。钉盘羊酪并，配食韭花宜。寸寸宁论度，还似阿母慈。"③（《沙葱》）

相对于许有壬的《上京十咏》，程文的咏物诗说明记录性更强，可见其作诗的出发点亦在记录。

除了上述反映北地风物的咏物题材外，还有一些新鲜题材如汗酒，杨维桢《无题效商隐体》诗之一有"公子银瓶分汗酒，佳人金胜剪春花"④之语，汴思义《汗酒》诗：

"水火谁传既济方，满铛香汗滴琼浆。开樽错认蔷薇露，溜齿微沾菡萏香。水泄尾闾知节候，温生华盖识温凉。千钟鲁酒空劳勤，一酌端能作醉乡。"⑤

汗酒即烧酒，又称火酒，阿剌吉酒，传为元代始有。李时珍《本草纲目》记载云：

"烧酒非古法也，自元时始创，其法用浓酒和糟入甑，蒸令气上，用器承取滴露，凡酸败之酒皆可蒸烧。近时惟以糯米或黍或秫或大麦蒸熟，和曲酿瓮中十日，以甑蒸好，其清如水，味极浓烈，盖酒露也。"⑥

汗酒在其酿制过程中采用了蒸馏之法，蒸气聚滴，形如汗流，故得此名。

元代新出现的题材还有西瓜，据《草木子》记载："西瓜，元世祖征西

---

① 《诗渊》影印本，北京：书目文献出版社，1984年版，第117页。
② 《诗渊》影印本，北京：书目文献出版社，1984年版，第109页。
③ 《诗渊》影印本，北京：书目文献出版社，1984年版，第2339页。
④ （清）顾嗣立编：《元诗选》（初集），北京：中华书局，1987年版，第2049页。
⑤ 杨镰主编：《全元诗》（第50册），北京：中华书局，2013年版，第107页。
⑥ （明）李时珍：《本草纲目》，卷二十五，北京：人民卫生出版社，1982年版。

域,中国始有种。"①元诗中有不少西瓜诗歌,如吾衍、陆厚等人的《西瓜诗》等。除此之外,还有反映异域之物的题材,如吴莱的《大食瓶》《东夷倭人小折叠画扇子歌》《娄约禅师玻璨瓶子歌》《西域种羊皮书褥歌寄李仲羽》等,

"西南有大食,国自波斯传。兹人最解宝,厥土善陶埏。"②(《大食瓶》)

"东夷小扇来东溟,粉笺折叠类凤翎。"③(《东夷倭人小折叠画扇子歌》)

"玻璨瓶子西国来,颜色绀碧量容桮。"④(《娄约禅师玻璨瓶子歌》)

"波斯谷中神夜语,波斯牧羊供别部。"⑤(《西域种羊皮书褥歌寄李仲羽》)

可以说,元代咏物诗中出现的新的题材,与其疆域的扩大以及外国之间商贸的频繁往来有着密切的关系。

三、咏马诗与咏雁诗

1. 咏马诗

元代的咏物诗中,咏马诗是其中十分特别的一类。蒙古人凭借其勇猛的骑兵取得天下,马的重要性不言而喻。

"元起朔方,俗善骑射,因以弓马之利取天下,古或未之有。盖其沙漠万里,牧养蕃息,太仆之马,殆不可以数计,亦一代之盛哉。"⑥

马在蒙古人的生活中占有极其重要的地位,不仅征战出行、放牧狩

---

① (明)叶子奇等撰,吴东坤等校点:《草木子(外三种)》,上海:上海古籍出版社,2012年版,第65页。
② (元)吴莱:《渊颖吴先生集》,卷二,《四部丛刊》景萧山朱氏翼盦藏元刊本。
③ (元)吴莱:《渊颖吴先生集》,卷二,《四部丛刊》景萧山朱氏翼盦藏元刊本。
④ (元)吴莱:《渊颖吴先生集》,卷四,《四部丛刊》景萧山朱氏翼盦藏元刊本。
⑤ (元)吴莱:《渊颖吴先生集》,卷四,《四部丛刊》景萧山朱氏翼盦藏元刊本。
⑥ (明)宋濂等撰:《元史》,北京:中华书局,1976年版,第2553页。

猎离不开马,生活饮食亦离不开马,甚至郊庙祭祀也离不开马:

"太庙祀事暨诸寺影堂用乳酪,则供牝马;驾仗及宫人出入,则供尚乘马。"①

蒙古人在评价估量他人能量时,亦常以马匹数量、质量来衡量:

"蒙古,游牧之国,札木合称太祖之强曰:'有骟马七十二匹'。王罕饮青马乳,太祖尤慕羡之。盖国俗如此。"②(《兵三·马政》)

马,作为蒙元统治下重要的时代象征物,自然也会反映在诗人作品中。有意思的是,元代的咏马诗很多,但其所咏之马却往往不是生活中之真马,而是画中之马。马图中包括了唐宋画家曹霸、韩干、李公麟等人的画作,还有宋元龚开、钱选、赵子昂等人的画作,更有时人据时事而画的贡马图。之所以出现这种咏画中之马而非真马的现象,笔者认为,画中之马已非寻常之马,而是经过加工之后的艺术形象,更具有鉴赏价值。且元代品鉴题画活动盛行,题咏马图是时代之风气。在所有的咏马诗中,天马诗又是其中最为引人注意的一道风景。古人吟咏天马,源于汉武帝的《天马诗》,唐代李白的《天马歌》更是将天马纵横、俊逸不凡的形象刻画得深入人心。天马,逐渐成为国力强盛的象征。

元人尚马,延祐初年(1314)年重开科举之后,湖广行省的乡试题目就是《天马赋》,陈泰、欧阳玄等人便是以《天马赋》得荐。其中陈泰的《天马赋》更被考官评价为:"气骨苍古,音节悠然,天门洞开,天马可以自见矣。"③以天马为题赋诗,成为当时的社会风气。但影响更大的,则是元顺帝至正二年(1342年)拂郎国献天马事件。拂郎又称佛朗,是frank的译音,当时波斯人、阿拉伯人统称欧洲人为拂郎,元人也延续了这一称呼。至正二年的拂郎使者来自罗马。关于这次献马事件,《元史》上仅仅记载为:"是月,拂郎国贡异马,长一丈一尺三寸,高六尺四寸,身纯黑,后二蹄皆白。"④更具体的记载则见于元代文臣周伯琦所作《天马行》序中:

---

① (明)宋濂等撰:《元史》,北京:中华书局,1976年版,第2554页。
② 柯劭忞:《新元史》影印本,卷一百,北京:中国书店,1988年版。
③ (清)顾嗣立编:《元诗选》(初集),北京:中华书局,1987年版,第1635页。
④ (明)宋濂等撰:《元史》,北京:中华书局,1976年版,第864页。

"至正二年岁壬午七月十有八日,西域拂郎国遣使献马一匹,高八尺三寸,修如其数而加半,色漆黑,后二蹄白,曲项昂首,神俊超逸,视他西域马可称者,皆在膈下。金辔重勒,驭者其国人,黄须碧眼,服二色窄衣,言语不可通,以意谕之,凡七度海洋,始达中国。是日天朗气清,相臣奏进,上御慈仁殿,临观称叹,遂命育于天闲,饲以肉粟酒湩。仍敕翰林学士承旨臣巎巎命工画者图之,而直学士臣揭傒斯赞之,盖自有国以来,未尝见也。"①

其中所云"工画者"即是元代画家周郎。周郎,字伯高,号冰壶画隐,永嘉(今浙江温州)人,为元顺帝时期宫廷画师。② 元人姚琏《天马歌》中有"风流画史周冰壶,与马传神作画图"③之语。

拂郎此次所献之马明显区别于元廷已有马种,根据周伯琦的描述,这匹马体型巨大,"视他西域马可称者,皆在膈下",膈指肩头,与这匹马一比,昔日高大威猛的西域宝马都显得体型矮小,无法与之匹敌了。顺帝对这次进献的天马称赞不已,不仅命令画工绘制成图,更让揭傒斯作赞。

"皇帝御极之十年七月十八日,拂郎国献天马,身长丈一尺三寸有奇,高六尺四寸有奇,昂高八尺有二寸。二十一日勅臣周朗貌以为图,二十三日诏臣揭傒斯为之赞。赞曰:

惟乾秉灵,惟房降精。有产西极,神骏难名。彼不敢有,重译来庭。东逾月窟,梁雍是经。朝饮大河,河伯屏营。莫秣大华,神灵下迎。四践寒暑,爰至上京。皇帝临轩,使拜迎称。臣拂郎国,邈限西溟。蒙化效贡,愿归圣明。皇帝谦让,嘉尔远诚。摩于赤墀,顾瞻莫矜。既称其德,亦貌其形。高尺者六,修倍犹赢。色应玄武,足躏长庚。回眸电激,顿辔风生。卓荦权奇,虎视龙腾。按图考式,曾未足并。周骋八骏,徐

---

① (清)顾嗣立编:《元诗选》(初集),北京:中华书局,1987年版,第1864页。

② 周郎的字号考证见于余辉《元代宫廷绘画史及佳作考辨·续二》,《故宫博物院院刊》2000年第4期。北京故宫博物馆藏周郎《杜秋图》幅上有作者小楷名款"周郎伯高",钤印"冰壶画隐"(朱文方印)。元代陈基《夷白斋稿》中外集跋《张彦辅画〈拂郎马图〉》云周郎为"永嘉周冰壶"。

③ 杨镰主编:《全元诗》(第42册),北京:中华书局,2013年版,第278页。

偃构兵。汉驾鼓车,炎刘中兴。维帝神圣,载籍有征。光武是师,穆满是惩。登崇俊良,共基太平。一进一退,为国重轻。先人后物,万国咸宁。"①

不仅揭傒斯奉命作《天马赞》,元廷文臣更是争相赋诗,应制而作,如周伯琦作《天马行》,许有壬作《天马歌》、欧阳玄作《天马颂》,歌咏天马,一时之间成为文人盛事。

拂郎国进献天马,引起了极大的社会轰动,不仅馆阁文臣作诗以颂,民间亦有不少诗人作诗赞美,如杨维桢的《佛郎国进天马歌》、陆仁的《天马歌》、秦约的《天马歌》、麟瑞的《天马歌》、《后天马歌》、郭翼的《天马二首》、唐元的《拂郎国献天马》等。在这些咏天马诗中,描写天马不凡,展示国家强盛、四夷来服是主流,言语间充满了国家强盛的自豪感。如欧阳玄"龙首凤臆目飞电,不用汉兵二十万。有德自归四海羡,天马来时庶升平。"②在元人看来,汉武帝尚需以武力强取天马,而如今元廷国力之强,足以使万里之外的异国自动献上天马。

天马神骏,观者为之惊叹,但天马仅见于朝,普通人自然无缘得见,顺帝下命绘制天马图,除去记录这一盛事,也有广为传播,以扬国威之意。元代的诗人,更多的是借助天马图一窥拂郎天马之容。据陈基《跋张彦辅画拂郎马图》一文记载,除了周郎外,道士张彦辅也绘制了拂郎天马图,但今人所见者,只有周郎所画。而观元人的咏天马诗,其中所提画者,也多为周郎。

"至正壬午,予客京师,而拂郎之马适至。其龙鬃凤臆,磊落而神骏,既入天厩,备法驾,而其绘以为图传诸好事者,则永嘉周冰壶、道士张彦辅,以待诏上方,名重一时。然冰壶所作,论者固自有定论。至于彦辅,以解衣盘礴之馀自出新意,不受羁绁,故其超轶之势,见于毫楮间者,往往尤为人所爱重,而四方万里亦识九重之天马矣。此卷乃其最得意者。俯仰八九年,复于顾仲瑛氏处见之,追怀畴昔,信为增慨。韩文公有云:'千里马常有,伯乐不常有。'吁,世岂惟无伯乐哉!虽欲求如彦

---

① (元)揭傒斯:《揭文安公全集》,卷十四,《四部丛刊》景乌程蒋氏密韵楼藏旧钞本。
② (元)欧阳玄:《圭斋文集》,卷一,《四部丛刊》景上海涵芬楼藏明成化本。

辅之图写俊骨,亦不可复得,仲瑛其可不宝而藏之乎。"①

张彦辅出身蒙古族,是北方太一道道士,有真人称号,与虞集、揭傒斯、陈旅、危素等人颇为友善,尽管他没有任职,却常出没元廷。张彦辅十分擅长画山水画,曾与周郎一同绘制《拂郎天马图》,其图今已失传。

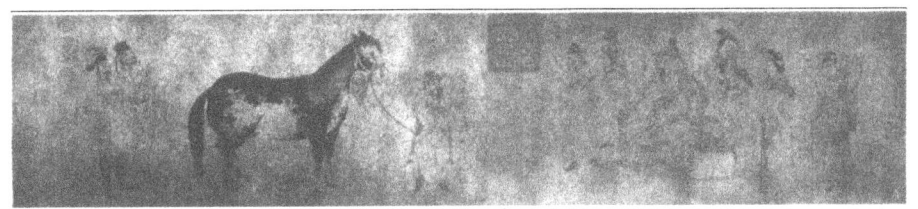

图一　元周郎(明摹本)《佛郎国献马图》卷,北京故宫博物馆藏

实际上,自蒙元统治建立以来,地方、宗王等向元廷进献马匹是常有之事,其中亦不乏宝马。如张昱的《题番使进呈三马》,马臻的《题画海南人贡天马图》等。

"殿中得名画番马,笔力不在陈闳下。方其番使引进时,诏许当轩对描写。近前一匹白鼻䯄,咫尺天威生惧怕。第二匹马青连钱,矫首嘶鸣意闲暇。向后赭白马最雄,雾鬣风鬃劳握把。三马即出瀚海空,天厩真龙此其亚。画师貌此良苦心,惨淡精神入夷夏。冥冥雷雨晦大河,漠漠风沙连巨野。诸番服饰本华靡,不独丹青侈图画。百年绢素霜雪新,拂拭徒为发悲咤。莫言世有真乘黄,只此按图谁识者。"②(张昱《题番使进呈三马》)

但元代任何一次献马活动都未像至正二年那样引起轰动。究其原因,笔者认为,一则在于至正二年的献马活动行程艰难,使者远涉万里,历经四年方至,以足见其艰辛与珍贵;另一则在于此次所献之马,有别于其他骏马,其形体之巨,元人罕见,故造成了极大的轰动。

尽管元代文人对于此次献马,广泛歌颂,但如果研究史实则会发现,对于至正二年的献马活动,并不应该如周伯琦等人所言那样,仅仅认为其是拂郎国向元廷示好的一次进贡行为。蒙元初期,大力开疆拓

---

① (元)陈基:《夷白斋稿》,外集卷下,《四部丛刊》景常熟瞿氏铁琴铜剑楼藏明钞本。
② (元)张昱:《可闲老人集》,《文渊阁四库全书》本,第1222册,第519页。

土,其武力范围一度扩展到欧洲,给当地人民造成了战争阴影,但到顺帝时期,国家版图已经稳定,早已不再向外扩展,欧洲国家与元朝的往来,尤其是商贸往来十分频繁。元朝疆域空前辽阔,境内各色人等杂居,其宗教信仰也多种多样,基督教在当时已经具有一定的影响力,其教徒甚多。拂郎国派使团出使元廷,其中一个重要契机就是因为元顺帝在后至元年间曾派人出使拂郎,并致书罗马教皇,请求教皇派出继任者来接替已经逝世的天主教大主教,当时在元廷当地的天主教众,因为主教去世,导致无人主持大局。随后,罗马教皇决定派遣佛罗伦萨人、方济各派教士马黎诺里带领使者团出使元廷,使者团历时四年方至京师,他们带来的贡品中,最引人注目的就是这匹体型巨大的骏马。可以说,至正二年拂郎进献天马,不仅仅是一次向元廷示好的行为,更是一次有着宗教活动背景的交流活动。①

天马诗在元代具有强烈的时代政治意义,天马诗的盛行,与元朝国力的强盛有着密切的关系,元朝的版图之广,可谓前所未有,武力之盛,亦前所未有。而天马诗歌的兴盛,亦是时代强盛的缩影。正如释净慧《题天马图》所云:

"八尺飞龙十二闲,飘飘来自岢岚山。曾陪八骏昆仑顶,肯逐群雄草莽间。落日倒行悲峻坂,西风苦战忆重关。拂郎可是无新贡,天步于今正险艰。"②

至正后期,国力日衰,战乱不断,不复强盛,进贡天马的盛景亦不复见了。

元代的咏画马诗歌,除了咏天马及天马图外,还有很多,总体来看,其可分为如下几类。

一类是单纯以展现马的形象为主,或者在吟咏画中之马的同时,亦突出画师画技之高超。如马祖常《桃花马》:"白毛红点巧安排,勾引春

---

① 叶新民《元代中国与欧洲友好往来的一段佳话——周朗天马图小考》;徐英《从佛郎国献天马事看蒙古人的尚马情结》,王延页《天马诗文与马黎诺里出使元廷》;徐晓鸿《元代诗歌与基督教——佛郎国献天马与天马图诗》等文章中对至正二年拂郎献马的事件皆有论述,对罗马使者马黎诺里的出使皆有介绍。

② 杨镰主编:《全元诗》(第51册),北京:中华书局,2013年版,第245页。

风上背来。莫解凋鞍桥下浴,恐随流水泛天台。"①马祖常的这首诗生动活泼,紧扣马之毛色,用了汉朝刘、阮二人天台遇仙的故事,胡炳文的同题诗中则借用了武陵人误入桃花源的典故:"望夷宫里失天真,走入桃源避虐秦。背上落红吹不起,至今犹带武陵春。"②

虞集的《题韩干画马》则重在赞赏韩干所画之马的不凡:

"韩生观马十二闲,时写一二传人间。坡翁尝来伯时宅,见此遗迹开衰颜。前行如云尘不动,后者追风绝飞鞚。昔人能事已可能,始觉赏识非虚讽。昔观秘府韩绝少,得见龙眠已惊倒。使人读诗如见画,人中岂复生坡老。五云之中天上奇,代产名驹天子骑。神明尚令后古见,莫叹韩生非画师。"③

虞集的这种咏马兼赞画师画技的写法在元代很常见,毕竟在观画之时,必然会对画家的画技有所品评,这也是咏画中之马与真马的区别之一,实际上不止在咏画中之马时是这种情况,其他题画诗中也有类似情形。

一类是借助咏画中之马表达对君主知遇的感恩,或显示国家安定,骏马收归天闲的盛世情形。如写马之志向在于架鼓车为君王赢得盛世:

"汉水扬波洗龙骨,房星堕地天马出。四蹄蹀躞若流星,两耳尖修如削笔。天闲十二连青云,生长出入黄金门。鼓鬐振尾恣偃仰,食粟何以酬主恩。岂堪碌碌同凡马,长鸣喷沫奚官怕。入为君王驾鼓车,出为将军静边野。将军与尔同死生,要令四海无战争,千古万古歌太平。"④(萨都剌《画马》)

写盛世之马:

"一自房星下渥洼,龙媒多在玉皇家。赤毛洒血微生汗,黑晕团云整作花。不待老能知失道,固应来是涉流沙。如今岂少真神骏,犹有丹

---

① (元)马祖常撰:《马石田文集》,卷四,《元人文集珍本丛刊》明刊本。
② (清)顾嗣立编:《元诗选》(初集),北京:中华书局,1987年版,第839页。
③ (元)虞集著,王颋校点:《虞集全集》,天津:天津古籍出版社,2007年版,第48页。
④ (元)萨都拉:《雁门集》,上海:上海古籍出版社,1982年版,第268页。

青纸上夸。"①(范椁《画马》)

"朱缨金络辔,黄帕锦鞍鞯。神闲意更逸,初下丹墀前。"②(揭傒斯《御马图》)

还有一类则借画马来鞭挞社会现实,如瘠马、瘦马形象。以瘦马来喻廉臣,喻心寄天下、忧国忧民的形象源于杜甫。元代多咏瘦马之作。如任仁发曾作《二马图》来反衬贪官与廉臣。图中绘制一肥一瘦两匹马,前者象征的是骄奢贪腐的官吏形象,后者则是勤勉谦逊、鞠躬尽瘁的廉臣形象。

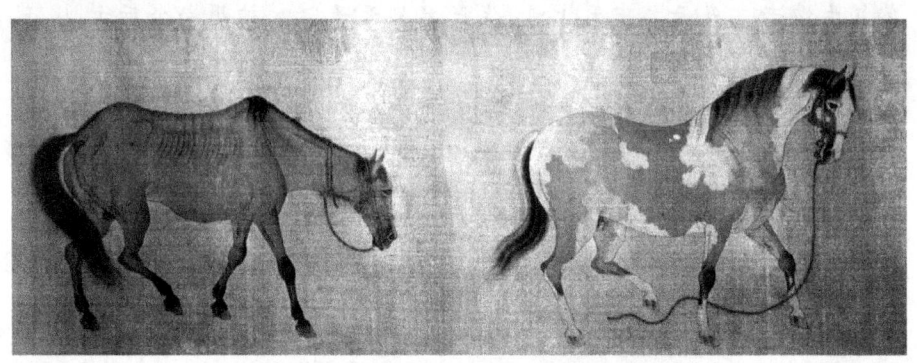

图二　元任仁发《二马图》北京故宫博物馆藏

任仁发,字子明,号月山,松江人,大德年间因为卓越的治水才能被授予官职,擅长画马。他在大都任职期间目睹了众多官吏的贪腐行径,有感之下作《二马图》,肥马骄横昂扬,瘦马瘠骨嶙峋,前者正应任仁发在题记中所痛斥的"肥一己而瘠万民"贪官形象,后者则应"瘠一身而肥一国"的廉臣形象。以马来象征人,反映社会现实。

揭祐民《瘠马图》一诗通过写早年驰骋沙场晚年气竭力衰、饥寒交迫的贫瘠老马,哀叹其不公命运,又以瘠马喻身先士卒、鞠躬尽瘁的贤者:

"念汝出塞下,四蹄疾如飞。半夜驰临关,气夺戎王围。被铁踏河

---

① (元)范椁撰:《范德机诗集》,卷七,《四部丛刊》景江安傅氏双鉴楼藏景元钞本。
② (元)揭傒斯著,李梦生标校:《揭傒斯全集》,上海:上海古籍出版社,1985年版,第197页。

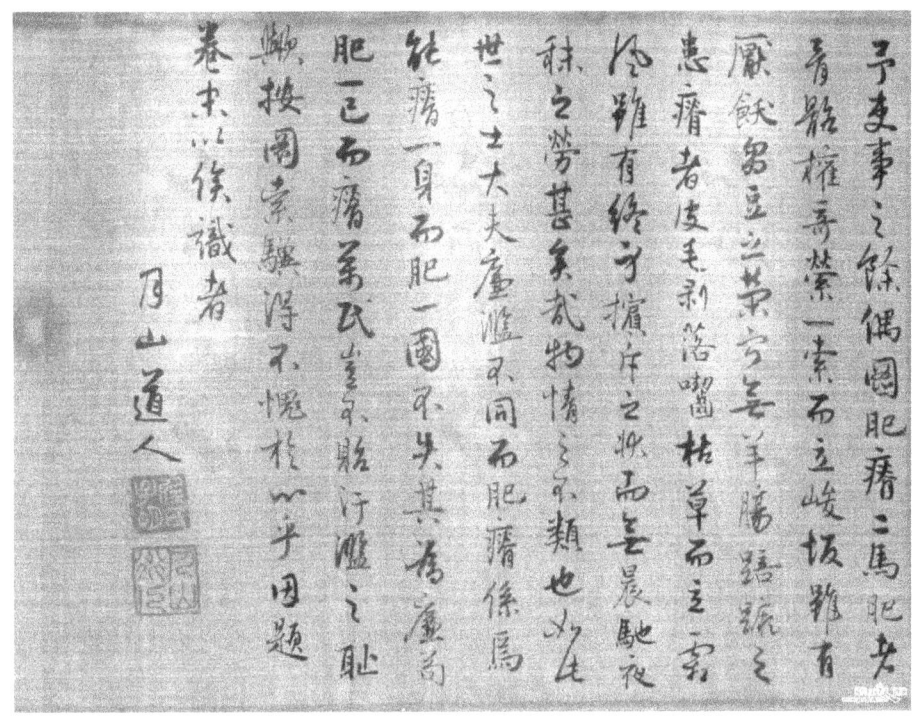

图三 元任仁发《二马图》题跋

冰,几度向武威。将军事百战,腾力不顾肥。只今饮渭流,齿老不任羁。坡寒莫风酸,碛瘠春草微。不感画者意,要见骏骨稀。但看古英贤,工苦常寒饥。"①

元人笔下的贫瘠瘦马,往往喻有德有才却不被重视者,如马臻《题画海南入贡天马图》写海南入贡天马之神威,末尾笔锋一转,写瘦马之遭遇,与万众瞩目的天马截然不同:

"余吾天马生水中,毛如泼墨耳插筒。雄姿挺挺浴海气,一刷万里追遗风。九夷入贡宾来服,画出犹能骇人目。韩子休教喂地黄,太仆能令饱梁肉。谁怜东郊瘦马碪兀如堵墙,汗血力尽德不扬,尚望明年春草长。"②

---

① (清)顾嗣立编:《元诗选》(二集),北京:中华书局,1987年版,第428页。
② (元)马臻:《霞外诗集》,《文渊阁四库全书》本,第1204册,第134页。

马在元代,常被诗人赋予独特的象征意义,来反映一定的社会现实,如袁桷的《鞭马图》:

"生驹万里意,所向知无前。囿人忌其德,未试先加鞭。要令俯首驯,使我尝相怜。伯乐死已久,此道不复传。驾车困泥途,伏枥老岁年。所用非所养,谁能别蚩妍。画师逐时好,谓尔诚当然。披图重叹嗟,我意何由宣。"①

袁桷表面上是惋惜良驹被囿人猜忌,"未试先加鞭""所用非所养"的命运,真正惋惜痛恨的却是元代统治者对汉人、南人的不公。元初科举不兴,广大文人进仕无路。那些因为圣上江南纳贤而进入朝廷的文人,虽然身在元廷,却受到蒙元统治者们的种种猜忌与不信任。身在其位却不能谋其政的无力感与被统治阶层的排斥感,都让诗人感到无力而悲愤。

元代与马有关的全国性事件还有刷马,刷马即括马,即指征集民马,元廷遇到紧急战事需要大量马匹时又来不及买时,可以从民间直接强制征用马匹。早年元世祖征战时期,马匹需求量巨大,常常大规模刷马。

"大德二年,丞相完泽、平章赛典赤等奏:'臣等观世祖皇帝时刷马五次,后一次括十万匹,虽行讫文书,止得七万余匹。为刷马之故,百姓养马者少。今乞不定数目,除杯驹、带马驹外,三岁以上者皆刷之。'帝从之。又诏:'刷马之故,为迤北军人久在军前,欲再添赴敌军数,以此拘刷耳。'"②

在元代,针对汉人、南人的刷马往往是一种变相的搜刮行为:

"征用军马时,蒙古人、色目人与各级官员允许保留部分马匹,闲散富人往往也允许三取其一。只有普通汉人、南人的马匹被全部征用。"③

对于元代频繁的刷马事件,虞集在《刷马歌》中不无讽刺的写道:

---

① (元)袁桷:《清容居士集》,卷三,《四部丛刊》景上海涵芬楼藏武英殿聚珍版本。
② 柯邵忞:《新元史》影印本,卷一百,北京:中国书店,1988年版。
③ 刘迎胜:《二十五史新编·元史》,上海:上海古籍出版社,1997年版,第300页。

"天马之来大宛国,汉帝心驰渥洼域。贰师兵甲费如山,毛骨权奇不多得。世祖开基肇太平,昔日大宛俱拱北。如云之马西北来,飞控惊尘遍南陌。荄养年深生息蕃,即今诏刷无遗迹。青丝络头千万辈,戢戢骈头死槽枥。一程瘴毒一程愁,比到燕山肥者瘠。吾观天厩十二闲,五花成队春斑斑。监官喂养盛刍豆,年年骑去居庸关。圣朝谁信多盗贼,却虑骑气藏凶奸。驽骀尽从天上去,骅骝岂得留人间。汉人南人窘徒步,道路相从俱厚颜。我今已是倦游者,东家寒驴何必借。布袜青鞋取次行,正喜不遭官长骂。乡里健儿弓弩手,诏许征鞍常稳跨。岭南烽火乱者谁?何事至今犹梗化。君不见汉文皇帝承平时,千里之马将安之。又不见项王一骑乌江渡,到头不识阴陵路。"①

虞集诗中提到的这次刷马发生在顺帝至元三年(1337)夏四月,史料对此次刷马事件亦多有记载,如《元史》记载:"癸酉,禁汉人、南人、高丽人不得执持军器,凡有马者拘入官。"②紧随刷马事件,其后又有"五月辛丑,民间讹言朝廷拘刷童男、童女,一时嫁娶殆尽"。③《新元史》中对这次的刷马事件记载为:

"后至元二年,敕汉人、南人、高丽人,凡有马者,悉拘之。时盗贼窃发,以拘刷为防乱之计,尤非政体云。"④(《兵三·马政》)

时间上稍有出入,本处从《元史》记录时间⑤。元朝后期,地方叛乱不断,元廷采用刷马政策来预防民众暴乱,又禁制汉人、南人持军器,一时之间,江南无马。元朝统治者不从自身寻找暴乱频发的原因,却把枪口对准百姓,以为平民无马、无械便可控制暴乱,岂不惹人笑哉!傅若金的《题章存诚十三马图》中亦不无讽刺地提及此次刷马:"去年刷马喧都鄙,纷纷杀马输马耳。骐骥遥依沙漠寒,驽骀尽向风尘死。江南近来

---

① (元)虞集著,王颋校点:《虞集全集》,天津:天津古籍出版社,2007年版,第65页。
② (明)宋濂等撰:《元史》,北京:中华书局,1976年版,第839页。
③ (明)宋濂等撰:《元史》,北京:中华书局,1976年版,第840页。
④ 柯劭忞:《新元史》影印本,卷一百,北京:中国书店,1988年版。
⑤ 毕沅:《续资治通鉴》卷第二百七中的记载为"夏,四月,癸酉,禁汉人、南人、高丽人不得执持军器,有马者拘入官。"

一匹无,君家乃得存此图。"①实在可怜可笑。

蒙元一朝,统治者凭借铁血马骑而建立霸业,马之盛衰,亦能看出其王朝兴衰的缩影,其咏马、画马之多,前所未有也。

2. 咏雁诗

雁,历来文人将其作为独特的乡愁意象,寄托了文人数不尽的羁旅愁思。文人咏雁是中国古典诗歌中独特的一道风景。李时珍在《本草纲目·雁·集解》中称雁有四德:

"寒则自北而南,止于衡阳,热则自南而北,归于雁门,其信也;飞则有序而前鸣后和,其礼也;失偶不再配,其节也;夜则群宿而一奴巡警,昼则衔芦,以避矰缴,其智也。"②

雁的文学意象最早见于《诗经·小雅·鸿雁》:

"鸿雁于飞,肃肃其羽。之子于征,劬劳于野。爰及矜人,哀此鳏寡。鸿雁于飞,集于中泽。之子于垣,百堵皆作。虽则劬劳,其究安宅。鸿雁于飞,哀鸣嗷嗷。维此哲人,谓我劬劳。维彼愚人,谓我宣骄。"③

《鸿雁》一诗以鸿雁的飞翔、聚集、哀鸣来反衬流民之苦,美宣王之教化。可以说,鸿雁的最初意象与流民有关,哀鸿遍野就出自《诗经·小雅·鸿雁》中的"鸿雁于飞,哀鸣嗷嗷",足见雁的意象在最初就包含了流离之意。

雁为候鸟,《说文》称之为"知时鸟"。大雁往来大江南北,春秋不辍,在交通不便的古代,游子在外家书难达,人们因大雁照时往返南北,故又赋予其信禽的称号,表达其渴望能够凭借鸿雁传书的美好心愿。在文人的笔下,大雁常常成为抒发流离之苦、思乡之情的载体。古人写雁,常写春雁与秋雁,春雁知暖北还,常伴有返乡之喜,如虞集《闻雁》:"楼近暖云湿,夜深闻雁低。声音灯外尽,羽翮月边迷。冉冉

---

① (清)顾嗣立编:《元诗选》(二集),北京:中华书局,1987年版,第456页。
② (明)李时珍:《本草纲目》(卷四十七),北京:人民卫生出版社,1982年版。
③ 程俊英撰:《诗经译注》,上海:上海古籍出版社,2012年版,第191—192页。

白榆上,悠悠黄竹西。应逢穆王骏,春草一长嘶。"①秋雁谋食而南,天凉感悲,常写游子羁旅游思,秋雁中又以孤雁为最悲:

"孤雁不饮啄,飞鸣声念群。谁怜一片影,相失万重云。望尽似犹见,哀多如更闻。野鸦无意绪,鸣噪自纷纷。"②(杜甫《孤雁》)

雁,尤其是孤雁,在诗人的笔下,常成为自身的写照。孤雁之悲,在于离群索居,漂泊无依,举目张惶不知所终,正如羁旅天涯的游子。元人咏雁,亦常借其写天时物候,写羁旅游思,如杨载《沙雁》:"漠漠寒烟树影微,一行沙雁背人飞。江南江北秋将尽,客子如今犹未归。"③黄庚《孤雁》:"长空独嘹唳,隐约背斜晖。塞北离群远,江南失侣归。度云怜只影,照水认双飞。却羡投林鸟,相呼入翠微。"④杨维桢《题墨雁》:"黄沙衰草羽毶毶,八月天山冷不堪。昨夜朔风吹过影,尽将秋色到天南。"⑤

元人诗中常有《闻雁》《雁声》等诗题,写诗人夜卧闻雁声,声悲而思愈悲,如张翥《雁声》:"嘹嘹数雁度,流响一凄然。半落淮南雨,遥沉海上天。疏砧欲断处,哀角未吹前。我亦离群者,闻之夜不眠。"⑥丁鹤年《闻雁》:"月落江城转四更,旅魂和梦到滦京。醒来独背寒灯坐,风送长空雁几声。"⑦

元代的咏雁诗,除了以雁寄托游思之外,亦有单纯写雁之诗,如元淮《雁字》:"一夜西风一夜寒,翻鸦落叶满长安。遥天印出书空雁,好似张颠字一般。"⑧亦有赞美雁之志向高洁之诗,如胡祗遹《跋芦雁图》:

---

① (元)虞集著,王颋校点:《虞集全集》,天津:天津古籍出版社,2007年版,第74页。
② (唐)杜甫著,(清)钱谦益笺注:《钱注杜诗》,上海:上海古籍出版社,1979年版,第585页。
③ (元)杨载:《翰林杨仲弘诗》,卷八,《四部丛刊》景江南图书馆藏明嘉靖丙申翁氏刊本。
④ (元)黄庚:《月屋漫稿》,《文渊阁四库全书》本,第1193册,第791页。
⑤ (清)顾嗣立编:《元诗选》(初集),北京:中华书局,1987年版,第2025页。
⑥ (清)顾嗣立编:《元诗选》(初集),北京:中华书局,1987年版,第1349页。
⑦ (清)顾嗣立编:《元诗选》(初集),北京:中华书局,1987年版,第2314页。
⑧ 杨镰主编:《全元诗》(第10册),北京:中华书局,2013年版,第146页。

"沙汀孤雁正思朋,回首云间嘹唳声。黄苇风前水荭露,不惊寒角起江城。云水江湖万里宽,飞鸣闲适有余欢。冥冥不是人间物,岂是无心比凰鸾。"①

值得注意的是,元代的咏雁诗还出现了新的变化,其所含警戒劝世意味前所未有地增强了,由此亦可见元代文人处境之不易。雁之南北往返,原在谋生,求诸稻粱,元代以前的诗人咏雁,也言及大雁贪恋稻粱,如庾信《咏雁》:"南思洞庭水,北想雁门关。稻粱俱可恋,飞去复飞还。"②张九龄《二弟宰邑南海见群雁南飞因成咏以寄》:"常怀粱宙惠,岂惮江山永。"③陈师道《雁》:"来往违寒暑,飞鸣在稻粱。"也有写雁往返之艰辛,网罟矰缴之患,如陆龟蒙《雁》:"南北路何长,中间万弋张。不知烟雾里,几只到衡阳。"④但在这些咏雁诗中,诗人的有感而发更多的是针对雁本身,而非借雁言事,以雁喻己。元代的咏雁诗中,鸿雁往返,谋求稻粱的意象与网罟矰缴的隐患与诗人南北往返谋生,仕途艰难的现实完美地融合了。

元代的咏雁诗中,以芦雁图题诗最广泛,其中以释行端的《飞鸣宿食雁》最为出名,元孔齐《至正直记》"古雁"条记载此诗云:

"国朝翰林盛时,赵松雪诸公在焉,一时诗僧亦与坐末。客有以《古雁图》求跋者,诸公咸命此僧先赋。诗僧即援笔题云:'年去年来年又年,帛书曾动汉诸贤。雨暗荻花愁晚渚,露香菰米乐秋田。影离冀北月横塞,声断衡阳霜满天。人生千里复万里,尘世网罗空自悬。'诸公称赏,即以诗授客去。"⑤

其中"帛书曾动汉诸贤"一句在《尧山堂外纪》则记为"帛书曾达茂陵前"。

"客有以《飞鸣宿食古雁图》求子昂跋者,时翰林诸公在焉。释端元

---

① 杨镰主编:《全元诗》(第 7 册),北京:中华书局,2013 年版,第 169 页。
② 逯钦立辑校:《先秦汉魏晋南北朝诗》,北京:中华书局,1982 年版,第 2408 页。
③ (清)曹寅、彭定求等编:《全唐诗》,上海:上海古籍出版社,1986 年版,第 577 页。
④ (清)曹寅、彭定求等编:《全唐诗》,上海:上海古籍出版社,1986 年版,第 7200 页。
⑤ (元)杨瑀、孔齐撰,李梦生、庄葳、郭群一校点:《山居新语·至正直记》,上海:上海古籍出版社,2012 年版,第 50 页。

叟亦与坐末。诸公咸命赋诗,元叟即援笔题云:'年去年来年又年,帛书曾达茂陵前。影连蓟北月横塞,声断衡阳霜满天。雨暗荻花愁晚渚,露香菰米乐秋田。平生千里复万里,尘世网罗空白悬。'诸公称赏,即以诗授客去。"①

释行端的咏雁诗,其题画对象为飞、鸣、宿、食四雁图,其诗中借用了苏武飞雁传书故事,《汉书·苏武传》记载:

"数月,昭帝即位。数年,匈奴与汉和亲。汉求武等,匈奴诡言武死。后汉使复至匈奴,常惠请其守者与俱,得夜见汉使,具自陈道。教使者谓单于,言天子射上林中,得雁,足有系帛书,言武等在某泽中。"②

释行端的《飞鸣宿食雁》中含有劝世之意。雁,作为信禽,受到人们的喜爱,但它同时更是人们的猎物。高飞的大雁,一旦从高空降落停留觅食,便有网罟矰缴之患,魏晋何晏在《言志诗》曾曰:"鸿鹄比翼游,群飞戏太清。常恐夭罗网,忧祸一旦并。"③大雁遨游天际,自然无忧无患,但大雁啄食,一旦落地则有罗网之忧。罗网意识,在元代的咏雁诗中表现明显。释行端的《飞鸣宿食雁》中突出的,便是这种罗网忧患意识。元代文人处境多不易,元初科举不兴,君主多以江南纳贤招揽汉族文人,在朝中却对这些文人猜忌重重,中期科举重兴又时断时续,又对汉人、南人分榜设题,增加科考难度,文人仕进之路阻碍重重,元末江南动乱,势力并起,文人亦为生存,多有依附势力者。元代文人命运可谓多艰。揭傒斯的《芦雁图》(《题芦雁四首》)中饱含着对文人命运的控诉,如写文人处境之艰:"江湖处处非,况汝一身微。如何却欲下,只合更高飞。"揭傒斯的另一首《芦雁诗》流传更广,传其为讥讽北人衣食皆取自南方却轻视南人的现象:"寒就江南暖,饥就江南饱。莫道江南恶,须道江南好。"

在咏雁诗中,常见劝世隐逸之意,如吴澄《芦雁》:"飞嗷逐西东,乱

---

① (明)蒋一葵:《尧山堂外纪》,《续修四库全书》本,第1194册,第643—644页。
② 《汉书·李广苏建列传》,北京:中华书局,1962年版,第8册2466页。
③ 逯钦立辑校:《先秦汉魏晋南北朝诗》,北京:中华书局,1982年版,第468页。

投芦苇丛。若无稻粱意,云外附冥鸿。"①曹伯启《咏雁》:"寒暑相催犹可避,稻粱虽好不宜贪。"②王旭《和张绣江见寄闻雁有感韵》:"鸿鹄翩翩晚倦飞,稻粱稀处罗网稀。但教饮啄无相累,何处山林不可依。"③傅若金《群雁图》则以雁写元末江南战乱,兄弟分离的景象,与《诗经·小雅·鸿雁》中的雁意象重合:

"微茫洞庭野,隐约潇湘岸。鸿雁将栖息,飞鸣求其伴。先集良未安,后至凄欲断。使我怀弟兄,因之中肠乱。留连江海远,惨淡秋晖晏。常恐随天风,高飞入云汉。"④

具有悲凉意味的大雁,成为元代文人对自身处境的象征。与此类似的还有燕子,燕子与大雁同为候鸟,被赋予了人事盛衰的感慨,如迺贤《京城燕》:

"三月京城寒悄悄,燕子初来怯清晓。河堤柳弱冰未消,墙角杏花红萼小。主家帘幕重重垂,衔芹却向檐间飞。托巢未稳井桐坠,翩翩又向天南归。君不见旧时王谢多楼阁,青锁无尘卷珠箔。海棠花外春雨晴,芙蓉叶上秋霜薄。"⑤

迺贤《京城燕》一诗正写于其在至正六年春末抵达大都之际,此后迺贤开始了长达十年的游学京师生活。诗人北上,一为广见闻,以资写诗,一则为求仕,然京师求仕不易。诗人不知自己是否如这燕子一样,只能来去匆匆,故其在诗序中云:"京城燕子,三月尽方至。甫立秋即去,有感而作。"⑥

元末王逢《无家燕》,则为淮楚陷没、诸藩王避难浮海而作:

"嗟嗟无家燕,飞上商人舟。商人南北心,舟影东西流。芹漂春雨外,花落莫云头。岂不怀故栖,烽暗黄鹤楼。楼有十二帘,一一谁见收。众雏被焚荡,双翅亦敛掣。含情盼鬼蝶,失意依训猴。茅茨固

---

① 杨镰主编:《全元诗》(第13册),北京:中华书局,2013年版,第223页。
② 杨镰主编:《全元诗》(第17册),北京:中华书局,2013年版,第340页。
③ 杨镰主编:《全元诗》(第13册),北京:中华书局,2013年版,第75页。
④ (元)傅若金:《傅与砺诗文集》,《文渊阁四库全书》本,第1213册,第204页。
⑤ (清)顾嗣立编:《元诗选》(初集),北京:中华书局,1987年版,第1439页。
⑥ (清)顾嗣立编:《元诗选》(初集),北京:中华书局,1987年版,第1439页。

低小,理势难久留。昔本乌衣君,今学南冠囚。燕燕何足道,重贻王孙忧。"①

王逢此诗以无家之燕喻元末战乱,藩王流亡海上的经历,有乱世之感。

---

① (元)王逢:《梧溪集》,《文渊阁四库全书》本,第1218册,第603—604页。

第四章 元代咏物诗的艺术特征

一、元代文人的审美特征

1. 雅致生活的展示

元人咏物,植物是其最重要的一种题材类别,元人吟咏花木种类虽多,但是就整体而言,最多的仍是梅花、杏花、桃花、海棠、荷花、牡丹、芍药、桂花、松、兰、竹、菊、水仙、山茶、琼花、酴醾等物。梅花清标,桃花夭夭,杏花带春雨,牡丹雍容富贵,荷花清香卓然,兰花清丽,菊花淡然,松竹傲雪挺拔,其物象之美皆有所意蕴。古人吟咏花木,不仅注重观赏,亦好由物及人,赋予其特质,如梅、兰、竹、菊被誉为花中四君子,被分别赋予傲、幽、坚、淡的特质,不仅诗人好吟咏,画家亦最钟爱,《集雅斋梅竹兰菊四谱小引》:"文房清供,独取梅、竹、兰、菊四君者无他,则以其幽芳逸致,偏能涤人之秽肠而澄莹其神骨。"揭傒斯在《折枝十韵》分咏梅、桃、来禽、栀子、茶、兰、葵、月丹、木香、月桂十种花草。来禽俗称沙果、海棠,自苏轼《海棠》名篇传世之后,赏海棠亦成为诗人的重要花事之一。对于这十种花木,诗人认为:

"花可玩、实可利者四,曰:梅、桃、来禽、栀子。不足玩而叶可利者一,曰茶。专美其花而有君子之德者二,曰兰,曰葵。花可玩而他无足尚者二,曰月丹、木香。花可玩、他无足尚而能岁十二月皆花者一,曰月桂。惟梅居百花之先,实有鼎鼐之用。此花者最贵者,故冠其首。若桃、来禽、栀子、茶,皆生民之利也,故次于梅。兰有幽人之操,葵有为臣之义,故列之于中。至于月丹、木香,可以奉君子之宴赏而已,故置于后。月桂与月丹、木香,其贵贱等,然能贯四时而长春,亦得气之后者也,故以是终焉。"①

可见诗人咏物,亦是有所取舍,欣赏其审美特质。以梅花为例,元代诗人几乎无人不咏梅,而梅花之美,在其霜雪清标,犹如高洁雅士,出尘不染。

题画吟诗、品鉴名物是元人咏物的重要题材。元代同题集咏活动兴盛,常以集会形式品评书画古玩,如各类书画、所藏古钱、奇石、文房四宝、各类器玩等,这类活动本身就带有文士雅集的意味,而其所见所咏之物亦非常品。如各类文房之供如铜雀瓦砚、歙砚、铁砚、翠涛砚等,笔类如鼠须笔、猪毫笔等,酒器类则常见诗人吟咏如荷杯、螺杯、橙杯等清新不落俗套之酒器。在器具类诗中,尤以酒杯最为常见。如刘因《赋孙仲诚席上四杯》(仲诚命题彦通举韵),分别咏螺杯、荷杯、桃杯和橙杯四种酒杯,王恽《庆云鹦鹉杯》《鹦鹉螺》共六首咏鹦鹉螺杯。螺杯指由螺壳制成的酒杯,古人常以螺杯盛酒,以为风雅。白居易《昨日复今辰》:"螺杯中有物,鹤氅上无尘。"②《宋书·张畅传》:"魏主又求酒及甘橘。孝武又致螺被杂物,南土所珍。"③螺杯常见于南方一带,北方少见,故张之翰在《谢郑小溪螺杯》序言中云:

"曩在泉南,诸士大夫尝以海螺饮余,取江瑶柱为侑。北归十年,无复兹况。后访闽中郑小溪于燕都集贤东院,小溪为余出此杯,酌官酿酒再行,复举杯见赠。虽无江瑶柱,兴自不浅。故谢之以诗。"④

又如荷杯,又称碧筩、碧筒,荷叶本身清香不俗,以荷叶为杯,更显饮酒之人雅致不俗,张雨《碧筒饮》:

"采绿谁持作羽觞,使君亭上(一作竹林人共)晚尊凉。玉茎沁露心微苦,翠盖擎云手亦香。饮水龟藏莲叶小,吸川鲸恨藕丝长。倾壶误展

---

① (元)揭傒斯著,李梦生校点:《揭傒斯全集》,上海:上海古籍出版社,1985年版,第211页。
② (清)曹寅、彭定求等编:《全唐诗》,上海:上海古籍出版社,1986年版,第5235页。
③ 上海古籍出版社、上海书店编:《二十五史·宋书》,上海:上海古籍出版社、上海书店出版,1986年版,第162页。
④ 杨镰主编:《全元诗》(第11册),北京:中华书局,2013年版,第159页。

淋郎袖,笑绝邪溪窈窕娘。"①

对于雅士的生活,马臻《竹窗》:"竹窗西日晚来明,桂子香中鹤梦清。侍立小童闲不动,萧萧石鼎煮茶声。"②其虽写竹窗,却是雅士生活的反映,阅书吟诗、闻桂赏鹤、石鼎烹茶,文人雅矣。

2. 世情俗味的浸入

元人咏物的另一面则在其世情俗味,其俗指其日常化与烟火气息。在元人咏物诗中,常见谢惠往来之作,如惠蟹、惠鱼、惠米、惠鸡、惠酒、惠茶,或者惠纸帐、笔、墨、纸、砚等物,谢惠往来本属人情,更何况其谢惠的内容常与饮食日常挂钩。如薛汉《糟豚蹄东阳酒送理之》:"彭生失足落糟丘,醉入肌肤味更优。亦有麹生差可意,伴君倚槛看春流。"③其诗写得生动有趣,其送给理之之物为糟猪蹄与酒,带有浓浓的生活气息。

元人咏物题材的日常化与俗化,更多见于饮食题材与器具题材,如饮食类写豆腐、西瓜、糖霜、豆粥、橙、柑、芋头、鲈鱼、蟹、海蜇、粽子、糟鱼、肉豉等物,器具类则写竹夫人、竹杖、芒鞋、火罐、算盘、煤炉、砂锅、炊帚、蒲团、铜炉、蒲扇等物。

如谢应芳作《豆腐诗》,并为其序云:

"凡人年老者,以肉养之,古今一致。然老而无齿,则肉林之盛,禁脔之供,其如朵颐何?求其甘软若豆腐者,真可谓养老之善物也。但名物不著乎六籍,品第不列于八珍。钟鼎之家,咸藐视之。比予过僧房学舍,连得食其佳者,叹赏不足,发于咏歌,是犹为冰壶先生作传也。博物君子,宜蒙品题,吾言固无足取重于人,庶不为吓腐鼠于鹓雏者耳。"④

其为《豆腐诗》作序言,在于为豆腐鸣不平,赞美豆腐甘软,适宜老年人进食。其作诗的触发点则在于连连食得好豆腐,进而赞美之云:

---

① (元)张雨:《句曲外史贞居先生诗集》,卷二,《四部丛刊》景上海涵芬楼藏景写元刊本。
② (元)马臻:《霞外诗集》,《文渊阁四库全书》本,第1204册,第58页。
③ 杨镰主编:《全元诗》(第23册),北京:中华书局,2013年版,第60页。
④ 杨镰主编:《全元诗》(第38册),北京:中华书局,2013年版,第185页。

"授淮南玉食方,南山种玉选青黄。工夫磨转天机熟,粗滓囊倾雪汁香。软比牛酥便老齿,甜于蜂蜜润枯肠。当年柱史如知味,饮乳何须窃窕娘。"①

又如赵叔英作《炊帚》:"谁剪龙孙碧玉梢,职司蠲洁近庖廪。盐梅适用调羹了,才地虽微效可褒。"②《砂锅》:"菜石不禁煤炭炽,博铜须变醴肴腥。何如普产资民用,此器陶来百味馨。"③除却诗题的俗味,亦有题俗诗更俗者,如程渠南《食丁䓕戏作》:"头子光光脚似丁,只宜豆腐与波稜。释伽见了呵呵笑,煮杀许多行脚僧。"④其诗之滑稽、形象,闻之者绝倒。

3. 雅趣与俗味的交汇

元人咏物审美虽有雅俗之分,然有时区分却也不甚明显,呈现出雅俗交融的特色。其常见特征分为如下几类。

(1) 雅物配俗言

如释明本的《九字梅花咏》:

"昨夜西风吹折千林梢,渡口小艇滚入沙滩坳。野桥古梅独卧寒屋角,疏影横斜暗上书窗敲。半枯半活几个压蓓蕾,欲开未开数点含香苞。纵使画工奇妙也缩手,我爱清香故把新诗嘲。"⑤

梅花清傲,诗人咏梅,多突出其冰雪之姿,释明本的这首咏梅诗意在以别具一格的九言形式突出梅花之姿态难摹,但观览全诗,除却九言带来的新鲜感,还有扑面而来的打油诗味道,其语言具有白话的特征。明人杨慎评价释明本的这首诗歌时提到其友人观点,认为其诗后四句有斋饭酸馅气:

"元天目山释明本中峰有《九字梅花》诗云:'昨夜西风吹折千林梢,渡口小艇滚入沙滩坳。野树古梅独卧寒屋角,疏影横斜暗上书窗敲。

---

① 杨镰主编:《全元诗》(第38册),北京:中华书局,2013年版,第185页。
② 《诗渊》影印本,北京:书目文献出版社,1984年版,第1353页。
③ 《诗渊》影印本,北京:书目文献出版社,1984年版,第1375页。
④ 杨镰主编:《全元诗》(第52册),北京:中华书局,2013年版,第613页。
⑤ (清)顾嗣立编:《元诗选》(二集),北京:中华书局,1987年版,第1380页。

半枯半活几个压蓓蕾,欲开未开数点含香苞。纵使画工奇妙也缩手,我爱清香故把新诗嘲。'池南唐文荐锜谓余曰:'此诗不佳,影不可言敲。又后四句有斋饭酸馅气。'属予作一首,乃品占云:'玄冬小春十月微阳回,绿萼梅蕊早傍南枝开。折赠未寄陆凯陇头去,相思忽到卢仝窗下来。歌残《水调》沉珠明月浦,舞破山香碎玉凌风台。错恨高楼《三弄》叫云笛,无奈二十四番花信催。'近观卢赞元《酴醿花》诗云:'天将花王国艳殿春色,酴醿洗妆素颊相追陪。绝胜浓英缀枝不韵李,堪友横斜照水挼先梅。瑶池董双成浴香肌露,竹林嵇叔夜醉玉山颓。风流何事不入锦囊句,清和天气直拘青阳回。'亦九字律也。诗亦有思致,以李花为不韵,甚切体物,前人亦未道破者。"①

谓其后四句有"斋饭酸馅气",是批评其味甚俗,然其评价"影不可言敲"却有循规蹈矩、刻板之嫌,毕竟诗歌本为艺术,不应以寻常规矩来限制。释明本的这首九言诗,就内容而言,写雅物,然就语言而言,确是俗语,有佛家偈语的特征,白而俗。《九字梅花诗》在咏梅诗歌泛滥的元人诗中,以其独特的九言形式与俗白的语言,给人留下了深刻的印象。

(2) 俗物配雅名、雅言

相较于《九字梅花诗》的雅物配俗语,元人咏物中更多的是俗物配雅名、雅言。如枕头、被子等物,皆是日常用物,乃是俗物,但是配上独特的前缀,则由俗变雅,大为不同了。如马祖常的《菊枕》、贯云石的《芦花被》。

"东篱采采数枝霜,包裹西风入梦凉。半夜归心三迳远,一囊秋色四屏香。床头未觉黄金尽,镜底难教白发长。几度醉来消不得,卧收清气入诗肠。"②(《菊枕》)

"采得芦花不浣尘,翠蓑聊复藉为茵。西风刮梦秋无际,夜月生香雪满身。毛骨已随天地老,声名不让古今贫。青绫莫为鸳鸯妒,欸乃声中别有春。"③(《芦花被》)

---

① (明)杨慎:《升庵诗话》,《历代诗话续编》本,(清)丁福保辑,北京:中华书局,1983年版,第636页。
② (元)马祖常:《马石田文集》,卷三,《元人文集珍本丛刊》明刊本。
③ (清)顾嗣立编:《元诗选》(二集),北京:中华书局,1987年版,第268页。

采菊为枕,芦花为被,俗物顿时变雅物,诗中清气十足。元人咏物多如此,诸如咏帘则咏琉璃帘、虾须帘,咏扇则咏鹅毛扇、纨扇,咏杖则咏梅杖、咏杯则咏螺杯、碧筩、橙杯,俗物以雅名、雅言而咏之,其境界则全变。

(3) 雅物与俗情

雅物即便由雅言配之,有时亦不能免俗情。所谓俗情,亦是人情,不能超脱之情。如张养浩的《惜鹤十首》,其序云:

"鹤,仙禽也。由凡翼非其比,恒不为世人所爱,而爱之者往往皆山林中人。盖物以气合,理势然也。予尝得其尤者一,豢之既久,翩跹与人相习,日者为田妪伤其胫,久病两月毙。惜哉!因取其始末,作十诗,将以慰其不幸云尔。"①

鹤为仙禽是世人共识,其形美,其处幽,其志洁。宋人林逋以梅妻鹤子著称,足见其雅。张养浩的《惜鹤十首》写雅鹤,更多能体会到的却是人情。其诗十首,分写《购鹤》《友鹤》《病鹤》《医鹤》《挽鹤》《招鹤》《瘗鹤》《忆鹤》《梦鹤》《图鹤》,依次将人与鹤的深厚感情一步步表现出来,并层层深化,将诗人对亡鹤的追忆思念之情刻画无疑:

"共处人烟外,谁期祸乃身。九皋空有恨,四野欲无春。华表云应泪,瑶台月亦尘。当年林处士,泉下定相亲。"②(《挽鹤》)

"玉立昂藏态,山中我与君。几年游赏共,一夕死生分。徐步闲窥沼,高飞远带云。为谁重起舞,倚杖立斜曛。"③(《忆鹤》)

"岫幌镫昏处,依稀见瘦躯。引吭如有诉,侧顶不容呼。枕上行云绕,松梢落月孤。堪怜漆园叟,漫为蝶区区。"④(《梦鹤》)

诗人对出尘之鹤的思念,既有对雅洁之物的向往与爱慕,又饱含着对常伴之鹤的深切思念,雅物与俗情相结合,更能打动人心。

(4) 俗物与雅情

元人的咏物题材中常见绘画之物,吴镇的墨菜图便是其中突出的

---

① (元)张养浩:《归田类稿》,《文渊阁四库全书》本,第1192册,第628页。
② (元)张养浩:《归田类稿》,《文渊阁四库全书》本,第1192册,第628页。
③ (元)张养浩:《归田类稿》,《文渊阁四库全书》本,第1192册,第628页。
④ (元)张养浩:《归田类稿》,《文渊阁四库全书》本,第1192册,第629页。

一道风景。吴镇,字仲珪,嘉兴人,性情高介,擅画山水竹石,酷爱梅花,居所为梅花庵,自署梅花庵主,又号梅花道人,与黄公望、倪瓒、王蒙并称元画四大家。至正己丑(九年),吴镇画墨菜画卷,自题诗云:

"菘根脱地翠毛湿,雪花翻匙玉肪泣。芜蒌金谷暗尘土,美人壮士何颜色。山人久刮龟毛毡,囊空不贮挪揄钱。屠门大嚼知流涎,淡中滋味吾所便。元修元修今几年,一笑不直东坡前。"①(《墨菜画卷》)

并注云:"梅花道人因食菜糜,戏而作此,友人过庐索墨戏,因书而遗之,聊发同志一笑也。"②此图一出,一时之间题诗者纷纷。

吴镇所画墨菜为菘,菘菜即白菜也,是寻常百姓常食之物,元代文人多贫苦,日常饮食常佐以菘菜豆粥之属,与朱门豪贵的酒肉之食形成鲜明对比,正如钱舜举题诗中所云:"朱门尽日多珍味,贫士穷年只菜羹。"③吴镇作墨菜图有自娱自乐之意,亦有甘于蔬食,淡然自守之意。题诗者多以《题梅花道人墨菜诗卷》为题,其意亦多在以墨菜喻己之澹泊,虽有自嘲之意,亦见君子隐士风度。李明复在《题梅花道人墨菜诗卷》中作诗道:"嗤彼膏粱徒,岂知蔬食乐。所以士大夫,滋味甘澹泊。"④正是此意。

菘菜,这种日常蔬食,经由吴镇绘画与众多诗人的题咏,逐渐变成了一种生活的象征,它代表着甘贫乐道的生活态度。如:

"厚味生五兵,彩色瞽双目。所以山林人,食菜胜食肉。"⑤(章炯)

"青菘淡中味,一日宁堪无。甘为黎藿肠,食肉者不如。"⑥(谢礼)

"只宜滋澹泊,安足奉膏粱。食肉非无辱,何如此味长。"⑦(张颐)

"小园新雨后,旋摘晚菘香。尽道羊羹美,谁知此味长。"⑧(释德宝)

---

① (清)顾嗣立编:《元诗选》(二集),北京:中华书局,1987年版,第716页。
② (清)顾嗣立编:《元诗选》(二集),北京:中华书局,1987年版,第716页。
③ 杨镰主编:《全元诗》(第53册),北京:中华书局,2013年版,,第158页。
④ 杨镰主编:《全元诗》(第53册),北京:中华书局,2013年版,第166页。
⑤ 杨镰主编:《全元诗》(第53册),北京:中华书局,2013年版,第164页。
⑥ 杨镰主编:《全元诗》(第53册),北京:中华书局,2013年版,第156页。
⑦ 杨镰主编:《全元诗》(第53册),北京:中华书局,2013年版,第159页。
⑧ 杨镰主编:《全元诗》(第53册),北京:中华书局,2013年版,第170页。

此亦俗物与雅情之融合。

总而言之,元人咏物,其审美有趋于雅的一面,又有趋于俗的一面,更有雅与俗相互融合贯通的一面,这也表明了元人审美的多样性。

二、元代咏物诗的形式特征

元代的咏物诗创作在形式上具有两个非常鲜明的特征,一个是创作的社会化,另一个是创作的规模化。具体而言,前者指元代同题集咏活动的广泛,后者指元代文人常用组诗形式创作咏物诗。

1. 同题集咏活动的广泛化

元代同题集咏活动的规模与频率可谓前所未有,与元代以前相比,元代的同题集咏活动在参与人员上产生了一些新变化。元以前的同题集咏活动,往往发生在特定的诗人群体之间,或为同事、好友,或为特殊的文学集团之间,参与活动者之间往往有某种联系。而元代的同题集咏已经发展为一项社会化的活动,诗人之间无论认识与否,都可以因为吟咏同一个诗题进而进入一个圈子。最为典型的就是元初月泉吟社的《春日田园杂兴》集咏活动。月泉吟社以"春日田园杂兴"为题,向各地发出征诗活动,竟在短短的三个月内,先后收到了多达2735卷的应征诗歌,参与者身份各异,参与人员达上千人,堪称当时文人间的一大盛事。元初诗社活动较多,这与当时的社会政治文化环境有着一定关联。蒙古人完成南北一统,国家恢复了安定,但历代文人借以入仕的科举制度却迟迟不见恢复。元代科举不兴,文人必然需要寻找其他途径实现自我价值,诗社活动无疑为众多文人提供了很好的平台,他们通过文笔竞技,以诗会友,广结同好。元代的集咏活动很多,规模有大有小,最大者如月泉吟社组织的面向社会广大群体的集咏活动,小者如诗人宴席之间的唱和。咏物作为诗歌题材,最易竞技,是元代最常见的集咏题材。

元代的咏物集咏诗题流传的范围极广,创作规模也大。元初,南宋遗民故老王沂孙、周密等人进行唱和活动,分设龙涎香、蟹、莼、蝉、白莲五题,直到元末尚有人追和。元代规模最大的集咏诗题恐怕要数冯子振与释明本的唱和之作《梅花百咏》。冯子振、释明本一为当时有名文人,一为著名诗僧,此次活动中间人赵孟頫亦是元代书画名家,两人因唱和而结交,这些因素加起来足以促进这次集咏活动的传播。除去当时时人,直到元末,《梅花百咏》仍然是元人常和的梅花诗题,梅花诗规模高达百首,即使元人不能全部唱和,截取数题甚至数十题吟咏仍是常事。

元代集咏活动中的一个突出特色是其题画活动的盛行。元人题画,往往由品题、鉴赏字画而来,是文人间的一大盛事,其题画活动之盛,上到宫廷下至民间,皆以此为乐。

元代十分出名的玉山草堂雅集活动由吴中巨富顾瑛主导,其宾客中亦不乏当时的书画名家如柯九思、倪瓒、王蒙、黄公望等人,其集唱活动常以题画为乐,其《草堂雅集》中便收录有柯九思墨竹、赵子固水仙、王元章墨梅、赵孟頫画马、温日观墨葡萄等相关画作的题画咏物诗。

"吴云楚树碧离离,手折瑶花半醉时。秋佩影摇湘浦月,凤皇翅冷玉参差。"①(张天英《题赵翰林画兰》)

"雨带风襟玉体寒,为谁解佩在江干。金支翠钿那复得,只愁归去便剩鸾。"②(郑元祐《题赵子固水仙》)

"天矫穷鳞江海姿,只今飞墨鬣如丝。五云天远龙髯堕,尽作筼筜雨后枝。"③(郑元祐《题柯敬仲墨竹》)

在元代,还有一个非常有趣的现象,即当一个事件非常著名时,常被绘制成画,进而传播。例如贯云石的《芦花被》。贯云石偶过梁山,见渔翁织芦花为被,爱其清气,欲以绸换之,渔翁请其赋诗交换,诗成后果然换得芦花被。时人爱其清气,此诗在当时一经传开,便和者如云。更有人将此事绘制成画,直到元末明初尚有人题画创作。瞿佑在《归田诗话》中记载了好友邱彦能喜爱《芦花被》,请人题诗的情景:

---

① (元)顾瑛编:《草堂雅集》,《文渊阁四库全书》本,第1369册,第212页。
② (元)顾瑛编:《草堂雅集》,《文渊阁四库全书》本,第1369册,第231页。
③ (元)顾瑛编:《草堂雅集》,《文渊阁四库全书》本,第1369册,第230页。

"亡友邱彦能藏《芦花被图》,盖模写酸斋梁山泺故事。贡泰甫首题律诗一首,吴子立继之,其余数首而已。彦能宝惜此卷,不妄与人题,后遇吴敬夫,以其有诗名,出而求题。敬夫为赋数首,皆不惬意。最后一首云:'秋风吟就芦花被,一落人间知几年?泽国江山今入画,诗人毛骨久成仙。高情已落沧洲外,旧梦犹迷白鸟边。展卷不知时世换,水光山色故依然。'彦能喜,始请登于卷。"①

元代的同题集咏活动的频率与规模是前所未有的,这一时期的集咏活动并不会因为时间、地点、阶层的限制而受限制,表现出极大的自由性,这与元代独特的政治文化环境有着密切的关系。并且元初诗社活动,尤其是月泉吟社活动广征同好的做法也为元代集咏活动参与者提供极大的自由空间,打破了群体的壁垒。同题集咏活动的影响是很显著的,它吸引了众多诗人的参与,开拓了诗人之间的交际范围,扩大了诗歌创作的规模,对咏物诗而言,更推动了其诗题的传播。

2. 组诗形式的普遍化

咏物诗创作的组诗形式早在唐代便已出现,唐初李峤便写有专门的咏物诗集《杂咏诗》,里面收录了120首咏物诗。影响较大的还有杜甫的《江头五咏》分咏《丁香》《栀子》《丽春》《鸂鶒》《花鸭》五种事物。但就其目的而言,李峤创作杂咏诗是为了普及五言律,咏物作为一种最易施行的题材而被李峤选中,以做示范。杜甫作咏物,乃由感而发,非刻意为之。晚唐时期,还有专属类器具组诗,如陆龟蒙的《渔具诗十五首》与皮日休的《奉和鲁望渔具诗十五首》,写隐居生活中的日常,充满悠闲自在,但两者皆属于对晚唐社会无望,借助归隐以忘世,其组诗中亦能窥见这种心态。

宋代则出现了刻意咏物的作品集,如丁谓的《青衿集》,丁谓作此诗集的动机源于模仿李峤的《杂咏诗》,属于有意为之之作。咏物诗创作形式转变的一大标志性事件则在于一题百咏现象的出现。

---

① (明)瞿佑:《归田诗话》,《历代诗话续编》本,(清)丁福保辑,北京:中华书局,1983年版,第1277页。

"唐宋两朝,则作者蔚起,不可以屈指计矣。其特出者,杜甫之比兴深微,苏轼、黄庭坚之譬喻奇巧,皆挺出众流。其余则唐尚形容,宋参议论,而寄情寓讽,旁见侧出于其中,其大较也。中间如雍鹭鸶、崔鸳鸯、郑鹧鸪,各以摹写之工,得名当世。而宋代谢蝴蝶等,遂一题衍至百首,但以得句相夸,不必缘情而作。于是别岐为诗家小品,而咏物之变极矣。"①(《四库全书总目·咏物诗》)

一题而百咏,重心已然在于语言技巧,故《四库全书总目提要》称其"但以得句相夸,不必缘情而作",这是咏物诗发展的一个极端。到了元代,一题百咏的现象有增无减,成为咏物诗创作的突出特征。百咏现象尤以咏梅诗表现为最,最为有名的便是冯子振与释明本的唱和之作《梅花百咏》、郭豫亨的梅花集句《梅花字字香》等。菊花诗则有张逢辰的《菊花百咏》。除去专咏一题之外,诗人亦常以组诗形式,分咏多物,如谢宗可的《咏物诗》一卷,咏物一百多首,内容包括动植物、人工器具、天然气象等;王祯写农具诗百首,董嗣杲《靖传翁百花诗》咏一百种花木,释德净《咏物次韵宏叟五十二首》咏五十二种花木,又如许有壬《次韵可行记圭塘草木二十四首》、《塘上草木续咏六首》等。规模小一点的则咏数首,如以刘因为例,其组诗便有《赋仲诚席上四杯》分咏螺、荷、桃、橙四杯;《屏上草虫诗》咏螳螂、蜗牛、蟋蟀、螽斯四种;《饮山亭杂花卉》分咏牡丹、芍药、蔷薇、萱草、夜合、酴醾、木槿、蜀葵八种;《学东坡小圃五咏》咏枸杞、地黄、甘菊、薯蓣、黄精五种,其还有《以韵即席课诸生东斋诸物二十首》等。此类情形在元人咏物诗的创作中十分常见,足可见组诗形式的流行。

元代人咏花木,还写其不同背景下的形态,如张天英的《题温日观葡萄四首》分别写其在风、月、雨、雾四种状态下的形态:

"天末骊珠洒翠虬,向人飞舞入琼楼。西风吹醒瑶池梦,笑指青山似贝丘。"②(右风)

"月宫仙子下瑶坛,帝遣山中采木难。夜半龙来作人语,蜿蜒影上

---

① (元)谢宗可:《咏物诗》,《文渊阁四库全书》本,第1216册,第619—620页。
② (元)顾瑛编:《草堂雅集》,《文渊阁四库全书》本,第1369册,第211页。

碧窗寒。"①（右月）

"古根蟠结大宛西，鱼目摇光亚玉题。舞剑醉留今雨客，龙髯颠倒碧蛙啼。"②（右雨）

"马乳离离竹尾斜，日西檐影落龙蛇。醉中长记剩差老，教与仙人酿紫霞。"③（右霁）

元代常见的咏墨梅中，又有《风烟雪月四梅图》，以风、烟、雪、月与梅花相应相称。

元代文人写作咏物诗，是十分日常的行为，如陈栎的易巾诗，其动机便明确地写在诗题《易巾与子静同日同样同价戏成一首》中，诗人随后又作了《再用易巾韵》《三用易巾韵》《四用易巾韵》《五用易巾韵》，咏物动机由一桩巧合引发，连作五首，也足以见到诗人习惯用咏物的形式来记载自己的日常，并且对咏物诗的组诗形式习以为常。

元人作咏物诗，动辄便是数咏、数十咏甚至百咏，也造成了咏物诗作存在重复敷衍的现象。其一则在用词造句上重复，一则在诗歌整体内容上重复。清人朱庭珍在谈到时人创作咏物诗的情况时，便言及类似情形。

"古人诗法最密，有章法，有句法，有字法。而字法在句法中，句法在章法中，一章之法，又在连章之中，特浑含不露耳。至于连章则尤难，合观之，连章若一章；分观之，各章又自成章。其先后次第，自有一定不紊之条理，观工部《秋兴》《诸将》《咏怀古迹》《前后出塞》诸作可见。以工部之才力，而生平连章七律，只《秋兴》作至八首，亦可见古人郑重矣。自宋后，才不逮古，偏好以多为贵，动作连章，呶呶不休，殊可厌也。宋人作梅花七律，至六十首。元人叠咏和韵，亦一题至数十首。近人尤好以一题顺押上下平韵，作三十首，甚至咏物小题，亦多至百首者。如王蒲衣之《无题百首》，陈其年之《梅花百咏》，邝湛若之《赤鹦鹉》三十首，黎美周之《黄白牡丹》各二十首，屈悔翁之《书中乾蝴蝶》二十首，《春草》

---

① （元）顾瑛编：《草堂雅集》，《文渊阁四库全书》本，第1369册，第211页。
② （元）顾瑛编：《草堂雅集》，《文渊阁四库全书》本，第1369册，第211页。
③ （元）顾瑛编：《草堂雅集》，《文渊阁四库全书》本，第1369册，第211页。

《秋草》各三十首,鲍以文之《夕阳》二十首,侯坤之《水中梅影》三十首,以及流传《雁字》六十首、《泪》诗三十首之类,皆七律也。绝无意境、气格、篇法,但点缀词藻,裁红剪翠,饾饤典故,徵事填书,虽字句修饰鲜妍,究无风旨,亦终不免重复敷衍,虽多亦奚为!此雅道中魔趣,初学戒之。"①

朱庭珍认为联章体的创作是非常耗费心力的,以杜甫之才力,作联章体也不过最多写到八首,且要做到章法严谨,更是难得。至宋,诗人好以多为贵,一题数首至数十首,呶呶不休,观之可厌。元人亦沿袭宋人之习,"叠咏和韵,亦一题至数十首",亦有同样的弊病。尤其是咏物诗,本为"小题",写其多至数十首、百首,自然难以凭借兴寄,只能在辞藻上用功夫,然而除非诗人具有极高的才华与深厚的文学素养,否则想要在形式上出彩是很难的。况且一题而百咏,并在短时间内作出,敷衍雷同必然不可避免。

故朱庭珍评价其缺乏意境、气格、篇法,只在言辞、典故上使力,敷衍重复,多作无益。并称其为"雅道中魔趣",劝诫初学者毋学。朱庭珍此番虽为评价清人作咏物诗风气,放到元人身上也适用。在元代,随着集咏活动的广泛普及,一题而百人附和,或一人作百咏,难免出现诗句粗率浅陋、意象重复的现象,这也是元人咏物诗中普遍存在的一个弊病。

3. 以赋为主的写作方式

元代咏物诗就其写作手法与内容而言,总体上呈现出少比兴、以赋为主的写作特征。此处所谓以赋为主,一则是从其诗歌写作技巧而言,一则是从其诗歌情感而言。元人咏物,其动机大抵为日常交际应酬或记录生活日常,或为集咏唱和。宋元之际,江山易主,南宋遗民诗人身负亡国之悲,故托物言志,借咏物写难言之情,其中亦不乏生活日常、交际往来唱和之作;元代中期,以虞、杨、范、揭为代表的馆阁诗人,其咏物

---

① (清)朱庭珍:《筱园诗话》,《清诗话续编》本,郭绍虞编选,富寿荪校点,上海:上海古籍出版社,1983年版,第2353—2354页。

之作多为应制酬唱、交际往来之作;元末江南文人隐逸者多,其作亦以集咏唱和、日常生活记录为主。元代的咏物诗写作,早期受南宋末江湖诗派影响,多写生活日常,其手法也多有宋人之瘦硬风气,写物则要尽其形、穷其理。中期学盛唐,情辞渐多,元末学晚唐,物象刻画日渐稠艳。然统观元代的咏物诗,兴寄少,状物者多。

清人俞琰在《咏物诗选·自序》中谈到咏物诗的发展过程时,曾云:"故咏物一体,《三百》导其源,六朝备其制,唐人擅其美,两宋、元、明延其传。其佳者,往往拟诸形容,象其物,宜不即不离,而绘声绘影。学者读之,可以恢扩性灵,发挥才调。"①

俞琰认为两宋、元、明延续了唐及以前的咏物诗创作方式与技巧,但其往往在物象形象上着力,也就是把重心放在体物状物上,并提出咏物诗的创作技巧为"不即不离"。并指出咏物诗可使人"恢扩性灵,发挥才调"。《论语·阳货》:"子曰:'小子,何莫学夫《诗》?《诗》可以兴,可以观,可以群,可以怨;迩之事父,远之事君;多识于鸟兽草木之名。'"②结合咏物诗的吟咏对象而言,确实可以做到使人增长见闻之用。创作咏物诗更可起到磨砺文笔,显示才华之用。文人诗歌竞技,文笔嬉戏,便常以咏物为题。

李重华《贞一斋诗话》中称:"咏物一体,就题言之,则赋也;就所以作诗言之,即兴与比也。"③可知就咏物本质而言,其目的本在描摹物象,但诗人在创作时往往并非单纯咏物,常将不便直接言明之事、之情,暗藏诗中,以物喻人或托物言志。咏物诗的发展在经历了唐朝的高峰之后,发展至宋,不再似唐诗那般情辞丰腴,讲究即物达情、情韵丰美,描述物理、讲究工切已然占了上风。

"诗人咏物形容之妙,近世为最。如梅圣俞'猬毛苍苍磔不死,铜盘蟲蟲钉头生。吴鸡斗败绛帻碎,海蚌抉出真珠明。'诵此,则知其咏荔也。东坡'海山仙人绛罗襦,红绡中单白玉肤。不须更待妃子笑,风骨

---

① (清)俞琰:《咏物诗选》,成都:成都古籍出版社,1984年版,第4页。
② 张燕婴译注:《论语》,北京:中华书局,2007年版,第268页。
③ (清)李重华:《贞一斋诗话》,《清诗话》本,(清)王夫之等撰,上海:上海古籍出版社,1978年版,第930页。

自是倾城姝。'诵此,则知其咏荔支也。张文潜'平池碧玉秋波莹,绿云拥扇青瑶柄。水仙宫女斗新妆,轻步凌波踏明镜。'诵此,则知其咏莲花也。如唐彦谦咏牡丹诗云:'为云为雨徒虚语,倾国倾城不在人。'罗隐咏牡丹诗云:'若教解语应倾国,任是无情也动人。'非不形容,但不能臻其妙处耳。苏黄又有咏花诗,皆托物以寓意,此格尤新奇,前人未之有也。"①

胡仔的这段诗论足可以看出宋人咏物对形容的重视。观其所列举的梅尧臣、苏轼、张耒的咏物诗,其主要在于体物切物,基本没有兴寄在内。而唐、罗二人并未全在物象形貌上做工夫,胡仔则认为其不能尽其体物之妙。

宋人对咏物诗的创作已经形成了一定的认识,比如"不可太着题"②,"不可黏皮着骨"③。如吕本中提出咏物诗创作之法,便是最好能够"不待分明说尽,只仿佛形容,便见妙处"④。概括来讲,宋人的这些咏物诗创作观点便是"不即不离",讲究是的是诗歌内容与物之间恰到好处的距离,瞿佑对此说得更明白:"大抵咏物之作,拘于题则固执不通,有黏皮带骨之陋;远于题则空疏不切,有捕风系影之失。"⑤但在咏物诗的实际创作过程中,真正能达到上述标准是很困难的,文笔与才华缺一不可,这也是咏物诗能够成为文人展示笔力的最佳形式的原因。

元初方回在编选《瀛奎律髓》时,选编了99首咏物诗,并将其命名为"着题诗",这显然与宋人观念相左。其在序言云:

"着题诗,即六义所谓赋而有比焉,极天下之最难。石曼卿《红梅》诗有曰:'认桃无绿叶,辨杏有青枝。'不为东坡所取,故曰:'题诗必此诗,定知非诗人。'然不切题,又落汗漫。今除梅花、雪、月、晴、雨为类

---

① (宋)魏庆之著,王仲闻点校:《诗人玉屑》,北京:中华书局,2007年版,第272页。
② (宋)魏庆之著,王仲闻点校:《诗人玉屑》,北京:中华书局,2007年版,第161页。
③ (宋)魏庆之著,王仲闻点校:《诗人玉屑》,北京:中华书局,2007年版,第160页。
④ (宋)魏庆之著,王仲闻点校:《诗人玉屑》,北京:中华书局,2007年版,第185页。
⑤ (明)瞿佑著,乔光辉校注:《瞿佑全集校注》,杭州:浙江古籍出版社,2010年版,第111页。

外,凡杂赋体物肖形,语意精到者,选诸此。"①

"题诗必此诗,定知非诗人"是指诗歌太过于着题,导致诗歌粘滞于物,缺乏象外象,味外味的现象。石曼卿《红梅》诗被苏轼认为太着题,宋人认为此诗太粘皮骨,历来为文人所不取。方回认为咏物诗佳作难寻,对于咏物诗,他认为是"赋而有比焉",也就是说,"赋"是其基本,比兴附着于赋之上。他将"体物肖形,语意精到者"列为选编咏物诗的标准,这说明,他看中的是咏物诗体物、状物的描写特征,对于其中是否隐含寄托、比兴,反而没有过多提及。

《尧山堂外纪》中曾记载杨维祯、时大本、袁凯作白燕诗的轶事:

"袁景文尝谒杨廉夫,见兀上有琴川时大本《咏白燕》诗:'春社年年带雪归,海棠庭院月争辉。珠帘十二中间卷,玉剪一只高下飞。天下公侯夸紫颔,国中俦侣尚乌衣。江湖多少闲鸥鹭,宜与同盟伴钓矶。'谓廉夫曰:'此诗殆未尽体物之妙。'廉夫不以为然。景文归作诗,翌日呈廉夫,云:'故国飘零事已非,旧时王谢见应稀。月明汉水初无影,雪满梁园尚未归。柳絮池塘香入梦,梨花庭院冷侵衣。赵家姊妹多相忌,莫向昭阳殿里飞。'廉夫得诗叹赏,连书数纸,尽散坐客,一时呼为袁白燕云。"②

袁凯的《白燕》诗是元代最有名的咏物诗。袁凯称时大本的咏物诗未尽体物之妙,实际上是指时大本的咏物诗犯了太着题的弊病。因为玉剪、紫颔、乌衣等语都是形容燕子的专称,加以开头"春社年年带雪归"一句,即使不看诗题,也可猜出所写为白燕。而袁凯的《白燕》,并未就外形作直接描绘,而是化用了前人诗句,加以梁园典故,将雪燕之色融于无形之中,"月明汉水初无影,雪满梁园尚未归"尤为人称道。

然杨维祯的前后态度却颇为值得玩味,"廉夫不以为然"说明杨维祯显然不认同袁凯的观点。这说明他对时大本的《白燕》应当是抱有一定的赞赏态度的。这也说明在元人看来,咏物诗着题未必是严重的弊

---

① (元)方回选评,李庆甲集评校点:《瀛奎律髓汇评》,上海:上海古籍出版社,1986年版,第1151页。
② (明)蒋一葵撰:《尧山堂外纪》,《续修四库全书》本,第1194册,第693—694页。

病,甚至可以说是难以避免的问题。袁凯的《白燕》诗一出,杨维祯一改前面态度,"连书数纸,尽散坐客",也足以见袁凯之《白燕》在当时普遍以状物为主流的咏物诗中,是十分难得的。

元代文人的咏物诗之作中,普遍能看到唐宋诗风的影子。杨载《诗法家数》中有专论咏物诗写作之法:

"咏物之诗,要托物以伸意,要二句咏状写生,忌极雕巧。第一联须合直说题目,明白物之出处方是。第二联合咏物之体。第三联合说物之用,或说意,或议论,或说人事,或用事,或将外物体证。第四联就题外生意,或就本意结之。"①

杨载在当时以宗唐风气闻名,但就这诗论来看,杨载虽提倡托物伸意,却并未将比兴列为咏物诗的标准。而是将重心放在物的描写上,其诗歌创作方法隐含宋诗的特征,如第三联合说物之用,或说意,或议论,或说人事,或用事,或将外物体证,有宋诗讲究物理、义理,议论的特征。他在第四联结语时,称其"题外生意,或就本意结之",也未强调咏物诗之兴寄。

元末舒頔《时贤咏物诗序》是元代比较难得的大篇幅论及咏物之作的篇章,舒頔在言及好友时贤编选咏物诗的标准时,把善于状物、隐括妥贴列为主要的标准。

"作诗固难,咏物为尤难。意贵乎含蓄,事贵乎隐括妥贴,迨乎不蹈袭、不尘俗、不堆积,斯为善矣。而又欲句圆而意新,格高而语壮,如斯数者,可与言诗矣。然非才兼识备,气局过人者,莫能造此。友人邈斋余君,暇日选名公大夫士善于状物、隐括妥贴者,凡三百余首,题曰《时贤咏物》。皆缜密而工致,且无半点尘俗。搜罗裒集,芟芜别蠹,其用心勤且公矣。似非老手,安能如是!矧后生晚进,萤窗雪案之余,诚能用心于此,隐括含蓄,发铿锵于金石,变尘腐为清新,将不在人后矣。若夫宽闲寂寞,更倡迭和,或泄其奇怪,或吐其精严,谓非是编之功,吾不信

---

① (元)杨载:《诗法家数》,《历代诗话》本,(清)何文焕辑,北京:中华书局,1981年版,第734页。

也。予爱其选之精,集之广,故序其端,为诗家楷式。"①

在舒頔看来,好的咏物诗应该具备含蓄蕴藉、语言清新、句法圆转、诗意新警、标格高洁的特征,但要做到这五条兼备,却非才识、气度过人者不能为之,故而不能求全,于是善于状物,隐括妥贴成为时人评价咏物诗的一条重要标准。舒頔好友编《时贤咏物》选录诗歌的通行特征就是状物隐括妥贴,并且绝无半点尘俗气。舒頔是元代中后期江南一带的隐逸文人,其诗歌情趣偏于隐逸,故而无尘俗气成为其评价诗歌的一项标准。至于追求状物隐括妥贴的特征,与元代中后期诗歌宗唐风气有一定的关联,元代前期诗歌,受宋代诗文影响很深,宋诗普遍具有直白、蕴藉不足的特征,元代中后期诗人力主去除宋诗陈弊,作诗学唐,咏物诗尤学晚唐,故而状物隐括妥贴成为一项重要标准。元人虽学唐,但也往往兼具宋调,加之去宋不远,其影响不可能完全消失,其求新警、求奇、求精严的特点就是受到宋代诗歌,尤其是江西一派的影响。

4. 小结

咏物诗的写作,与赋的联系尤为密切,但在历代文论家看来,咏物诗的创作,则是以比兴为上。

"咏物诗寓兴为上,传神次之。寓兴者,取照在流连感慨之中,《三百篇》之比兴也。传神者,相赏在牝牡骊黄之外,《三百篇》之赋也。若模型范质,藻绘丹青,直死物耳,斯为下矣。"②

所谓寓兴,即为比兴,为诗人之寄托、之情感;传神,则指形容之妙。《诗经》中的摹物之妙,在于其言简词约而情貌无遗,这里即是指赋物当有其神韵。而单纯描摹物象,即便辞藻华丽,物象之形毕现,也是咏物诗中的下品,并不足取。陈仅认为咏物诗创作的水平,按高下排序,则是寓兴高于传神,传神高于赋物。简而言之,即是比、兴高于赋。

钟嵘在《诗品序》中称赋、比、兴为"诗之三义",并将此三者解释为:

---

① (元)舒頔:《贞素斋集》卷二《时贤咏物诗序》,《文渊阁四库全书》本,1217册,第571页。
② (清)陈仅:《竹林问答》,《清诗话续编》本,郭绍虞编选,富寿荪校点,上海:上海古籍出版社,1983年版,第2244页。

"文已尽而意有余,兴也;因物喻志,比也;直书其事,寓言为物,赋也。"①赋,就是指平铺直叙,把人的思想感情及有关的事物平铺直叙地表达出来。咏物诗中有比体、兴体和赋体,顾嗣立在《寒厅诗话》中记载俞犀月对杜甫咏物诗的创作手法时,云:

"少陵咏物多用比、兴、赋。兴者,因物感人也;比者,以物喻人也;赋者,直赋其物也。集中如《鹦鹉》《鸂鶒》《花鸭》《麂》《猿》《蒹葭》《苦竹》,全是比体;《病马》《促织》,是兴体;《萤火》《白小》,则直是赋体矣。"②

为了更清晰地了解这三者的区别,可从中各选取一首以资比较:

"花鸭无泥滓,阶前每缓行。羽毛知独立,黑白太分明。不觉群心妒,休牵众眼惊。稻粱沾汝在,作意莫先鸣。"③(比体:《花鸭》)

"促织甚微细,哀音何动人。草根吟不稳,床下夜相亲。久客得无泪,放妻难及晨。悲丝与急管,感激异天真。"④(兴体:《促织》)

"白小群分命,天然二寸鱼。细微沾水族,风俗当园蔬。入肆银花乱,倾箱雪片虚。生成犹拾卵,尽取义何如。"⑤(赋体:《白小》)

对比三者可知,相较于赋体而言,《花鸭》《促织》融入了诗人更多的情感体验,对物象的描写饱含着情感色彩。诗人虽在写物,读者却能感受到物象之下诗人深厚沉重的感情,能够引起读者的相似情感体验与共鸣。《白小》诗中亦含有诗人对世人勿要竭泽而渔的劝诫,但其情感深度远不若《花鸭》《促织》。

清人王夫之对齐梁至清的咏物诗创作进行点评云:

---

① (南朝梁)钟嵘:《诗品》,《历代诗话》本,(清)何文焕辑,北京:中华书局,1981年版,第3页。

② (清)顾嗣立:《寒厅诗话》,《清诗话》本,王夫之等撰,上海:上海古籍出版社,1963年版,第85页。

③ (唐)杜甫著,(清)钱谦益笺注:《钱注杜诗》,上海:上海古籍出版社,1979年版,第409页。

④ (唐)杜甫著,(清)钱谦益笺注:《钱注杜诗》,上海:上海古籍出版社,1979年版,第351页。

⑤ (唐)杜甫著,(清)钱谦益笺注:《钱注杜诗》,上海:上海古籍出版社,1979年版,第586页。

"咏物诗,齐、梁始多有之。其标格高下,犹画之有匠作,有士气。征故实,写色泽,广比譬,虽极镂绘之工,皆匠气也。又其卑者,饾凑成篇,谜也,非诗也。李峤称'大手笔',咏物尤其属意之作,裁剪整齐而生意索然,亦匠笔耳。至盛唐以后,始有即物达情之作,'自是寝园春荐后,非关御苑鸟衔残',贴切樱桃,而句皆有意,所谓'正在阿堵中'也。'黄莺弄不足,含入未央宫',断不可移咏梅、桃、李、杏,而超然玄远,如九转还丹,仙胎自孕矣。宋人于此茫然,愈工愈拙,非但'认桃无绿叶,道杏有青枝'为可姗笑已也。嗣是作者益趋匠画,里耳喧传,非俗不赏。袁凯以《白燕》得名,而'月明汉水初无影,雪满梁园尚未归',按字求之,总成窒碍。高季迪《梅花》,非无雅韵,世所传诵者,偏在'雪满山中''月明林下'之句。徐文长、袁中郎皆以此炫巧。要之,文心不属,何巧之有哉。杜陵《白小》诸篇,踸踔自寻别路,虽风韵足,而如黄大痴写景,苍莽不群。作者去彼取此,不犹善乎?禅家有'三量',唯'现量'发光,为依佛性;'比量'稍有不审,便入'非量';况直从'非量'中施朱而赤,施粉而白,勺水洗之,无盐之色败露无余,明眼人岂为所欺耶?"①

对于咏物诗的写作,王夫之认为标格很重要,标格卑弱,即便在语言技巧上下再多的工夫,也有沦为下品的风险。没有兴寄,技巧过多容易造成作品的匠气,甚至沦为谜语之类。他赞赏唐代咏物诗中的即物达情之作,认为其贴切而有意蕴、神韵。宋人作咏物诗,学不到唐人诗作的神韵,虽然语句工切却失之天然神韵,有匠气,正所谓愈工愈拙。唐之后的咏物诗写作,大抵常在语言技巧上着力,也就落了匠气。

重视比兴,一方面是历来"诗言志"观念的影响,另一方面则在于比兴的存在提高了诗的标格,其中蕴含的情感能够引发人们的共鸣,引发读者长久的情感体验,使人们再三回味,如杜甫的《病马》《苦竹》《促织》等诗。赋体则因为其平铺直叙,不易引发读者进行更深一步的探索与思考。并且流连于物象的倾力描绘,也容易造成诗格卑弱的缺陷。

按照历来诗论家的诗学观念,元代以赋为主的咏物诗创作,恐怕要

---

① (清)王夫之:《姜斋诗话》,《清诗话》本,(清)王夫之等撰,上海:上海古籍出版社,1963年版,第23页。

被后人诟病,清人沈德潜便斥责其"彼胸无寄,笔无远情,如谢宗可、瞿佑之流,直猜谜语耳。"①谢宗可是元代后期十分重要的一位咏物诗诗人,其诗作曾在元末广泛传播,颇能代表元末江南一带的咏物风气,元末明初瞿佑曾仿照其诗作《咏物诗》一卷。

既然如此,元人咏物诗缘何出现此等特征呢?本人认为造成此局面的因素,除去元代文人特殊的身份地位,生活方式外,与咏物诗诗体特征的日趋明确有着密切的关系。

陈仅在评价咏物诗时,曾云"自拟古诗兴而性情伪,自咏物诗兴而性情亡"②,元代咏物诗以赋为主的创作风格,除去时代诗歌风气的影响,与不同诗体区别特征日趋明显也有着密切的关系。六朝以前,不同诗歌类型之间的诗体特征并不明显,诗人作诗往往有感而发,重在抒情,正如钟嵘所言"气之动物,物之感人,故摇荡性情,形诸舞咏"③。天地之间的物象之美,虽然激发了诗人的诗情,却并未将诗人的重心由内引向外在诸物,诗人有意或无意地将物象自身的审美价值忽略了。六朝是诗歌发展的转折期,这一时期不仅在创作思想上出现了"诗言志"到"诗缘情"的变化,诗歌类型的区分亦渐渐明晰,如山水诗、宫体诗、咏物诗等,不同类型的诗歌特征日趋明显。随着山水诗的兴起,人们开始广泛地将眼光转向外在世界,日益重视体物技巧,最终形成了"征故实,写色泽,广比譬",日益雕琢的体物特色。在这一时期,咏物诗的体物特征日趋明显,受到人们的重视。咏物诗的写作也就日趋往诗歌技巧上着力,其写作手法由比兴而日趋于以赋为主。

唐代咏物诗是咏物诗史上创作水平的高峰,他们吸取了六朝咏物诗善于摹物的一面,又将其与兴寄结合,赋予其神韵、兴象,将赋、比、兴三种手法运用得挥洒自如。然则唐代咏物诗的巅峰状态与唐朝国力鼎

---

① (清)沈德潜:《说诗晬语》,《清诗话》本,(清)王夫之等撰,上海:上海古籍出版社,1963年版,第245页。

② (清)陈仅:《竹林问答》,《清诗话续编》本,郭绍虞编选,富寿荪校点,上海:上海古籍出版社,1983年版,第2244页。

③ (南朝梁)钟嵘:《诗品》,《历代诗话》本,(清)何文焕辑,北京:中华书局,1981年版,第2页。

盛、人才辈出有着密切关系。唐朝咏物诗的发展经历了由唐初的齐梁遗风转向盛唐的过程,又由盛唐转向中晚唐,在不同的阶段有不同的风格特征。初唐四杰、陈子昂、李白、杜甫、韩愈、李商隐等人对咏物诗的发展有着十分重要的影响,这些人无一不是阅历丰富,天才纵逸。唐诗亦是诗歌发展史上的高峰期,后人难以超越。自唐以后,咏物诗的发展便逐渐偏离兴寄,日益在文笔技巧上着力了。宋人以才学、义理、议论入诗,讲究炼字造句,极为讲究诗法。宋代同时又是诗歌理论快速发展与诗话大量涌现的时期,这一时期形成的咏物诗创作理论对后世咏物诗的创作无疑有着重要影响,其咏物诗歌创作理论中重要一环便是追求体物之工切。元朝文人师承宋朝,即便在元朝中期兴起宗唐风气,但其咏物风气也一时难以扭转,更何况,缺乏唐朝的政治、文化环境,更乏天才纵逸的文人,即便学唐,也难学其风骨神韵。

况且,就咏物诗的发展过程来看,体物始终是咏物诗诗体的重要关节,自六朝时期起,其体物的重要性便日益得到体现。就咏物一题而言,其本质便是赋,比兴乃建筑在赋物之上的上层建筑。元代咏物诗,以比较公正的眼光来看,固然缺乏了兴寄赋予的深沉厚重,蕴藉含蓄,却是其对咏物一体本质的回归,文人作诗,亦有雅趣,非关兴寄。

三、元代咏物诗、词、散曲比较

1. 创作情况概述

元代咏物诗的创作情况在前文已有所阐述。故在此主要阐述元咏物词和咏物散曲的创作情况。

因元词与元散曲数量远远少于元诗,其咏物作品数量亦远远少于元诗,统计更为准确、便利。元咏物词的数量约为320多首,咏物散曲数量约为180首,其中小令153首,套数27首。

其相同咏物题材分类情况见下表①：

分类	植物类	动物类	人工器具	天然物象	饮食	题画	身体相关
咏物诗	2950	600	880	610	260	2200	20
咏物词	179	11	29	43	17	19	11
咏物散曲	54	10	54	24	4	5	23

由表格可以看出，咏物诗、咏物词中，咏植物类最多，元词中植物类占了绝对优势，咏物散曲中植物类题材与人工器具数量相当。同时元散曲中咏与身体有关的物象数量要多于咏物诗与咏物词。据笔者统计，在植物类题材中，散曲中咏梅诗约 20 首，词中约 64 首，由此可见元代咏梅之盛。

元咏物散曲具有十分鲜明的特色，其在题材方面，鲜明地呈现出与诗词不同的取材特征。咏物散曲多取材女子相关之物，如就人工器具而言，其总数为 54 首，其中咏手帕 4 首，咏女子之鞋便有 5 首。其他与女子相关之物，如竹衫儿、纸雁儿、指镯、点鞋枝、香囊、扇儿及女子房中所有香篆、香桦、花筒儿、青玉花筒等物总共约 20 首。而元散曲中所咏与人身体有关的部位如佳人脸上黑斑、红指甲、花篮髻、美足、柳腰、笑靥更是与女子有关。这种偏好女子春情，吟咏女子事物的倾向，与元散曲作者多处社会下层，流连勾栏瓦肆，与青楼女子往来频繁有着密切关系。

2. 咏物词

元代咏物词，就以其题材观之，赏花之词占了绝对优势，与女子有直接关系的物象仅有十几首，如邵亨贞与沈景高的《沁园春·和刘龙洲指甲》，张翥《百字令·眉间雁》，其他则见于王国器与沈禧的《香奁八咏》之中。而人工器具中与女子有直接关联的则见于姚燧《虞美人·玉梳赠内子》，可见元咏物词中与女子相关之物数量极少。元咏物词在其语言特色上保留了婉约流转的特征，意象朦胧而凄婉。元咏物词中诗

---

① 咏物诗数量浩巨，在统计过程中难免有遗漏，多选之误，此处不采用精确数值而采用约数，同时，本表格主要为显示咏物题材之间的比例差异，故模糊取值对最终结果影响不大。

人情绪的流露要远比诗、曲含蓄婉转,常伴有惆怅难言之感。

词人常将自我的情感体验寓于词中,如刘敏中《水龙吟·同张大经御史赋牡丹》:

"春风一尺红云,粉蕤金粟重重起。天香国色,宜教占断,人间富贵。最喜风流,妆台卯酒,欲醒还醉。算年年岁岁,花开依旧,问当日、人何似。休说花开花谢,怕伤它、老来情味。依稀病眼,故应犹识,旧家姚魏。无语相看,一杯独酌,幽怀如水。料多情、笑我苍颜白发,向风尘底。"①

词人由眼前富贵牡丹,感受到的却是花是人非、世事沧桑、年华老去的人生体验。元词咏物,常不限于物本身,吴澄《木兰花慢·和杨司业梨花》除却对眼前梨花美景的描写,又写众人由梨花盛开而举行赏花活动、对花酌酒的美事,内容丰富。

"是谁家庭院,寒食后,好花稠。况墙外秋千,昼喧凤管,夜灿星球。萧然独醒骚客,只江蓠汀若当肴羞。冰玉相看一笑,今年三月皇州。底须歌舞最高楼。兴味尽悠悠。有白雪精神,春风颜貌,绝世英游。从教对花无酒,这双眉、应不惹闲愁。那更关西夫子,许来同醉香篝。"②

元代的咏物词,在"词媚"的同时,还融入了"诗庄"的特征,如赵孟𫖯《水调歌头·和张大经赋盆荷》:

"江湖渺何许,归兴浩无边。忽闻数声水调,令我意悠然。莫笑盆池咫尺,移得风烟万顷,来傍小窗前。稀疏淡红翠,特地向人妍。华峰头,花十丈,藕如船。那知此中佳趣,别是小壶天。倒挽碧筒酾酒,醉卧绿云深处,云影自田田。梦中呼一叶,散发看书眠。"③

盆荷为小物,词人借盆荷喻江湖,咫尺之地别有洞天,借以表达词人对隐逸江湖、诗酒相伴的向往,整首词清丽典雅。

元咏物词的创作,受元初王沂孙、周密等人的结社作咏物词影响较大。元初,王沂孙、周密、王易简、冯应瑞、唐艺孙、吕同、李彭老、陈恕

---

① 唐圭璋编:《全金元词》(下册),北京:中华书局,1979年版,第761页。
② 唐圭璋编:《全金元词》(下册),北京:中华书局,1979年版,第796页。
③ 唐圭璋编:《全金元词》(下册),北京:中华书局,1979年版,第804—805页。

可、唐珏、赵汝钠、李居仁、张炎、仇远等十三人,又无名氏二人在越中结社作咏物词。其作结集为《乐府补题》,分别以龙涎香、白莲、莼、蝉、蟹为题,共37首收为一卷。《乐府补题》收录作品的风格比较一致,所用典故意象也比较重复,情感基调凄婉,多亡国之思、家国之痛,正如朱彝尊《乐府补题跋》所言:"虽有山林友朋之娱,而身世之感,别有凄然言外者。"王沂孙等人的咏物诗题亦流行于江南一带,成为元代常见的创作诗题。如凌云翰《木兰花慢·赋白莲和字舜臣韵》:

"怅波翻太液,谁留住,蕊珠仙。向水殿云廊,玉容花貌,几度争鲜。人间延秋无计,掩霓裳、犹忆舞便娟。画里倾城倾国,望中非雾非烟。雁飞不到九重天。水调漫流传。奈花老房空,菂存心苦,藕断丝连。西风佩环轻解,有冰弦、谁复记华年。留得锦囊遗墨,魂消古汴宫前。"①

词人谓"花老房空,菂存心苦,藕断丝连"是喻自身年老,对亡宋故国怀恋之心不能断绝,可惜物是人非,空留遗恨。

元咏物词中还有写日常饮食的作品,流露出了生活气息,如王恽的《酹江月·赋鸡头》:

"紫荷盘若,向波心、溅溅鸿头高啄。满喙明珠三百颗,一夕秋风吹落。沙盆圆搓,麝汤旋煮,香喷佳人嚼。杯盘凉夜,楚江风味依约。今岁冷淡中秋,空阶雨湿,坐久寒生幕。草草时新聊应候,儿子灯前欢噱。趁暖争拈,分朋斗啮,翠屑纷如削。老夫旁看,苦吟思与韩较。"②

王恽还有《好事近》写东坡桔乐汤,谢应芳《风入松》写食萝卜,梁寅《南歌子》写山葡萄,蒲道源《清平乐》写李子文惠秋瓜,其语"割开碧玉棱层。嚼时牙颊生冰。可惜这般风味,不当六月炎蒸。"③语言亦颇有俚俗风味。元代文人写咏物词,常与祝寿有关,如程文海《临江仙》序云其创作动机为"以鸳鸯梅一盆寿程静山平章",可见咏物词在元代,亦有其俗化的一面。

---

① 唐圭璋编:《全金元词》(下册),北京:中华书局,1979年版,第1146页。
② 唐圭璋编:《全金元词》(下册),北京:中华书局,1979年版,第657页。
③ 唐圭璋编:《全金元词》(下册),北京:中华书局,1979年版,第836页。

3. 咏物散曲

元咏物散曲在取材与语言上,具有十分浓烈的市井色彩,依据其题材与写作风格,可将其大致分为三类:一类是植物、天然物象与题画类,这类咏物作品大多写得雅致蕴藉。如卢挚[双调·蟾宫曲]《白莲》:

"映横塘烟柳风蒲,自一种仙家,玉雪肌肤。净洗炎埃,轻摇羽扇,琼立冰壶。又猜是耶溪越女,怕红裙不称情姝。香动诗朧,鸥鹭同盟,云水深居。"①

徐再思[中吕·红绣鞋]《雪》:

"白鹭交飞溪脚,玉龙横卧山腰,满乾坤无处不琼瑶。因风吹柳絮,和月点梅梢,想孤山鹤睡了。"②

一类则写女子身体部位及相关事物,这类作品多与男女恋情,女子春情有关,如咏红指甲、手帕、香囊等物,描写香艳绮丽。

"冰蓝袖卷翠纹纱,春笋纤舒红玉甲,水晶寒浓染胭脂蜡。剖吴橙吃喜煞,锦鱼鳞冷渍朱砂。数归期阑干上画,印开元宫额上掐,托香腮似几瓣桃花。"③(乔吉《红指甲赠孙莲哥时客吴江》)

又常写女子衣着、身体部位,如鞋子、美足、发髻等:

"帮儿瘦弓弓地娇小,底儿尖恰恰地妖娆,便有些汗浸儿酒蒸做异香飘。激艳得些口儿润,淋漉得拽根儿漕,更怕那口淹嗒的展浣了。"④(刘时中《鞋杯》)

"东风攒簇一筐春,吹在秋蝉鬓,玉露凝香宝钗润。绿无尘,同心双挽蜂蝶阵。群芳顶上,连环枝下,分断楚山云。"⑤(徐再思《花篮髻》)

还有一类则写饮食、动物、女子以外的人体部位与人工器具,这类诗常写得辛辣滑稽,俚俗味道十足。如无名氏的《嘲妓家匾食》与《嘲人穿破靴》。

---

① 隋树森编:《全元散曲》(上册),北京:中华书局,1964年版,第115页。
② 隋树森编:《全元散曲》(上册),北京:中华书局,1964年版,第1037页。
③ 隋树森编:《全元散曲》(上册),北京:中华书局,1964年版,第616页。
④ 隋树森编:《全元散曲》(上册),北京:中华书局,1964年版,第656页。
⑤ 隋树森编:《全元散曲》(下册),北京:中华书局,1964年版,第1043页。

"白生生面皮,软溶溶肚皮,抄手儿得人意。当初只说假虚皮,就里多葱脸。水面上鸳鸯,行行来对对,空团圆不到底。生时节手儿上捏你,熟时节口儿里嚼你,美甘甘肚儿内知滋味。"①(《嘲妓家匾食》)

"两腮,绽开,底破帮儿坏。几番修补费钱财,还不彻王皮债。不敢大步阔行,只得徐行短迈,怕的是狼牙石龟背阶。上台基左歪右歪,又不敢着檀排,只好倒吊起朝阳晒。"②(《嘲人穿破靴》)

扁食即水饺,诗人以水饺来讽刺妓女的虚情假意,妓女情谊就好似这水饺,只浮在表面上,终归不是真心实意,但诗人明知如此,还是颇有心甘情愿、乐不思蜀之意。《嘲人穿破靴》写破靴形状和穿鞋之人的小心翼翼,描写刻骨三分,辛辣幽默。

散曲语言颇有市井俚俗之味,语言直白,更有滑稽谐谑者如王和卿的《咏秃》《长毛小狗》等:

"笠儿深掩过双肩,头巾牢抹到眉边,款款的把笠檐儿试掀。连荒道一句:君子人不见头面!"③(《咏秃》)

"丑如驴,小如猪,《山海经》检遍了无寻处。遍体浑身都是毛,我道你有似个成精物,咬人的笤帚。"④(《长毛小狗》)

王和卿好滑稽,其咏物散曲多如此,个人风格十分明显。

元散曲中亦有咏物讽人刺世之作,其用语十分辛辣,如王和卿的[仙吕·醉中天]《咏大蝴蝶》:

"蝉破庄周梦,两翅架东风。三百座名园一采个空。难道风流种,唬杀寻芳的蜜蜂。轻轻的飞动,把卖花人搧过桥东。"⑤

咏蝴蝶实则嘲讽社会上那些剥削盘剥百姓者,"三百座名园一采个空"形容其贪得无厌,作威作福的丑态,尤为犀利辛辣。"轻轻的飞动,把卖花人搧过桥东"的"搧"字用得尤其妙,既能突出有权势者之威能,又符合整首作品的语言风格。其《大鱼》则借大鱼浅海难翻身写文人有

---

① 隋树森编:《全元散曲》(下册),北京:中华书局,1964年版,第1687页。
② 隋树森编:《全元散曲》(下册),北京:中华书局,1964年版,第1687页。
③ 隋树森编:《全元散曲》(上册),北京:中华书局,1964年版,第45页。
④ 隋树森编:《全元散曲》(上册),北京:中华书局,1964年版,第46页。
⑤ 隋树森编:《全元散曲》(上册),北京:中华书局,1964年版,第41页。

才无处施展的窘境。

"胜神鳌,夯风涛,脊梁上轻负着蓬莱岛。万里夕阳锦背高,翻身犹恨东洋小,太公怎钓?"①

关汉卿咏《秃指甲》则借咏指甲秃秃的手,来写底层文人的处境。

"十指如枯笋,和袖捧金樽。搊杀银筝字不真,揉痒天生钝。纵有相思泪痕,索把拳头揾。"②

元代文人地位一落千丈,为了谋求活路,这些文人大多散落社会的底层,在各个职业领域辛苦谋生,"和袖捧金樽""搊杀银筝字不真"便是对其生活艰辛,手掌粗粝的写照,今日指甲之秃与昔日诗酒相伴,雅致风流形成鲜明的对比。

元咏物散曲语言上,十分具有特色,它常以俚俗白话入曲,具有鲜明的市井语言色彩,活泼跳动,具有旺盛的生命力。

总体而言,元代的咏物诗、词、曲,在写作风格上,基本上保留了诗庄、词媚、曲俗的特征。在情感色彩上,咏物诗中的个人色彩较为淡漠,其写法以单纯咏物为主,而咏物词的情感表达婉曲朦胧,在绮丽的物象描写下,隐藏着诗人婉曲难言的惆怅思绪,咏物散曲则采用泼辣俚俗语言,或嬉笑谐谑,或婉转清丽,将情感宣泄而出,富有生活气息与活力。

---

① 隋树森编:《全元散曲》(上册),北京:中华书局,1964年版,第45页。
② 隋树森编:《全元散曲》(上册),北京:中华书局,1964年版,第155页。

第五章 元代咏物诗代表诗人及作品研究

一、元初遗民诗人与刘因、郝经

1. 宋遗民之诗

元初江南地区存在着大量的遗民诗人。通常而言,遗民往往产生于易代之际,随着王朝的稳固则逐渐消失。宋元易代,产生遗民本是正常现象,然则宋元更替产生的遗民数量与影响却是空前的。究其原因则在于,宋代科举昌盛,理学大兴,文人对国家的责任感比较强烈,且宋代君主本身多具有深厚的文学素养,对文人极为礼遇,宋代文人的地位远高于其他诸朝,文人对南宋故国有着深厚的感情,不愿出仕新朝,甘愿持节,故程敏政称"宋待士之厚而获士之报如此也"①。

宋代一朝,始终伴随着内忧外患,屡遭辽、金、西夏的武力进攻,宋人普遍具有比较强烈的华夷之辨意识,南宋的亡国尽管也有内部原因,但其直接原因却非自身内部政权更迭导致,而是蒙元入侵导致。对爱国人士而言,蒙元入主中原代表的远非寻常朝代更迭,而是故国的沦丧,他们感受到的是深切的亡国之痛、无处立身的痛苦。蒙元统一天下之后,与汉族文人,尤其是故宋文人之间,也存着很多矛盾。蒙元源出北方草原,深受草原文明的影响,尚武尚勇,对中原文化持轻视态度,入主中原以后,更将国民划分为四等,汉人与南人备受歧视,南人地位尤低,这些都加深了南宋文人对蒙元政权的疏离与不合作态度。宋遗民的大规模产生也就实属正常了。

---

① (明)程敏政辑:《宋遗民录·序》,《知不足斋丛书》本。

宋遗民中,其特出者如谢枋得、林景熙、谢翱、郑思肖、唐珏、龚开、钱选等人。宋遗民诗人的咏物诗中常常凸显出以下主题。

(1) 思君恋国与山林泉下的诗歌主题

宋遗民的咏物诗大多采用托物言志的手法,借助咏物反映元兵南侵后江南萧条冷落的现状。如谢翱《文房四友叹》序言中云:

"兵后四友流落,有访而得之者,则顶秃、足折、笏碎、幅裂。自秦以来,未见吾党获祸如此之惨者,是以为之长太息云。"①

借文房四宝在战争中的毁损,象征南宋文明惨遭蒙元蹂躏,文人境遇凄凉的现状。诗人在对四友毁损命运发出感慨的同时,亦不忘表明忠贞不忘故国的志向。

"昆吾莫邪轻毛锥,平生故人皆引去。刿溪之晢绛邑黔,独与石君作一处。中书间起免冠谢,辄被溺冠仍蔓骂。见几自愧后穆生,正恐髡春不与赦。有时竖发怒相如,熟视蒙恬挽其须。泓尤沦弃敢自爱,老龟支床息犹在。荆山风雨朝暮号,璞在吾怀足何罪。恨不雪耻酬诸姬,背水一战汉为池。褚生不改旧边幅,三袚何但高阁束。客卿骑项百折磨,犹恐玄能赤吾族。此时不平义重生,阳城裂麻欲死争。平生国士立桥下,誓死守此漆身哑。"②(《文房四友叹》)

与之类似的是郑思肖《吊扬州琼花》,其序:

"扬州琼花,天下惟一本,后土夫人司之。花之盛衰,淮境丰歉系焉。未南渡前,经兵火,此花亦死。今遭大故,丙子岁维扬陷,丁丑岁此花又死,孰谓草木无知乎?上天福正统,厌夷狄,于兹见矣。"③

扬州琼花专指扬州后土庙的一株琼花,宋朝初年,王禹偁任扬州太守,发现后土庙有琼花一株,异常美丽,遂作《后土庙琼花诗》并序云:

"扬州后土庙有花一株,洁白可爱,且其树大而花繁,不知实何木

---

① (宋)谢翱:《晞发遗集》,《文渊阁四库全书》本,第1188册,第334页。
② (宋)谢翱:《晞发遗集》,《文渊阁四库全书》本,第1188册,第334—335页。
③ (宋)郑思肖著,陈福康校点:《郑思肖集》,上海:上海古籍出版社,1991年版,第75页。

也,俗谓之琼花。因赋诗以状其异。"①

欧阳修任扬州太守时,更在后土庙修建无双亭以赏琼花,北宋仁宗、南宋孝宗分别移植过该琼花,但此花一旦离开扬州便会枯萎,帝王只得下令送还扬州,故宋朝韩琦称赞扬州后土庙琼花为"维扬一株花,四海无同类"②。元兵攻陷扬州后,此花彻底枯萎。在诗人眼中,扬州琼花盛衰代表着一个朝代的盛衰,在战火中死去的琼花,是高洁坚贞、不侍二主的南宋子民的象征,是诗人心酸之余加以赞美欣赏的对象:

"南土新飞劫火灰,琼仙恋国暗惊猜。定应摄向天宫种,不忍陷于秦地开。花死青春禽鸟哭,城埋黑气鬼神哀。一朝枯柎变高树,传得歌声沸似雷。"③(《吊扬州琼花》)

又如《小春花》:

"天地无情正北风,飞鸿哀咽乱云中。此时纵使开千树,不及东皇一点红。"④

诗人以北风喻蒙元,以哀鸣云中的飞鸿喻己,发出"此时纵使开千树,不及东皇一点红"的心声,对诗人来说,即便蒙元统治者给予再好的前途,也比不上南宋故国在诗人心中的地位。坚守自身遗民身份,不愿身侍二主的情感贯穿于宋遗民诗人的咏物诗之中。郑思肖的《墨兰》可谓南宋遗民诗人的直白宣言:

"钟得至清气,精神欲照人。抱香怀古意,恋国忆前身。空色微开晓,晴光淡弄春。凄凉如怨望,今日有遗民。"⑤

---

① (清)吴之振、吕留良、吴自牧选;(清)管庭芬、蒋光熙补:《宋诗钞》,北京:中华书局,1986年版,第59页。
② 《渔隐丛话》后集,卷三十,东坡五,云:《艺苑雌黄》云:"维扬后土祠,有琼花,洁白而香,天下惟此一株,故好事者创亭于其侧曰无双。韩魏公诗:'维扬一株花,四海无同类。'盖谓是也"。
③ (宋)郑思肖著,陈福康校点:《郑思肖集》,上海:上海古籍出版社,1991年版,第75页。
④ (宋)郑思肖著,陈福康校点:《郑思肖集》,上海:上海古籍出版社,1991年版,第40页。
⑤ (宋)郑思肖著,陈福康校点:《郑思肖集》,上海:上海古籍出版社,1991年版,第26—27页。

郑思肖,字忆翁,别号所南,福建连江人,南宋理宗淳祐元年(1241)生,元仁宗延祐五年(1318)卒,年七十八岁,是宋末元初有名的遗民画家与诗人。郑思肖原名少因,南宋亡后改名。

"所南初名某,宋亡乃改名思肖,即思赵,忆翁与所南皆寓意也。坐卧不北向,扁其堂曰本穴世界,以本之十置下文,则大宋也。精墨兰,自更祚后,为兰不画土,根无所凭藉。或问其故,则云:地为人夺去,汝犹不知耶。"①

郑思肖"抱香怀古意,恋国忆前身"的思想贯穿于他的咏物诗创作中,如《菊花歌》写菊花"背时独立抱寂寞,心香贞烈透寥廓。至死不变英气多,举头南山高嵯峨"②。

相较于郑思肖直白的情感抒发,其他诗人的表达则更为隐晦曲折。如林景熙写《白拒霜》,白拒霜实际上是木芙蓉的别名,诗人故意以白拒霜之名命名诗题,写白拒霜"美人潇洒江水东,玉为肌骨冰为容。岂无嫣红闹别浦,自性淡伫羞迎逢"③,以此来表达自身坚持操守,不与二主的志向。林景熙常以霜来形容蒙元统治下的时代背景,以花木顽固来比喻自身志向,如《秋日榴花》:"彼美石氏殊,相逢绿阴早。借问此何时,清霜下百草。舞裙冷猩红,自作背时好。"④《宝积寺僧舍古梅一树皆荣而顶独枯即席为赋》又云:"开遍枝南与枝北,顶顽不受春风德。"⑤又写《枯树》:"凋悴缘何事,青青忆旧丛。"⑥

又如龚开作《瘦马图》:"一从云雾降天关,空尽先朝十二闲。今日有谁怜瘦骨,夕阳沙岸影如山。"⑦瘦马之瘦,缘于思念故朝不食"元粟",龚开借马以自喻,借以表达甘为故朝守节不改的志向。

龚开,字圣予,一作圣与,号翠岩,山阳(今江苏淮安)人,因家近龟

---

① (清)厉鹗辑撰:《宋诗纪事》,上海:上海古籍出版社,1983年版,第1929页。
② (宋)郑思肖著,陈福康校点:《郑思肖集》,上海:上海古籍出版社,1991年版,第72页。
③ (宋)林景熙:《霁山文集》,《文渊阁四库全书》本,第1188册,第702页。
④ (宋)林景熙:《霁山文集》,《文渊阁四库全书》本,第1188册,第698页。
⑤ (宋)林景熙:《霁山文集》,《文渊阁四库全书》本,第1188册,第703页。
⑥ (宋)林景熙:《霁山文集》,《文渊阁四库全书》本,第1188册,第720页。
⑦ (清)厉鹗辑撰:《宋诗纪事》,上海:上海古籍出版社,1983年版,第1932页。

山,又号龟城叟,是生活在宋末元初的诗人、画家。宋末元兵南下之际,年过五旬的龚开曾在闽、浙一带参加抗元活动,宋亡后隐居不仕,以遗老身份往来于杭州、平江等地。龚开生活极为清贫,一生坚持不仕,以卖画为生,时人常称赞其气节。

"吴莱《桑海遗录》序:圣予尝与陆秀夫同居广陵幕府。宋亡潜居深隐,立则沮如,坐无几席。一子名浚,每令俯伏,就其背按纸作《唐马图》,风鬃雾鬣,豪骭兰筋,备尽诸态。一持出,人辄以数十金易之,藉是不饥。然竟以无所求而死。居吴之日,高邮龚璛为忘年友,时人谓之楚两龚,以比汉之两龚。"①

汉之两龚即汉代楚人龚胜、龚舍,两人相交,以名节并著于时,故世人称之为楚两龚。杨载曾作《黄栎杖为龚圣与作》称赞龚开:"嗟哉黄栎杖,吾赖汝扶持。未免道途苦,无如筋力衰。散才唯不用,大节固多奇。老向江湖上,提携得自随。"②对其坚守气节、甘老布衣的行为颇为钦慕。

遗民诗人身处蒙元统治之下,心寄南宋故国,不愿与元廷和解,只能遁世度日,如谢枋得于元兵犯境,战败城陷后隐姓埋名,隐遁于建宁唐石山,转走茶坂,寓居流民之中。南宋新亡,谢枋得常"日麻衣蹑履,东乡而哭,人不识之,以为被病也"③。后寓居建阳,以卖卜教书为生,天下既定,谢枋得居闽中,元朝屡召不仕。林景熙隐居于平阳白石巷,谢翱在文天祥兵败后,脱身避地浙东,往来于永嘉、括苍、鄞、越、婺、睦州等地,与方凤、吴思齐、邓牧等结月泉吟社。诸如钱选、龚开、周密、王沂孙、张炎等人莫不选择了隐居遁世。

在宋遗民的咏物诗中,经常流露出去国经年,往事堪伤的情绪,如谢翱《梅花二首》:

"春过江南问故家,孤根生梦半差牙。到无香去飘成雪,未有叶来

---

① (清)厉鹗辑撰:《宋诗纪事》,上海:上海古籍出版社,1983年版,第1931页。
② (元)杨载:《翰林杨仲弘诗》,卷三,《四部丛刊》景江南图书馆藏明嘉靖丙申翁氏刊本。
③ (元)脱脱等撰:《宋史》,北京:中华书局,1977年版,第12688页。

开尽花。"①

"吹老单于月一痕,江南知是几黄昏。水仙冷落琼花死,只有南枝尚返魂。"②

无论诗人如何追思怀念,故国的消亡是不争的事实,身为南宋子民,身处蒙元统治下,常有无处立身之感,诗人唯有淡泊明志、避世隐居,以求相忘于江湖。林景熙《古松》:

"独占宽闲地,不知摇落天。山林犹古色,风雪自穷年。龟伏灵根寿,禽巢绝顶仙。栋梁非所屑,几见海成田。"③

古松独处山林之间,飘然于俗世之外,风雪为伴,傲然挺立,自非寻常之材,却甘于无用,远观世事变迁。傲然淡泊的古松实则是诗人自身的写照。

尽管宋遗民诗人纷纷选择隐居,但在蒙元统治下,隐遁处世似乎也是一种奢望。出于拉拢江南文人的政治考虑,至元年间,元世祖几次下令在江南地区寻求贤才,谢枋得就在其中。至元二十三年(1286),集贤学士程钜夫举荐江南宋臣22人,首位就是谢枋得,谢枋得辞而不行,第二年,又诏之,谢枋得以名姓不祥、不敢赴诏为由拒绝。至元二十五年(1288),元世祖再次下令访贤,尚书留梦炎以枋得荐,枋得遗书梦炎,称江南无人才,并云:"今吾年六十余矣,所欠一死耳,岂复有它志哉!"④终不行。福建行省参政魏天右见时方以求材为急,欲荐枋得为功,派枋得友人游说,被骂回。魏天右亲自游说,"枋得傲岸不为礼,与之言,坐而不对。天右怒,强之而北"⑤。谢枋得在被强制押送当天就已经下定决心要殉节,当日只食苹果,开始慢慢绝食。至元二十六年(1289)谢枋得到达京师,在闵忠寺见到《曹娥碑》,更坚定了殉节的决心,不久得病,绝食而亡。

在谢枋得的咏物诗中,对于访贤事件亦有反映,如他的《乞纸衾》:

---

① (宋)谢翱:《晞发遗集》,《文渊阁四库全书》本,第1188册,第332页。
② (宋)谢翱:《晞发遗集》,《文渊阁四库全书》本,第1188册,第332页。
③ (宋)林景熙:《霁山文集》,《文渊阁四库全书》本,第1188册,,第692页。
④ (元)脱脱等:《宋史》,北京:中华书局,1977年版,第12690页。
⑤ (元)脱脱等:《宋史》,北京:中华书局,1977年版,第12691页。

"避世知无地,危身只信天。宁持龚胜扇,不着挺之绵。养性真同道,知心有宿缘。纸衾加惠絮,晴日卧云边。"①谢枋得对元廷的访贤行为表现出坚决的反抗态度,"宁持龚胜扇,不着挺之绵"借用龚胜、陈师道故事,以示不侍二主的决心。龚胜在汉代被誉为"楚两龚"之一,以名节著称,汉哀帝时为光禄大夫,曾因不满哀帝宠幸董贤托病辞归。王莽代汉后强征其出仕,胜言:"吾受汉家厚恩,亡以报,今年老矣,旦暮入地,谊岂以一身事二姓,下见故主哉!"②绝食十四日而死。"不着挺之绵"用陈师道故事,"(陈师道)与赵挺之友婿,素恶其人,适预郊祀行礼,寒甚,衣无绵,妻就假于挺之家,问所从得,却去,不肯服,遂以寒疾死"③。谢枋得最终以绝食而终,贯彻了自己对名节的坚守。

又如其《庆全菴桃花》:"寻得桃源好避秦,桃红又见一年春。花飞莫遣随流水,怕有渔郎来问津。"④诗人心寄前朝,想要远离蒙元统治,隐逸山林成全自己的忠贞之志,却似乎是奢望,只能寄希望于纸衾之物、虚幻桃源,只是桃源之乡,还是有被侵扰的隐忧,天地之大,竟然无处安身,此种情感亦见于林景熙《酬谢皋父见寄》:"入山采芝薇,豺虎据我丘。入海寻蓬莱,鲸鲵掀我舟。山海两有碍,独立凝远愁。"⑤对于元廷的一再访贤行为,谢翱亦有诗展现:

"茂葵花种蒲萄下,年年叶长见花谢。蒲萄渐密花渐迟,开时及见蒲萄垂。微风摇曳架上枝,阴云凝碧行琉璃。天人下饮蒲萄露,花神夜泣向天诉。谢尔蒲萄数尺阴,不如寸草同此心。"⑥(《种葵蒲萄下》)

揭傒斯在《折枝十韵》序言中称:"兰有幽人之操,葵有为臣之义。"谢翱诗中的"葵"实则代表南宋之臣。葡萄原为西域之物,南宋地域大为缩减,少见葡萄及葡萄酒,蒙元一统天下后,葡萄种植扩大到江南地

---

① (宋)谢枋得:《叠山集》,《文渊阁四库全书》本,第1184册,第850页。
② 上海古籍出版社、上海书店编:《二十五史·汉书》,上海:上海古籍出版社、上海书店出版,1986年版,第285页。
③ (元)脱脱等:《宋史》,北京:中华书局,1977年版,第13115页。
④ (宋)谢枋得:《叠山集》,《文渊阁四库全书》本,第1184册,第854页。
⑤ (宋)林景熙:《霁山文集》,《文渊阁四库全书》,第1188册,第709页。
⑥ (宋)谢翱:《晞发集》,《文渊阁四库全书》本,第1188册,第301页。

区,葡萄酒与马奶酒同为蒙元贵族喜好之物,属于蒙古八珍之一,元代君王常以葡萄酒、马奶酒祭祀,并宴飨群臣,故此处的葡萄隐喻蒙元统治者。谢翱以"茂葵花种蒲萄下"喻己在蒙元统治下生存,而"年年叶长见花谢""蒲萄渐密花渐迟"则喻蒙元统治者的影响力渐强,坚持忠贞不易,又以葡萄风姿秀美,葡萄酒甘美写其诱惑难挡,联系到至元时期的元世祖下令江南访贤,大批江南文人出仕的事实,可知坚持宋臣之义并非容易之事,即使拒绝,如谢枋得,也有被强制北上的风险。最后诗人言"谢尔蒲萄数尺阴,不如寸草同此心",表明自身拒绝元廷的诱惑,甘愿持节自守的决心。对于出仕与否,谢翱的态度同样反映在《池上萍》一诗中:

"浮萍随涨水,上到荷叶端。水退不得下,犹粘花萼间。花殷青已见,叶翠枯始斑。何如根在水,根蒂相团团。人生慕高远,风云事跻攀。绝群尚号叫,化为鹤与猿。幸未及枯槁,万里吾当还。"①

浮萍无根,故而容易随波逐流,诗人以浮萍隐喻那些投向元廷的文人,水涨即上,水退之后却难再下来,只能攀附于花萼之间。对于那些出仕文人,连文凤则以《吠犬》喻之:

"爪牙淬霜戟,眼睛耀铜铃。轻猱更健捷,群兽此最灵。吠尧非无知,怪不类桀形。一片爱主心,庸作警世铭。哀哉乞怜者,摇尾偷余龄。"②

吠犬为了获得生机而摇尾乞怜,固然可以"偷余龄",但放弃节气,却终究如丧家之犬,被人鄙视。

(2) 宋遗民咏物标志"冬青花"

提到南宋遗民之诗,不能不提"冬青花",其事件则源于杨琏真伽挖掘宋墓。

---

① (宋)谢翱:《晞发集》,《文渊阁四库全书》本,第1188册,第300页。
② 杨镰主编:《全元诗》(第13册),北京:中华书局,2013年版,第402页。

至元二十一年(1284)①,西域番僧杨琏真伽率众发掘宋墓,并将诸帝骸骨镇于塔下,名曰"镇南",引起当地人民极大悲愤。关于这次盗墓的始末,周密在《癸辛杂识》"杨髡发陵"有详细记载:

"杨髡发陵之事,人皆知之,而莫能知其详。余偶录得当时其徒互告状一纸,庶可知其首尾,云:'至元二十二年八月内,有绍兴路会稽县泰宁寺僧宗允、宗恺,盗斫陵木,与守陵人争诉。遂称亡宋陵墓有金玉异宝,说诱杨总统,诈称杨侍郎、汪安抚侵占寺地为名,出给文书,将带河西僧人,部领人匠丁夫,前来将宁宗、杨后、理宗、度宗四陵,盗行发掘,割破棺椁,尽取宝货,不计其数。又断理宗头,沥取水银、含珠,用船装载宝货,回至迎恩门。有省台所委官拦挡不住,亦有台察陈言,不见施行。其宗允、宗恺并杨总统等发掘得志,又于当年十一月十一日前来,将孟后、徽宗、郑后、高宗、吴后、孝宗、谢后、光宗等陵尽发掘,劫取宝货,毁弃骸骨。其下本路文书,只言争寺地界,并不曾说开发坟墓,因此江南掘坟大起,而天下无不发之墓矣。"②

杨琏真伽等人盗墓之后,将陵墓中诸帝的剩骨残骸抛弃在草莽中,情形极为凄惨,因为担心获罪,当地百姓虽然极为悲愤,却无人敢去收骨。当时林景熙适寓越上,与同乡好友郑朴翁扮作丐者,贿赂监守番僧,冒险收敛高、孝二宗骸骨,"乃盛二函托言佛经葬于越山且种冬青树识之"③,除了林景熙、郑朴翁,唐珏、王英孙等人也俱出物资,秘密收敛诸帝残骸。

"唐葬骨后,又于宋常朝殿掘冬青树,植于所函土堆上,作《冬青行》

---

① 杨琏真伽发掘宋墓的时间,有不同的记载,元罗有开《唐义士传》、元陶宗仪《南村辍耕录》、元张孟兼《唐珏传》、明黄宗羲《谢皋羽年谱游录注序》、清毕沅《续资治通鉴》、清纪昀《四库提要·谢翱年谱提要》都记载为元世祖至元十五年(1278),明宋濂《元史》则记载为至元二十一年,明宋镰《书穆陵遗骼》、近人柯劭忞《新元史》、近人屠寄《蒙兀儿史记》等认为是在至元二十一年甲申(1284)九月谋议而至元二十二年乙酉(1285)正月发陵,南宋周密《癸辛杂识》记载为至元二十二年乙酉(1285)八月和十一月,王昊《杨琏真加盗发宋陵年代辨正》中考察其为至正二十一年,沿用《元史》说法,本文亦采用此等说法
② (宋)周密著,吴企明点校:《癸辛杂识》续集卷上《杨髡发陵》,北京:中华书局,1988年版,第152页。
③ (宋)林景熙:《霁山文集》,《文渊阁四库全书》本,第1188册,第731页。

二首曰:'马棰问髐形,南面欲起语。野麋尚屯束,何物敢盗取。余花拾飘荡,白日哀后土。六合忽怪事,蜕龙挂茅宇。老天鉴区区,千载护风雨。'又曰:'冬青花,不可折,南风吹凉积香雪。摇摇翠盖万年枝,上有凤巢下龙穴。君不见,犬之年,羊之月,霹雳一声天地裂。'"①

就在林景熙等人秘密收敛骸骨后不久,"总浮屠下令哀陵骨,杂置牛马枯骼中,筑一塔压之,名曰'镇南'。杭民悲戚,不忍仰视"②。

杨琏真伽率众挖掘宋帝陵,盗宝弃尸,镇压宋帝骸骨的行为,极大地伤害了南宋子民尤其是杭州当地百姓的情感和民族自尊心。这次掘陵事件激起了宋遗民的极大愤慨,林景熙《梦中作四首》悲怆的记录了当时收敛尸骨的过程:

"一坏自筑珠丘土,双匣犹传竺国经。独有春风知此意,年年杜宇泣冬青。"③(《梦中作其二》)

又作《冬青花》一首:

"冬青花,花时一日肠九折。隔江风雨清影空,五月深山护微雪。石根云气龙所藏,寻常蝼蚁不敢穴。移来此种非人间,曾识万年觞底月。蜀魂飞绕百鸟臣,夜半一声山竹裂。"④

诗人将冬青形容成守护宋帝骸骨的神木,以此寄托自身渴望宋诸帝骸骨不受打搅的心愿。林景熙在《梦中作四首》注中言:"会元时作诗,不敢明言其事,但以《梦中作》为题,下篇《冬青花》亦此意也。"⑤谢翱亦作《冬青树引别玉潜》和唐珏诗,云:

"冬青树,山南陲,九日灵禽居上枝。知君种年星在尾,根到九泉杂龙髓。恒星昼贯夜不见,七度山南与鬼战。愿君此心无所移,此树终有开花时。山南金粟见离离,白衣人拜树下起,灵禽啄粟枝上飞。"⑥

---

① (元)陶宗仪撰,李梦生校点:《南村辍耕录》,上海:上海古籍出版社,2012年版,第41页。
② (元)陶宗仪撰,李梦生校点:《南村辍耕录》,上海:上海古籍出版社,2012年版,第41页。
③ (宋)林景熙:《霁山文集》,《文渊阁四库全书》本,第1188册,第731页。
④ (宋)林景熙:《霁山文集》,《文渊阁四库全书》本,第1188册,第731页。
⑤ (宋)林景熙:《霁山文集》,《文渊阁四库全书》本,第1188册,第731页。
⑥ (宋)谢翱:《晞发集》,《文渊阁四库全书》本,第1188册,第297页。

冬青树又名女贞木、万年枝,宋诸陵多植此木。冬青,实际上代指宋诸帝埋骨地,诗人们迫于时局,不敢直接悼念故国亡君,只能以冬青树代之,冬青树成为他们悼念故国,寄托自身情感的图腾象征。值得注意的是这次掘墓活动促进了越中地区遗民诗社的形成,最为典型的就是汐社。汐社的诗歌内容多与拾取、埋葬宋帝遗骸的活动有关,往往借冬青之名记事抒怀。对于这次事件,直到元末尚有人借冬青花进行吟咏。

2. 金遗民咏物诗

蒙古灭金早于南宋灭亡40多年,金国诗人与南宋诗人同遭亡国历程,相较于宋遗民对元廷的坚决不合作以及在咏物诗中表达出来的强烈悲痛愤慨、忠贞情操,金遗民无疑要淡薄得多。在金遗民的咏物诗作中,比较少见诗人强烈的情感抒发,对于元廷的访贤,金遗民似乎也淡然处之,没有强烈的抵触情绪。在金亡之后,元好问、李俊民,河汾诸老如麻革、张宇、陈赓、陈庾、房皞、段克己、段成己、曹之谦等人都选择了隐居不仕。同样身为遗民,他们与元廷的关系显然要比宋遗民诗人与元廷的关系缓和。元世祖在藩邸时,曾安车召见李俊民,且延访无虚日,李俊民最终选择隐居不愿出仕,元世祖并未因此而怪罪,还在李俊民去世之后赐谥庄靖。又如元好问金亡不仕,元世祖闻其名,愿以馆阁处之,未用而卒。

同样身遭亡国历程,金宋遗民的经历有所差异。南宋在亡国过程中经受的战乱破坏远远小于金国。蒙元在攻陷南宋的过程中,固然造成了一些破坏,但总体而言,过程比较迅速,毁损度较轻。而蒙古人攻打金国的计划始于1211年,直到1234年金朝灭亡,断断续续持续了二十多年,拉锯战给金国子民心头笼罩上了浓重的战争阴影,为躲避战争,诗人常辗转各地。元好问《八月并州雁》:

"八月并州雁,清汾照旅群。一声惊晚笛,数点入秋云。灭没楼中见,哀劳枕畔闻。南来还北去,无计得随君。"[1]

---

[1] (清)顾嗣立编:《元诗选》(初集),北京:中华书局,1987年版,第58页。

又《老树》:

"老树高留叶,寒藤细作花。沙平时泊雁,野迥已攒鸦。旅食秋看尽,行吟日又斜。干戈正飘忽,不用苦思家。"①

皆是对身不由己,流落各地的诗人生活的再现。

除了常年的战争阴云,金国自身也危机重重,内政混乱,吏治腐败,瘟疫、饥荒、屠城的阴云笼罩在末期的金国国土上,百姓生活艰辛,即便没有蒙古人铁骑的入侵,金国自身也早已危如累卵,亡国不过是时间的问题。况且金国的大部分版图原属北宋,北方文人百年之间两次经历易主过程,江山易主对他们的触动显然没有宋遗民大,真正触动他们心灵的是战争的残酷。金遗民的避世隐居,更多是为了在乱世之中寻找一片净土,抚慰饱受战争摧残的心灵。

"于时干戈未息,杀气弥漫,贤者辟世,苟得一罅隙地,聊可娱生,则怡然自适,以毕余龄,几若澹然与世相忘者。然形之于言,间亦不能自禁,若曰:冤血流未尽,白骨如山丘。若曰:四海疲攻战,何当洗甲兵。则陶之达,杜之忧,盖兼有之。其达也,天固无如人何;其忧也,人亦无如天何。是以达之辞著,而忧之意微。后之善观者,犹可于此而察其衷焉。"②

战争带来的后遗症是浓重的、痛苦的。以河汾诸老为例,麻革、张宇、陈赓、陈庾、房暤、段克己、段成己、曹之谦八人在金亡之后,隐居于黄河、汾水之间山西平阳地区的山林中,不愿出仕,实际上并不仅仅出于对故国的怀念与文人持节的传统观念,而是长期的战乱让他们疲惫不堪,他们更需要的是于乱世中寻找一方净土,以此安身。

"在金亡之际,他们的年龄已经有三四十岁,入元之后一般又活了二三十年。根据《河汾诸老诗集》中的作品推测,金亡之际,房暤、曹之谦等人曾一度先后潜入南宋疆域暂居,以避蒙古兵锋,但最终又只身返回中州家山。其他的一些北方文人也有过类似的经历。这个波折对诗

---

① (清)顾嗣立编:《元诗选》(初集),北京:中华书局,1987年版,第53页。
② (金)段成己、段克己撰:《二妙集·原序》,《文渊阁四库全书》本,第1365册,第525页。

人们真是痛苦难言,因此消尽壮怀,减退豪情。"①

在金遗民的咏物诗中,很少见到像郑思肖等人直白强烈的情感表达,相较于宋遗民借物抒愤,以物明志的再三表达,金遗民诗人的咏物诗创作更像是忙中偷闲的产物。在他们的咏物诗中,固然有着对人生哲理的看法,些微情绪的表露,却难以寻觅到强烈的感情波动。李俊民《一字百题示商君祥》是一组大型组诗,诗人在序中陈述创作始末云:

"余年三十有九,遭甲戌之变。乙亥秋七月南迈,时侄谦甫主河南福昌簿,迎至西山,侨居听事之东斋。小学师商君祥投诗索和,顷刻间往回数十纸。谦甫曰:'一鼓作气未可敌,姑坚垒以待。'侄壻郭鸿渐曰:'可以单师挫其锐。'乃出百字题请赋以酬之。遂信笔而书,殊无意义,付其徒孙男乐山示之,三日不报。谦甫笑曰:'五言长城不复敢攻也。'君祥于是携酒来乞盟,大会所友,极欢而罢。"②

李俊民的一字百题组诗创作于流亡途中,作诗缘起于商君祥的投诗索和,经由侄子谦甫、侄婿郭鸿渐的参与成为一次文笔交锋游戏,最终以商君祥携酒乞盟,宾主尽欢结束,李俊民本人也称这次创作"殊无意义",只是一次诗友比试活动。

段氏兄弟的咏物诗创作活动同样如此。诗人作咏物诗,在诗题、技法上颇下功力。如《梅花十咏》《花木八咏》,前者以忆、梦、寻、探、乞、嗅、浸、浴、惜为主题写梅花,后者则以《海棠风》《杨柳烟》《荷叶露》《葵花日》《菊花霜》《芭蕉雨》《梅花月》《山茶雪》为题,在写法上别出新意,如:

段成己《海棠风》:

"宿酒微醒不自持,君王催唤太真妃。醉红睡起依然在,忙倩罗纨为解围。"③

段成己《杨柳烟》:

"九原唤起李夫人,谁主仙香为返魂。一捻宫腰浑瘦损,舞衣微带

---

① 杨镰:《元诗史》,北京:人民文学出版社,2003年版,第231页。
② (清)顾嗣立编:《元诗选》(初集),北京:中华书局,1987年版,第116页。
③ (金)段成己、段克己撰:《二妙集》,《文渊阁四库全书》本,第1365册,第561页。

瑞云痕。"①

段成己诗中隐藏诗题,如杨贵妃醉红睡起,实指海棠春睡,"一捻宫腰浑瘦损"指杨柳细腰,写法香艳有趣。

段氏兄弟的咏物诗多为竞技唱和,所以韵脚极为工整,如段克己《仲冬之初家弟诚之自芹溪得红梅数枝作三诗以见意夜归枕上次韵简山中二三子三首》②:

"十月梅花春未知,竹间璀璨出斜枝。耐寒巧作新妆面,绝胜含章檐下时。"

"颜色馨香几个知,丛篁深处见横枝。孤标只得诗人爱,华样而今不入时。"

"梅格孤高只自知,耻随桃李斗新枝。天寒翠袖依修竹,却在橙黄橘绿时。"

段成己《乘兴杖屦山麓值梅始花裴回久之因折数枝置之几侧灯下漫浪成语简诸友一笑云三首》③:

"戏蝶游蜂总未知,小窗低亚两三枝。夜阑灯下横疏影,浑似西湖月上时。"

"漏泄春光人未知,轻红已透最高枝。洗妆自有天然态,尽道冰容不入时。"

"幽香不许俗人知,才是东风第一枝。误认文君新睡起,读书窗下立移时。"

两人三首都分别以知、枝、时为韵脚,极为工整,其他诗作,大抵如此。

段氏兄弟是河汾诸老中咏物诗作较多的诗人。段克己(1196—1254),字复之,号遯庵,别号菊庄。段成己(1199—1279),字诚之,号菊轩。两人同为金正大七年(1230)词赋进士。礼部尚书赵秉文赏其才,称他俩为"二妙"。克己中举,无意仕途,终日纵酒自娱。成己及第,授

---

① (金)段成己、段克己撰:《二妙集》,《文渊阁四库全书》本,第1365册,第561页。
② (金)段成己、段克己撰:《二妙集》,《文渊阁四库全书》本,第1365册,第556页。
③ (金)段成己、段克己撰:《二妙集》,《文渊阁四库全书》本,第1365册,第560页。

宜阳主簿。金亡后,段氏兄弟二人避居龙门山(今山西河津黄河边),结社赋诗,隐居度日。克己殁后,成己自龙门山徙居晋宁北郭,闭门读书,近四十年。段氏兄弟的咏物诗作多写于其隐居龙门时期,以兄弟二人唱和为主。如段成己《乘兴杖屦山麓值梅始花裴回久之因折数枝置之几侧灯下漫浪成语简诸友一笑云三首》,段克己《仲冬之初,家弟诚之自芹溪得红梅数枝,作三诗以见,意夜归枕上,次韵简山中二三子三首》,段成己《红梅》、段克己《红梅用诚之弟韵》,又如《花木八咏》《梅花十咏》等。在二段的咏物诗中,既有人生如梦的情感体验,也有清高人格的标榜,亦有对自身不能容于世事的感慨。

段成己《红梅》:

"淡扫胭脂碎玉团,天生异物著江干。月边标格娇增韵,雪底精神巧耐寒。春意祇应容易见,人情还作等闲看。可怜弃置蓬蒿外,倚仗东风鼻一酸。"①

段克己《红梅用诚之弟韵》:

"小梅初破月团团,戏蝶游蜂未敢干。醉脸不禁经宿雨,芳心似欲诉朝寒。乍惊别后容华换,更与尊前仔细看。便好栽培近东阁,免教风味一生酸。"②

段成己诗中流露出对梅花"可怜弃置蓬蒿外,倚仗东风鼻一酸",无人赏识的遗憾与惋惜。段克己诗中弥漫的则是前朝如梦,今日非昨的情感体验,联想身处乱世,故国消亡的事实,诗人惆怅难消,百味交集,故云"乍惊别后容华换,更与尊前仔细看"。

段克己《仲冬之初家弟诚之自芹溪得红梅数枝作三诗以见意夜归枕上次韵简山中二三子三首》(其二)云"孤标祇得诗人爱,华样而今不入时",段成己《乘兴杖屦山麓值梅始花裴回久之因折数枝置之几侧灯下漫浪成语简诸友一笑云三首》(其二)亦云"洗妆自有天然态,尽道冰容不入时",用语不同,意思相同,皆取不入时之意。段氏兄弟乱世之中得以寻求一方天地遁世居日,固然能够诗酒唱和,浮生偷闲,只是空负

---

① (金)段成己、段克己撰:《二妙集》,《文渊阁四库全书》本,第1365册,第547页。
② (金)段成己、段克己撰:《二妙集》,《文渊阁四库全书》本,第1365册,第543页。

文才,寂寞山林,终究难免遗憾。然则蒙元之下出仕,却又非自身所愿。故而只能发出"不入时"的感慨了。

3. 北方志士刘因、郝经之诗

元初北方诗人的咏物诗创作中,刘因、郝经是比较特殊的两位诗人。

(1) 刘因

刘因(1249—1293),字梦吉,保定容城人,因爱诸葛孔明"静以修身"之语,表所居曰"静修",自号静修先生,是元代有名的诗人、理学家。传刘因出生前夕,"父梦神人马载一儿至其家,曰:'善养之。'既觉而生,乃名曰骃,字梦骥,后改今名及字"①。刘因出生在儒学世家,其祖上在金国多有官职,刘因之父刘述刻意学问,喜好研究性理之学,曾短暂出仕过元廷,后以疾辞归,隐居度日。刘因天资聪颖,有过目不忘之才,苏天爵在《静修先生刘公墓表》中称其"天资绝人,三岁识书,日记千百言,随目所见,皆能成诵,六岁能诗,十岁能属文"②。刘因尤好理学,其"性不苟合,不妄交接,家虽甚贫,非其义,一介不取。家居教授,师道尊严。弟子造其门者,随材器教之,皆有成就。公卿过保定者众,闻因名,往往来谒,因多逊避,不与相见,不知者或以为傲,弗恤也"③。至元十九年(1282),刘因受不忽木举荐,擢承德郎、右赞善大夫,不久以母疾辞归。至元二十八年(1291),元世祖以集贤学士、嘉议大夫征,刘因上书宰相以辞,言辞恳切动人,上闻之,不复强召。至元三十年(1293)夏四月,刘因卒。延祐中,刘因被追封容城郡公,谥文靖。

刘因的咏物诗常常借物述理,抒发自身的人生体悟。如《饮山亭杂花卉八首》,选取牡丹、芍药、蔷薇、萱草、夜合、荼蘼、木槿、蜀葵八种花草,借助咏花,抒发自己对于历史兴亡,家国大义的看法。咏《蔷薇》:"色染女真黄,露凝天水碧。花开日月长,朝暮阅两国。"④世上风云变

---

① (元)苏天爵著,陈高华校点:《滋溪文稿》,北京:中华书局,1997年版,第111页。
② (元)苏天爵著,陈高华校点:《滋溪文稿》,北京:中华书局,1997年版,第112页。
③ (明)宋濂等撰:《元史》,北京:中华书局,1976年版,第4008页。
④ (元)刘因撰:《静修集》,卷五,《四部丛刊》景上海涵芬楼藏元刊本。

幻,朝代更迭只在朝夕之间。咏《萱草》:"丹凤忽飞来,喜色满朝露。何以称此花,白头戏婴孺。"①萱草又名忘忧草,楚辞中常用来指芳草,爱国志士常借萱草以忘国忧。"白头戏婴孺"乃人伦之乐,是普通百姓之忘忧。这种观点显然与他人有别。在刘因看来,比起强调家国归属,百姓喜乐才是真正的忘忧。咏《木槿》:"已拆暮欲落,未荣朝又花。生生如体道,堪玩不堪嗟。"②借木槿的朝荣暮衰,生生不息来阐释对道的看法。咏《蜀葵》:"且勿论倾阳,色香尤可喜。人情轻所多,共爱姚黄美。"③诗人常借蜀葵以喻臣子之义。姚黄为牡丹名,牡丹为花之富贵者,亦喻荣华富贵,世人往往轻视蜀葵,喜爱牡丹,保持君臣之义并不容易,这是诗人对人情世故的看法。

  刘因作为北方大儒,信奉儒家的用世思想,有拯时济物之心,早年对出仕抱有积极的态度,但元廷的尚武轻儒使诗人对出仕之途抱有疑虑。蒙元统治者不善理财,元朝从初期开始,即面临着严重的财政问题,至元以来,元世祖日益倚重以阿合马为首的理财势力,阿合马对汉人儒士持敌视态度,蓄意阻挠汉化,摧折儒臣,加之中统三年(1262),李璮发动叛乱,被镇压,事后汉人儒臣王文统受牵连伏诛,这次事件令元世祖对汉人儒臣渐生疏离之心,汉族儒士在朝中处境步步维艰。至元十九年(1282),朝政出现了新变化,这一年阿合马被击杀,与汉族儒臣关系匪浅的太子真金在朝廷中占据有利地位,太子真金实行了一些有利汉化的政策,征辟了不少文人,当时朝政为之一新,刘因的第一次出仕就发生在这一时期。入仕不久,刘因因母病请辞,第二年其母去世,刘因丁忧。至元二十二年(1285),真金猝死,朝政再次发生变化。至元二十四年(1287),桑哥上台,桑哥上台后对真金时期实行的汉化之法进行清洗,此时期内,不少汉族儒臣被桑哥一派清洗,影响极为恶劣。至元二十八年(1291),朝廷诛桑哥,再次征召刘因出仕。但刘因已对动辄改换政策的元廷萌生退意,桑哥掌权时期对汉族儒臣的无情清洗也

---

① (元)刘因撰:《静修集》,卷五,《四部丛刊》景上海涵芬楼藏元刊本。
② (元)刘因撰:《静修集》,卷五,《四部丛刊》景上海涵芬楼藏元刊本。
③ (元)刘因撰:《静修集》,卷五,《四部丛刊》景上海涵芬楼藏元刊本。

令其产生惧意。况且刘因本人也逐渐认识到元世祖征召南北各地文人儒士,从本质上来说是出于安抚人心的政治需要,裨益于国家统一,真正看重的是文人们的名声而非这些人的才华,元世祖身边重用的文人也非单纯的文人,如刘秉忠、王文统等人,与其说是文人,不如称之为政治家更为合适。苏天爵在《静修先生刘公墓表》云:

"自义理之学不竞,名节骩颓,凡在有官,见利则动。有国家者,欲图安宁长久之治,必崇礼义廉耻之风,敷求硕儒,阐明正学,彰示好恶之公,作新观听之几,使人人知有礼义廉耻之实。不为奔竞侥幸之习,则风俗淳而善类兴,朝廷正而天下治。世祖皇帝再三聘召先生者,其以是欤?"①

元世祖本人对推行汉化实际上并没有多大的兴趣。刘因为北方有名的理学大家,虽然才学超迈,但本质而言仍是一儒士,所学重在推行汉化,传播儒家学说,但在元世祖后期执政时期,倚重的阿合马、桑哥等人诋毁儒臣,极力阻挠汉化政策的推行,而喜爱儒家文化的太子真金英年早逝,这无疑打击了刘因的入仕的积极性。刘因本人也深刻地意识到自己的出仕,本质而言,对国家并无多大裨益。而进入朝廷,亦履步维艰,反不若自由自在身。此种情况,出仕元廷的赵孟頫有深切体会,其《至元庚辰繇集贤出知济南暂还吴兴赋诗书怀二首》:

"五年京国误蒙恩,乍到江南似梦魂。云影时移半山黑,水痕新涨一溪浑。宦途久有曼容志,婚娶终寻尚子言。政为疏慵无补报,非干高尚慕丘园。"②

"多病相如已倦游,思归张翰况逢秋。鲈鱼莼菜俱无恙,鸿雁稻粱非所求。空有丹心依魏阙,又携十口过齐州。闲身却羡沙头鹭,飞去飞来百自由。"③

"政为疏慵无补报,非干高尚慕丘园";"闲身却羡沙头鹭,飞去飞来百自由",堪称元初出仕文人心态的写照。

---

① (元)苏天爵著,陈高华校点:《滋溪文稿》,北京:中华书局,1997年版,第114页。
② (清)顾嗣立编:《元诗选》(初集),北京:中华书局,1987年版,第571页。
③ (清)顾嗣立编:《元诗选》(初集),北京:中华书局,1987年版,第571页。

在时局的影响下,刘因的入仕之心日淡,以致深居简出,杜门授课,不再入仕。刘因品性孤高,极为注重自身修养,常被目为高人隐士,针对这种看法,刘因本人在《上宰相书》中也提到这种情形:"但或者得之传闻,不求其实,止于纵迹之近似者观之,是以有高人隐士之目,惟阁下亦知因之未尝以此自居也。"①刘因本人深受正统儒家理论影响,实则抱有积极入世的心态,只是现实往往与理想相悖,出于对政治时局与本人性好的考虑,最终选择隐居,刘因思想中的积极用世思想并未随着隐居生活而消退。如《学东坡小圃五咏》中描写的五种物产皆为利民之物,如"青荑发丹乳,厚饷谢我神。世人厌肥腻,思与雅淡亲"②的枸杞,"山行多上药,地贱民亦辱"的地黄,可"朝阳发苍凉,与世解醒毒",以及"政使非上药,犹当充前庭"的甘菊,"吾心在蠲疾,持此报两生",又写薯蓣不仅可入药,还可饱腹,是利民之物,劝诫世人"灵物闻善化,慎勿轻呵叱"。《黄精》一诗更像诗人的自我剖白:

"黄精晚得名,丹家贵朱草。藉藉仙经中,参术避华藻。名高有物忌,榛莽几摧倒。春风入沟畹,英翘忽已好。感子灌溉恩,糜身锡难老。岂无难老愿,所愿在探讨。世变阅无穷,乾端见更造。此志理难遂,叹之寄襟抱。释尔任重忧,岁晚共一饱。"③

诗人以黄精自喻,虽然感谢朝廷的重视,但人言可畏,名声更易招徕祸端,且对诗人而言,学海无涯,参透乾坤物理,天地造化,是诗人一生之所愿,故云:"感子灌溉恩,糜身锡难老。岂无难老愿,所愿在探讨。世变阅无穷,乾端见更造。"④易州何公玮,曾凭借藏书万卷,请刘因教子,"先生平生苦无书读,又乐易之风土,遂允其请,三年即归。"⑤《黄精》一诗,可呼应其在至元二十八年的征召不至,婉言谢绝的史实。《学东坡小圃五咏》中亦常见诗人自况,如《枸杞》"客来荐蔬茗,用以华吾贫。"《地黄》"仙翁种艺法,隐处未成卜。"《甘菊》"对花诵陶诗,持诗问渊

---

① (明)宋濂等撰:《元史》,北京:中华书局,1976年版,第4009页。
② (元)刘因撰:《静修集》,卷十三,《四部丛刊》景上海涵芬楼藏元刊本。
③ (元)刘因撰:《静修集》,卷十三,《四部丛刊》景上海涵芬楼藏元刊本。
④ (元)刘因撰:《静修集》,卷十三,《四部丛刊》景上海涵芬楼藏元刊本。
⑤ (元)苏天爵著,陈高华校点:《滋溪文稿》,北京:中华书局,1997年版,第112页。

明。帝乡不可期,安用制颓龄。忍饥啖松柏,直以奴仆轻。东坡岂忘言,空腹嚼落英。"①《薯蓣》"贫居乏肉味,劳力苦羸疾。"此中情景皆是对诗人中年以后清淡贫苦生活的写照。

诗人甘于清淡隐居,不愿出仕的心境在其咏物诗中常可见到。

"粪壤自肥腻,灵苗绝世纷。炊馀香更美,甘出苦难分。宜酪法新得,轻身方久闻。野人聊自享,未敢献吾君。"②(《采野苣》)

"雪瓮冰虀满筯黄,砂瓶豆粥透邻香。此中真味无人识,熬煞羊羔乳酪浆。"③(《豆粥》)

《采野苣》强调"宜酪法新得,轻身方久闻。野人聊自享,未敢献吾君"是不愿出仕之意。豆粥作为日常饮食,富人用以养生,穷人却以之充饥,羊羔乳酪浆是蒙古贵族常用饮食,自然奢侈,但诗人却认为平淡的豆粥中亦有真味,远胜金贵饮食,此处亦有甘于淡泊之意。

刘因对南宋的态度比较复杂,刘因生于蒙元时期,距离金亡已经十几年,其父曾短暂出仕元廷,刘因本人为理学大儒,信奉的是"国之大道",于国家政治上十分支持统一。对于元廷出征南宋,诗人亦秉支持态度。他在《送张仲贤序》中云:

"东南富山水之奇秀,而限于南北,不得周游而历览之,使人恒郁郁不乐而若有所失。自宋亡,百五十年之分裂一日复合,凡东南名胜之迹,一日万里,而惟其所欲焉。此固不屑于当世以观物自娱者之所乐得者。方天下无事,事有纲纪,士以才能自负者,每以无以自异于中人而不得尽其所有者以窃叹。今沿江南北皆我所有,民不习静而多变,有弊以革,有害以除,此亦有志于当世,以有为为事者之所乐得也。"④

对于南北统一,诗人认为这是历史的必然趋势:

"辽金迄今,卤北而南渐以大。其文物之变也亦然。"⑤(《题辽金以来诸人词翰后》)

---

① (元)刘因撰:《静修集》,卷十三,《四部丛刊》景上海涵芬楼藏元刊本。
② (元)刘因撰:《静修集》,卷十九,《四部丛刊》景上海涵芬楼藏元刊本。
③ (元)刘因撰:《静修集》,卷二十一,《四部丛刊》景上海涵芬楼藏元刊本。
④ (元)刘因撰:《静修集》,卷十一,《四部丛刊》景上海涵芬楼藏元刊本。
⑤ (元)刘因撰:《静修集》,卷十二,《四部丛刊》景上海涵芬楼藏元刊本。

这种态度在其咏物诗中也有侧面的展示,如其在《虎甲》中赞美虎甲的创造者孙君,认为他有功于元军统一江南。

"气势江淮一旦空,故教金甲虎生风。峥嵘铁骑千夫勇,凛冽寒威百兽雄。不信貔貅御万灶,岂知孤兔动幽丛。圣朝千古征南录,亦有孙君治造功。"①

虎甲应是元军护甲,刘因写虎甲之威仪以显示元军队伍之威仪,写虎甲益助行军打仗,又称赞孙君之功,显然对于虎甲持赞美态度,对于元廷的南征行为亦持支持态度。

对于南宋的衰亡,刘因颇有感慨,毕竟一气同枝,刘因虽生在蒙元,但其精神文化的故乡仍是大宋,故而诗人又借《琼花图》哀悼南宋:

"淮海秀琼枝,独立映千古。遥知办此初,坤灵心亦苦。平生劳梦想,江烟隔南浦。春风不相待,回首以焦土。画图今见之,依稀春带雨。芳心纷已碎,仙葩聚如语。瑶台旧高寒,人间此何所。翩翩风袂轻,幽香暗相许。"②

刘因推崇欧阳修、苏轼、黄庭坚的作诗风格,咏物诗中常富含哲理韵味,如《草虫四首》《饮山亭杂花卉八首》等诗皆是如此。刘因钦慕陶渊明的人格,在刘因的诗中,常见渊明、东篱、东坡字样,刘因的咏物诗中又常写日常,如《醉梨》《爆栗》《食菰白》《食笋》《蔷薇酒》,刘因诗中还有唱和之作,如《赋孙仲诚席上四杯》《即席课诸生东斋诸物七首》等。

(2) 郝经

郝经(1223—1275),字伯常,其先潞州人,徙泽州之陵川,家世业儒,其祖父为著名学者郝天挺。郝经出生之时,恰逢蒙金战争频繁时期,蒙古人大举南下,入侵河朔,各地动荡不安,郝经的幼年就在辗转各地躲避战祸中度过。残酷的战争给郝经留下了深刻印象,也使他树立了"不学无用书,不读非圣书,不务边幅事,不作章句儒"③,以匡时救世为己任的志向。郝经自幼聪颖过人,金亡以后,家贫无以度日,便白日

---

① (元)刘因撰:《静修集》,卷二十,《四部丛刊》景上海涵芬楼藏元刊本。
② (元)刘因撰:《静修集》,卷一,《四部丛刊》景上海涵芬楼藏元刊本。
③ (清)觉罗石麟等监修,储大文等编纂:《山西通志》,《文渊阁四库全书》本,第549册,第230页。

负薪米为养,暮则读书,如此五年,为守帅张柔、贾辅所知,延为上客。张、贾两家皆有万卷藏书,郝经在这一时期内博览群书,为其成为著名的思想家和诗文家打下了基础。宪宗时期,忽必烈开邸金莲川,招揽贤士,闻郝经才名,召其至府,郝经上陈国家大事,见解深刻,受到忽必烈的赏识,自此成为忽必烈的谋士之一。忽必烈即位后,授郝经翰林侍读学士之职,并派遣他为国信使,于1260年赴南宋议和,其《渡江书所见》四首咏物诗就写于南渡途中。对于作诗的动机,其在序言中有所说明:

"己未秋,奉命宣抚江淮,自邓南入新野,蹈宋北鄙,渡泌河及湖阳,入于春陵。陂塘联络,畎会萦属,村墟蓊翳,荒空不可行。佳木修竹,奇花异卉,栉比林莽间,慨然有感于中。而取野莲、荒竹、秋桐、野菊四者,姑以寓感焉。"①

《渡江书所见》所咏野莲、荒竹、秋桐、野菊四物皆为萧条意象,昔日繁华的江南因为战争人烟凋敝,草木丛生,诗人在触目惊心之余,又认为导致南宋如此现状的原因在于南宋朝廷的软弱。

"谓汝无自伤,植根亦娇弱。岂能持风寒,况乃失所托。"②(《秋桐》)

在诗人看来,南宋就如同娇弱的秋桐,国力孱弱,无力自保,才会导致如今的萧条气象。诗人在诗中营造荒凉萧条的气氛,如写荒竹"玉骨清且癯,埋没还奄阿。病绿烟惨凄,枯黄雨滂沱"③,写秋桐"凄迷气日丧,憔悴叶自脱。黄凋晚风吹,青裂饥鸟啄"④,皆惨淡凄凉。

南宋边境的萧条景物虽然对诗人有所触动,但其渴望完成南北一统的决心依然坚定。在郝经看来,只有完成南北大统一才能从根本上解决战争,完成南北一统是郝经长久以来的心愿:

"国家建极开统垂五十年,而一之以兵,遗黎残姓,游气惊魂,虔刘劘荡,殆欲歼尽。自古用兵,未有如是之久且多也,其力安得不弊乎!且括兵率赋,朝下令而夕出师,躬擐甲胄,跋履山川,阖国大举,以之伐

---

① (元)郝经撰:《陵川集》,《文渊阁四库全书》本,第1192册,第43页。
② (元)郝经撰:《陵川集》,《文渊阁四库全书》本,第1192册,第44页。
③ (元)郝经撰:《陵川集》,《文渊阁四库全书》本,第1192册,第43页。
④ (元)郝经撰:《陵川集》,《文渊阁四库全书》本,第1192册,第44页。

宋而图混一。"①

在郝经看来,南宋必亡,统一不可阻挡,此乃天道,无关伦常。郝经是元初有名的思想家,他反对"华夷之辨",认为"今日能用士,而能行中国之道,则中国之主也"②。对郝经而言,"从道不从君,从义不从父,人之大行也"。他信奉大道,认为元世祖是当今难得的明主,值得追随。在他看来,忽必烈可堪与汉高祖刘邦、唐太宗李世民、北魏孝文帝拓跋宏相提并论。

"今主上应期开运,资赋英明,喜衣冠,崇礼乐,乐贤下士,甚得中土之心,久为诸王推戴。稽诸气数,观其德度,汉高帝、唐太宗、魏孝文之流也"③(《再与宋国两淮制置使书》)。

郝经南渡本富有雄心壮志,可惜入境之后,即被贾似道秘密囚禁于仪真馆,开始了漫长的囚禁岁月,关于这次囚禁事件的前因后果,《元史》中皆有记载。

"经有重名,平章王文统忌之。既行,文统阴属李璮潜师侵宋,欲假手害经。经至济南,璮以书止经,经以璮书闻于朝而行。宋败璮军于淮安,经至宿州,遣副使刘仁杰、参议高翻请入国日期,不报。遗书宰相及淮帅李庭芝,庭芝复书果疑经,而贾似道方以却敌为功,恐经至谋泄,竟馆经真州。"④

郝经竟因名气与受重用而招祸,在南渡途中屡遭险境。南宋贾似道欺骗朝廷声称取得胜仗,获得恩宠,害怕郝经一旦面圣戳破自己的谎言,竟将其秘密软禁于真州仪真馆,一囚禁就是十六年。对于这一事件,郝经在诗中亦有所反映,如《张侯宅新竹四首》(其三):"疏阴杳杳色霭衣,恰似泸溪月下时。可恨一枝高更秀,背人偏被恶风吹。"⑤木秀于林,风必摧之,诗人亦如此竹,不能逃脱小人之手。

《雁媒》寓意更为复杂:

---

① (明)宋濂等撰:《元史》,北京:中华书局,1976年版,第3699—3700页。
② (元)郝经撰:《陵川集》,《文渊阁四库全书》本,第1192册,第432页。
③ (元)郝经撰:《陵川集》,《文渊阁四库全书》本,第1192册,第435页。
④ (明)宋濂等撰:《元史》,北京:中华书局,1976年版,第3708页。
⑤ (元)郝经撰:《陵川集》,《文渊阁四库全书》本,第1192册,第148页。

"云衢眇飞鸿,往来解随阳。序当夜有所,次进朝有行。瀚海天山西,卵育岁为常。八月秋风高,离离共南翔。水国足汀洲,江湖多稻粱。晻霭带残芦,老岸青草长。哀鸣洞庭月,乱点潇湘霜。太和开冰天,北去顽穹苍。信禽法天运,断不为炎凉。偶为篝灯误,缚足离江乡。饮啄养为媒,朋俦总相忘。嗷嗷解愁人,乃反无愁肠。弋人见冥鸿,矰缴潜施张。置媒使号呼,投网来抢攘。奄忽一举尽,羽毛皆摧戕。厌然束缚去,又向云间望。嗟嗟罔民徒,诡计不可防。被获反为用,竭力如鬼伥。有信复无智,终自为身殃。误己更误人,不悟真可伤。"①

大雁秋日南飞,所见极为凄凉,颇似诗人秋日渡江南下情形。"太和开冰天,北去顽穹苍。信禽法天运,断不为炎凉。"雁为候鸟,南飞北往实则天道使然,这里指万物皆有自然法则之意。联想到郝经决然南渡的一途,实则为南北一统开路。而大雁被猎人所获,备受摧残与郝经被禁有相似之处。诡计多端的猎人难道不是贾似道之流吗?诗中大雁最终沦为猎人引诱同类的凶手,引发了诗人强烈的谴责。

郝经的咏物诗大部分写于被囚仪真馆时期。《江石子记》中言:

"余生平自书札外,于物无他嗜。及在仪真,与山川百物隔绝,每见一花木果实,辄持玩不能去手,汲汲如不得见。向也与物相忘,今则遇物辄感,有庄生所谓'去国期年,见似之者而喜'者。"②

被囚仪真馆的岁月孤寂漫长,中间又屡遭贾似道威胁,诗人备尝寂寞煎熬。郝经人生中原本最应一展宏图,实现理想的时期却日益消磨在仪真馆与世隔绝的无聊孤寂之中。故《老马》:

"百战归来力不任,消磨神骏老骎骎。垂头自惜千金骨,伏枥仍存万里心。岁月淹留官路杳,风尘荏苒塞垣深。短歌声断银壶缺,常记当年烈士吟。"③

老马志在万里,可惜岁月无情,有心无力,只能空念往昔。诗人被囚仪真馆十六年,来时雄心壮志,正值盛年,返时却已身老多病,英雄老

---

① (元)郝经撰:《陵川集》,《文渊阁四库全书》本,第1192册,第34页。
② (元)郝经撰:《陵川集》,《文渊阁四库全书》本,第1192册,第296页。
③ (元)郝经撰:《陵川集》,《文渊阁四库全书》本,第1192册,第129页。

矣。诗人的盛年全消耗于无聊无用的囚禁岁月之中,英雄老去,功业未建的遗憾痛苦可想而知。

《甲子岁后园秋色四首》写于诗人被囚的第五年,诗人被困真州,孤立无援,于别馆中虚度岁月,心中忧虑焦灼无处排解,面对敌人的威逼利诱,诗人始终坚持不为所动,一心只向元廷。诗人借咏鸡冠、牵牛、葡萄、野蓼四物,以抒发自身的情感。在诗中,诗人陷入了巨大的绝望与悲愤中。

"再砺复自止,交退谁与救。"①(《鸡冠》)

"五年江馆客,万事成堕甑。不能致龙节,空自悲虎穽。"②(《牵牛》)

"谁知六月旱,卉木焦死众。断秧余几花,勉强著土拥。竟作缠结枯,日绕空悼痛。"③(《葡萄》)

对亲人的牵挂牵扯着诗人的心:

"遥怜小儿女,婚嫁俱未竟。中流虞风波,相见何日更"④。(《牵牛》)

诗人又由眼前野蓼联想到往昔纵马扬鞭,肆意纵横的美好岁月:

"忽忆过梦泽,千里渺烟树。芦花与蓼花,露锦荡雪絮。深入芙蕖数,远映蒹霞渡。举鞭问飞鸿,驻马嚼佳句。"⑤

馆中岁月难熬,诗人秉持气节,不愿屈服:

"乃今四壁中,浩渺隔烟雾。日斜对幽丛,聊以慰迟暮。大似辛苦虫,无复风标鹭。来因援沉溺,底事极幽锢。屡上刳肠书,无地沥血诉。嗟嗟好花草,焉用生此处。祗应为诗人,故故独不去。尝胆如啖蔗,食蓼犹膳御。仰首但有天,志节久愈著。"⑥(《野蓼》)

对志节的坚持,贯穿于诗人后半生,如《仪真馆后园茂葵》:"雨荒苔

---

① (元)郝经撰:《陵川集》,《文渊阁四库全书》本,第1192册,第50页。
② (元)郝经撰:《陵川集》,《文渊阁四库全书》本,第1192册,第50页。
③ (元)郝经撰:《陵川集》,《文渊阁四库全书》本,第1192册,第51页。
④ (元)郝经撰:《陵川集》,《文渊阁四库全书》本,第1192册,第50页。
⑤ (元)郝经撰:《陵川集》,《文渊阁四库全书》本,第1192册,第51页。
⑥ (元)郝经撰:《陵川集》,《文渊阁四库全书》本,第1192册,第51页。

老无人迹,倾尽区区向日心。"①《十样小菊》:"孤根如线耐霜侵,浪蕊还开玉与金。为问西风缘底事,一枝同气不同心。"②《观牡丹菊有感》:"黄花唤作牡丹菊,又唤芙蓉秋牡丹。幸自拒霜全晚节,强为春色亦应难。"③

北归的渴望与对亲人的思念是其咏物诗的另一主题。如《江云》"遮回断行雁,望杀未归人。何日星轺路,冯高更忆亲。"④《霜后芙蓉》:"憔悴江头秋牡丹,南人弃掷北人看。明妃出塞胭脂冷,霜满琵琶泪满鞍。"⑤《烛花》:"江城深夜作轻寒,金粟堆盘蜡炬残。应是灯花怜久客,故随人意报平安。"⑥《新馆木犀》"欲将金粟插银壶,沉麝看来气韵粗。为问西风能记否,好香曾到故乡无。"⑦

全节之意,北归之思是郝经被困仪真馆岁月的主题,功名未立,英雄已老的遗憾贯穿于郝经的后半生。

二、元中期元诗四大家咏物诗

元朝进入中期以后,无论出于政治需要还是文化本身的影响,儒学重新获得重视。仁宗、英宗、泰定帝、文宗诸君主对儒学重视程度增加,尤其是仁宗爱育黎拔力八达十几岁开始便接受儒士李孟的儒家文化教育,不仅可以熟练地读写汉文,还熟悉儒家文化与历史典故。这位帝王深受儒家文化与政治观念的影响,即位之后启用了大批儒臣,不断下令选取文学之士进入翰林院与集贤院,并在延祐初年下令重开科举。文宗图帖睦尔是一位喜爱儒家文化艺术的君主,他在执政时期极力营造宫廷的汉化氛围,开奎章阁学士院,笼络了大批汉族文人。随着元朝统

---

① (元)郝经撰:《陵川集》,《文渊阁四库全书》本,第1192册,第154页。
② (元)郝经撰:《陵川集》,《文渊阁四库全书》本,第1192册,第155页。
③ (元)郝经撰:《陵川集》,《文渊阁四库全书》本,第1192册,第157页。
④ (元)郝经撰:《陵川集》,《文渊阁四库全书》本,第1192册,第145页。
⑤ (元)郝经撰:《陵川集》,《文渊阁四库全书》本,第1192册,第154页。
⑥ (元)郝经撰:《陵川集》,《文渊阁四库全书》本,第1192册,第154页。
⑦ (元)郝经撰:《陵川集》,《文渊阁四库全书》本,第1192册,第157页。

治的巩固,社会的稳定发展,元代中期儒学呈现出一派繁荣景象,南方文人出仕元廷的现象增多。

"我国初有金、宋,天下之人,惟才是用之,无所专主,然用儒者为居多也。自至元以下,始浸用吏,虽执政大臣,亦以吏为之。由是中州小民,粗识字、能治文书者,得入台阁,共笔札,累日积月,皆可以致通显,而中州之士见用者遂浸寡。况南方之地远,士多不能自至于京师,其抱材蕴者,又往往不屑为吏,故其见用者尤寡也。及其久也,则南北之士,亦自町畦以相訾,甚若晋之与秦,不可与同中国,故夫南方之士微矣。延祐中,仁皇初设科目,亦有所不屑,而甘自没溺于山林之间者,不可胜道,是可惜也。夫士惟不得用于世,则多致力于文字之间,以为不朽。而文辞者,有幸有不幸者,不幸者至于老而无所用矣,而其文又遂泯不显,是又可哀也。比年大江之南,山林之士有挟其文艺游上国,而遇知于当世。士之弹冠而起者,相踵京师,大官之家,皆有其客,而周知于当世者,亦比比有之。"①(《杨君显民诗集序》)

元朝早期,南宋新亡,元世祖多次江南访贤,这一时期的江南文人如赵孟頫等人虽出仕元廷,仍常有故国之思,在朝中又常受到蒙元贵族的敌视排挤,如履薄冰,处境颇为尴尬,诗人中亦不乏"吏隐"②心态者。元代中叶,国家承平已久,前朝影响渐弱,仁宗、英宗、文宗等帝王又重儒学,加之延祐年间重开科举,文人观念发生了变化,一时之间,南方士人游学北上者甚众,诗坛呈现出一片盛世气象。这一时期,尊唐复古风气一扫宋金余习,鸣盛世治平之音成为主流。

---

① (元)余阙:《青阳先生文集》卷四《杨君显民诗集序》,《四部丛刊》续编景常熟瞿氏铁琴铜剑楼藏明刊本。

② "吏隐"可参见蒋寅《古典诗歌中的"吏隐"》,《苏州大学学报》(哲学社会科学版),2004年第2期。蒋寅认为所谓吏隐的基本内涵是"以诗才表达居官如隐的胸襟,更以平和满足的心态享受富足的生活,得吏隐之实惠"。元初江南出仕文人的生活状态并非像其他朝代,尤其是宋代文人那样优渥,但对于不善生计的文人来说,出仕无疑是一条生活出路。他们享受官禄亦不是心态平和,毕竟出仕异族统治者王朝,对南宋士人来说,总有变节的疑虑。蒙元贵族对江南士人又有排斥敌视的态度。但不能否认的是,元初江南文人在元廷中基本上都任清要之职,即便想要有所作为,也会引起蒙元贵族的怀疑排斥。既然不能施展才华,便只日常酬唱作诗为乐,其诗中常会流露出对隐逸生活的向往。

"宋、金之季诗人,宋之习近骩骳,金之习尚号呼。南北混一之初,犹或守其故习,今则皆自刮劘而不为矣。世道其日趋于盛矣乎!"①

"延祐、天历之间,风气日开,赫然鸣其治平之盛者,有虞、杨、范、揭,一以唐为宗,而趋于雅,推一代之极盛。"②

这一时期最具有代表性的诗人是有元诗四大家之称的虞集、杨载、范梈和揭傒斯。他们四人皆推崇"尊唐复古",诗学盛唐。四人风格各有特色,虞集曾评价四人诗歌特征时称"仲弘诗如百战捷儿,德机诗如唐临晋帖,曼硕诗如美女簪花"③,又称自己为"汉廷老吏"。在虞集看来,四人之中杨载诗气势磅礴,范梈诗清新俊逸,揭傒斯诗清婉密丽,虞集诗平正典雅。

虞集、杨载、范梈、揭傒斯四人的咏物诗创作,从创作动机与内容来看,主要是应酬、应制之作,其中题画诗占了主要部分。元代是题画诗大兴的时期,品评书画、作诗题画的风气无论在民间还是朝廷都很盛行。文宗本人在诗歌、绘画、书法上颇有造诣,常与群臣于奎章阁中品评文物。当时声名显著的赵孟頫、柯九思等人皆是时名远播的大画家,他们的画作是馆阁文人题画的重要内容。元代官宦文人的题画作品在内容题材上大多重叠,比如钱舜举的折枝图,韩干马、曹霸马、李伯时马、子昂马,子昂墨竹、墨兰,柯九思竹石等等。

虞集、杨载、范梈、揭傒斯四人虽同朝为官,但因经历不同,个人诗歌内容有较大区别。就以其咏物诗的创作来看,虞集、揭傒斯应制酬唱,歌颂盛世的作品为多,杨载咏物诗中多有强烈的用世精神,范梈咏物诗情感更为丰富多样。

1. 歌颂盛世之音的虞集、揭傒斯咏物诗

虞集,字伯生,号道园,人称邵庵先生,为宋丞相允文五世孙,其祖上多文学之士,父汲有文采,与吴澄相交。虞集少时受家学,尝从吴澄

---

① (清)顾嗣立编:《元诗选》(初集),北京:中华书局,1987年版,第1580页。
② (清)王夫之等撰:《清诗话》,上海:上海古籍出版社,1963年版,第83—84页。
③ (清)顾嗣立编:《元诗选》(初集),北京:中华书局,1987年版,第843页。

游。大德初年至京师,以大臣荐,授大都路儒学教授,后除国子助教、博士。泰定初,除国子司业,迁秘书少监,文宗时任奎章阁侍书学士。虞集才华出众,精通蒙语,泰定帝时期曾随驾上都,用蒙语与汉语为上都大臣讲授经史,语言通达,学识渊博,受到上都大臣的赞赏。虞集时名颇著,文宗在潜邸时已知集名,即位后对虞集堪为重用,虞集曾以先世坟墓在吴、越之地,岁久湮没为由,乞一郡自便,帝王因爱惜其才华,不允其请求,足见其受君主赏识之深。

揭傒斯,字曼硕,龙兴富州人。父为宋乡贡进士。揭傒斯幼年家贫,读书尤其刻苦,早有文名。大德年间出游湘、汉,湖南帅赵淇称之为"他日翰苑名流也"[1],受到程钜夫、卢挚的赏识,延祐初被举荐于朝,特授翰林国史院编修官。天历初,开奎章阁,首擢为授经郎,以教勋戚大臣子孙。文宗很喜爱揭傒斯,常称其字曼硕,以示亲近。

相对于范、杨二人的仕宦经历而言,虞集、揭傒斯二人仕途更为和顺,尤其是揭傒斯,其出仕虽晚,但仕途几乎一帆风顺,没有大的波折。两人都颇受文宗喜爱,常伴帝王左右。其咏物诗创作内容多为应制酬唱、题画咏物。《南村辍耕录》"奎章政要"条目记载了一则趣事:

"文宗之御奎章日,学士虞集、博士柯九思常侍从,以讨论法书名画为事。时授经郎揭傒斯亦在列。比之集、九思之承宠眷者则稍疏。因潜著一书曰《奎章政要》以进,二人不知也。万几之暇,每赐披览。及晏朝,有画《授经郎献书图》行于世,厥有深意存焉。句曲外史张伯雨题诗曰:'侍书爱题博士画,日日退朝书满床。奎章阁上观《政要》,无人知有授经郎。'盖柯作画,虞必题,故云。"[2]

文宗开奎章阁之后,收集了大量的书画艺术作品,常与属下以品题书画为乐。最受文宗喜爱的儒臣虞集是诗文名家,柯九思则是时名远播的书画家,柯善画,虞善诗,张雨作诗云:"侍书爱题博士画,日日退朝书满床。"可见虞集题画作品很多。不仅是虞集,揭傒斯等人的题画作

---

[1] (明)宋濂等撰:《元史》,北京:中华书局,1976年版,第4184页。
[2] (元)陶宗仪撰,李梦生校点:《南村辍耕录》,上海:上海古籍出版社,2012年版,第84页。

品也很多,题画作品多是元代馆阁文人的普遍现象。

虞集、揭傒斯二人的咏物诗多为官场应酬而作,其内容常见颂扬之词,或向君王表露衷心。

"枥下长年饱豆刍,谁通马语识跙躅。主恩深重知何报,或者东风驾鼓车。"①(虞集《曹霸下槽马》)

"谁家枥上千金马,顿辔长思战平野。生来适遇风尘清,老死已甘槽枥下。愿从天子射黄羊,北去阴山西太行。呼鹰走犬何足论,尽引龙媒归帝乡。"②(揭傒斯《画马》)

曹霸所画之马为宫廷御马,体型丰腴,故虞集言其常年饱食谷物。此诗以马喻己,诗人仕途显荣,尤其际遇文宗,更是其仕途生涯的顶点。诗人自觉受天家恩惠,应当回报自身所学。虞集自负有重振儒学,推广礼乐教化、儒家典章的职责,故在应制之余,亦隐含着对展示自身才华,为君主所用的期待情感。揭傒斯的《画马》诗更多的是向君主表露自身愿意跟随君主左右的忠心。他在《温日观葡萄》一诗更由葡萄图联想到朝廷贡品葡萄美酒,又联想到君王御赐美酒,进而以此感谢君恩。内容直白,是典型的宫廷御制作品。

"云屯高架广庭深,秋实登盘夏息阴。弱蔓柔条千万缕,无情犹足系禅心。翠蔓交加马乳长,黄罗撒幕照盘光。年年八月迎龙御,此果偏蒙圣主尝。西域常年酝上供,浓香厚味革囊封。五云阁里玻璃碗,会拜君恩侍九重。"③(《温日观葡萄》)

虞集作诗推崇雅正,讲究辞和意深,语言平易。

"国朝广大,旷古未有,起而乘其雄浑之气以为文者,则有姚文公其人。其为言不尽同于古人,而伉健雄伟,何可及也。继而作者,岂不瞠然其后矣乎。当是时,南方新附,江乡之间,逢掖缙绅之士,以其抱负之非常幽远而未见知,则折其奇杰之气,以为高深危险之语,视彼靡靡混

---

① (清)顾嗣立编:《元诗选》(初集),北京:中华书局,1987年版,第895页。
② (元)揭傒斯著,李梦生标校:《揭傒斯全集》,上海:上海古籍出版社,1985年版,第180页。
③ (元)揭傒斯著,李梦生标校:《揭傒斯全集》,上海:上海古籍出版社,1985年版,第180页。

混,则有间矣。然不平之鸣,能不感愤于学者乎?而一二十年,向之闻风而仿效亦渐休息。延祐科举之兴,表表应时而出者,岂乏其人。然亦循习成弊,至于骤废骤复者,则亦有以致之者然欤?于是执笔者,肤浅则无所明于理,蹇涩则无所昌其辞,徇流俗者不知去其陈腐,强自高者惟傍窃于异端。斯文斯道,所以可为长太息者,常在于此也。"①

在虞集看来,元初文人身处朝代更迭之际,身遭亡国之苦,诗中常见悲苦之情,多幽泉林下之歌。延祐开科,国家治平已久,诗歌亦应有新风貌,作诗应通畅明达,去除陈词滥调,诗歌创作应该讲究情感节制,冲淡平和,不易过于放浪。

"后世诗人,深于怨者多工,长于情者多美,感慨者不能知其所归,极放浪者不能有所反,是皆非得性情之正。"②(《盱江胡师远诗集序》)

揭傒斯论诗也持有类似的观点:"夫为诗与为政同,心欲其平也,气欲其和也,情欲其真也,思欲其深也",讲究"心平气和"。虞集《同阁学士赋金鸭烧香》:

"黄金铸为鸭,焚兰夕殿中。窈窕转斜月,委迤动微风。绮席列珠树,华灯连玉虹。无眠待顾问,不知清夜终。"③

其意境极为雍容华美,对仗工整,语言典雅。虞、揭二人咏物诗有优裕从容之感。如揭傒斯《腊梅太平雀》:

"腊梅枝上太平雀,花映毛奇十二红。持赠何人最相称?梅花心事太平翁。"④

又如虞集的《题饶世英所藏钱舜举四季花木》(其三)《芙蓉》:

"丹霞覆苑洲,公子夜来游。终宴清露冷,折花登彩舟。"⑤

其中亦不乏清新活泼诗作,如揭傒斯的《画鸭》:

---

① (元)刘诜:《桂隐先生集·原序》,《元人文集珍本丛刊》钞本。
② (元)虞集著,王颋校点:《虞集全集》,天津:天津古籍出版社,2007年版,第475页。
③ (元)虞集著,王颋校点:《虞集全集》,天津:天津古籍出版社,2007年版,第10页。
④ (元)揭傒斯著,李梦生标校:《揭傒斯全集》,上海:上海古籍出版社,1985年版,第37页。
⑤ (元)揭傒斯著,李梦生标校:《揭傒斯全集》,上海:上海古籍出版社,1985年版,第197页。

"春草细还生,春雏养渐成。绒绒毛色起,应解自呼名。"①

总体而言,虞集、揭傒斯的咏物诗歌行文典雅却不浮靡,具有雅正的特征。

2. 入世精神高扬的杨载咏物诗

虞集、杨载、范梈、揭傒斯四人出仕元廷多是自我追求、渴望博取功名的结果,是在主动积极的心态驱使下进行的。元代中期帝王对儒学的重视使文人重新燃起了儒学治世的希望,他们表现出了强烈的入世心态,愿意一展所学,力求有用于国家。对于君主访求人才的行为,诗人们也持以喜闻乐见的态度。杨载的入世精神尤为强烈:

"大木生何许,乃在泰山隈。泰山崖石裂,怒木响如雷。浸润长青液,根株日以培。纵历千百载,霜雪不能摧。长安天子诏,欲筑九层台。台上构宫殿,青云共徘徊。匠氏走海内,博求栋梁材。万夫治道路,挥斧重林开。大器当大用,小器易剪裁。有如豪侈士,踪迹困尘埃。适可厚自养,毋为兴叹哀。"②(《古木》)

"涧松高百尺,磊落多大节。连根抱危石,古色黑如铁。隆冬方互寒,山中积霜雪。萝鸟悉枯老,苍崖犹冻裂。此时唯老干,峭直不摧折。国匠求美材,瞻望叹奇绝。险阻不可致,既作复中辍。我愿驱六丁,操斧骤喝莩。得此栋梁材,持以献天阙。"③(《涧松为丁师善作》)

古松、涧松身处山林,皆有风霜节,以此隐喻隐逸高士,元代南方诗人多隐逸山林,不愿出仕。在诗人看来,如今君主遍访贤才,身负高才的古松、涧松,如有用于世,亦当及时而出。诗人甚至愿意替君主持斧开山,得栋梁材以献君主。

杨载有《东阳十题》咏物组诗,与黄溍《和吴赞府斋居十咏》诗题一

---

① (元)揭傒斯著,李梦生标校:《揭傒斯全集》,上海:上海古籍出版社,1985年版,第128页。
② (清)顾嗣立编:《元诗选》(初集),北京:中华书局,1987年版,第938页。
③ (清)顾嗣立编:《元诗选》(初集),北京:中华书局,1987年版,第938—939页。

致,应为集咏作品。吴赞府即元初南宋遗民吴思齐①。《东阳十题》分咏《焦桐》《蠹简》《破砚》《残画》《旧剑》《尘镜》《废檠》《败裘》《断碑》《卧钟》十物皆为先朝遗物。杨载《东阳十题》描写先朝文物被废弃损毁,宝物蒙尘:

"断裂无边幅,华堂弃置馀。"(《残画》)

"廉隅皆破缺,筋力尽研磨。"(《破砚》)

"收藏无宝匣,叹息网丝悬。"(《尘镜》)

"尘埃须浣濯,虮虱费爬搔。"(《败裘》)

"摩挲不成读,上有藓斑斑。"(《断碑》)

"雕残牙板废,锈涩土花蒙。"(《卧钟》)

这些前朝文物在诗人眼中亦是儒家礼乐教化、典章制度的象征,如今宝物蒙尘,斯文之道不行,诗人只能以眼前旧物联想前朝遗风,抒发悲愤感伤之情。

在杨载看来,物不能尽其用,是为遗憾。杨载年四十不仕,被户部贾国英数荐于朝,先以布衣召为翰林国史院编修官,后调管领系官海船万户府照磨。延祐初,仁宗以科目取士,杨载是首批应诏取士,登进士第的文人,也是四大家中唯一科举取士的文人,其积极应对科举一事足可见其对入仕抱有十分积极的态度。在他看来,即便不能为朝廷所用,也当力求有用于当世。

"巨木埋根数百年,蔚然苍翠上参天。不归宫阙充梁栋,也作龙舟济大川。"②(《偶题二首》 其一)

诗人又认为,有才之人应当勇于推荐自身,否则才华不显,空留余恨。

"古称难画莫如马,近朝唯数李伯时。不至天闲观帝服,如此骨相

---

① 杨光辉:《萨都剌生平及著作实证研究》,复旦大学博士论文,2001 年,第 111—112 页。"吴赞府,即吴思齐(1238—1301),字子善,自号全归子,永康人。入元不仕,与方凤、谢翱等游,属南宋遗民。有谢翱《雪中方四隐君访宿有诗忆鹿田风雨旧游奉和并呈吴六赞府》(见《晞发集》)以及黄溍《吴赞府挽诗三首》、《书吴善夫哀辞后》等诗可证。"

② (元)杨载撰:《翰林杨仲弘诗》,卷八,《四部丛刊》景江南图书馆藏明嘉靖丙申翁氏刊本。

何由知。头类渴乌尖插耳,竟度流沙轻万里。幸人牵浴恒凛然,复恐化龙奔入水。贫居里巷无马骑,徒步出入多伤悲。大胫薄蹄何足愿,退立道傍尘满面。"①(《李伯时画浴马图》)

诗人以马喻人才,君主远在宫阙,才士多处江湖,两者之间距离千里,若自己不出世,必然湮没无闻,正如骏马"不至天闲观帝服,如此骨相何由知"。若无人推荐,人才亦有落得"退立道傍尘满面"的可能。此诗既有号召有志之士积极出山入仕,一展才华之意,又隐含对朝廷识人、举荐人才的迫切。

杨载咏物诗作,多气势磅礴,有强烈的现实精神,如其《古剑歌为吴真人作》写古剑"动摇天地合变化,摩荡日月含光精。"能斩恶蛟,为民造福。诗人愿请宝剑洗涤宇宙,去除恶氛。"吾过下里多恶氛,魍魉魑魅能食人。请君为我绝此怪,一洗宇宙长清新。"②

杨载诗歌气势的雄浑在元诗中是十分罕见的,故揭傒斯评价杨载诗歌云:

"盖仲宏之天禀旷达,气象宏朗,开口论议,直视千古。每大众广席,占纸命辞,傲睨横放,尽意所止。众方拘拘,己独坦坦,众方纤徐,己独驰骤,骏马之长坂而无留行。故当时好之者虽多,而知之者绝少,要一代之杰作也。"③

杨载的诗歌胸襟广阔,气势宏大,坦荡畅达,一扫卑弱纤徐,有盛唐气象。

3. 仕与隐思想并存的范梈咏物诗

范梈,字亨父,一字德机,清江人,天资聪颖,有文采,吴澄曰:"年未三十,予识之于其乡里富者之门,虽介然清寒,茕然孑立,而熟察其微,

---

① (元)杨载撰:《翰林杨仲弘诗》,卷一,《四部丛刊》景江南图书馆藏明嘉靖丙申翁氏刊本。
② (清)顾嗣立编:《元诗选》(初集),北京:中华书局,1987年版,第962页。
③ (元)杨载撰:《翰林杨仲弘诗·原序》,《四部丛刊》景江南图书馆藏明嘉靖丙申翁氏刊本。

有树立志,无苟贱意。越数年,渐渐著声称。"①范梈家贫早孤,靠母亲熊氏抚养长大,与母亲感情深厚,早年竭力侍奉母亲,不愿远游。《元史》称其:"居则固穷守节,竭力以养亲,出则假阴阳之技,以给旅食,耽诗工文,用力精深,人罕知者"②。

范梈宦游北上时,已到中年,其《种瓠二首》是对其客居京师,大器晚成的写照:

或言种瓠,蔓长必蕑,其标乃实。予斋所种,因树为架,蔓缘不已,果多虚花,欲去之,虑伤其凌霄之意,因赋五言,为之解嘲云:

岂是阶庭物,支离亦自奇。已殊凡草蔓,缀得好花枝。带雨宁无实,凌霄必有为。揪揪群鸟雀,从汝踏多时。

秋后瓠果成,一实轮囷可爱,予嘉其晚成而不群,答赋云:

嘉瓠吾所爱,孤高更可人。不虚种植意,终系发生神。有叶诚藏用,无容岂识真。明年应见汝,众子亦轮囷。③(《种瓠二首》)

范梈年三十六始游京师,初声名不显,在京城度过了一段寄居生活,诗人种植瓠瓜,见其枝叶蔓延攀爬,联想到自身客游京师,功名未博,不仅由物及人,不忍剪其枝叶,希望其花能凌霄而开。瓠瓜秋后结成,诗人欣喜,故有"嘉其晚成而不群"之语。此种待时而出的个人情绪又见于其《题松雪图》:"傍人不识岁寒松,怜杀深山大雪封。待得化为东海水,青天白日睡苍龙。"④松树被困雪山,只需春日雪化,便可腾飞为龙。

范梈写于甲寅年的《二杏》更能表现诗人宦客京师的心路历程:

"北邻杏一株,身作龙盘拏。直上青天中,虚空高结花。南邻杏更好,枝干相交加。三月二月时,匝地堆红霞。自我来京城,寄居诸公家。其地僻自阻,茂树绕窗纱。亦有桃与李,盛节争豪奢。虽富无可人,纷纷乱如麻。晚遇此二杏,突兀超尘沙。尝时好客来,立旆遥咨嗟。欲去

---

① (元)吴澄:《吴文正公集》卷四二《故承务郎湖南岭北道肃政廉访司经历范亨父墓志铭》,《元人文集珍本丛刊》影明成化二十年刊本。
② (明)宋濂等撰:《元史》,北京:中华书局,1976年版,第4183页。
③ (元)范梈:《范德机诗集》,卷三,《四部丛刊》景江安傅氏双鉴楼藏景元钞本。
④ (元)范梈:《范德机诗集》,卷六,《四部丛刊》景江安傅氏双鉴楼藏景元钞本。

复顾恋,往往至日斜。我昔词馆直,羸马道路赊。晨往昏黑归,无由领其嘉。今我已投散,终日犹枯差。朝暮出见之,百匝虚詹牙。而我又将去,何由报繁葩。誓将适南郡,辟地江之涯。种此一万树,漫漫被荒遐。花成实给食,收拾岁盈车。此事亦易集,但恐君疑夸。"①

以《二杏》的写作时间与内容来看,诗人写此诗时正值延祐初年,仁宗重开科举之时,《草木子》中有"甲寅年开科取士,九成殿芝生"②之语。诗人此时正值任翰林院编修官秩满,被御史台擢为海南海北道廉访司照磨。以诗中"誓将适南郡,辟地江之涯"两句看来,也可知其应当写于其擢任海南海北道廉访司照磨,离开京师前夕。"自我来京城,寄居诸公家""我昔词馆直,羸马道路赊"等语是对其北上客居经历的描述。"北邻杏一株,身作龙盘拏。直上青天中,虚空高结花。南邻杏更好,枝干相交加。三月二月时,匝地堆红霞。"实际指代在京师可能更容易得到君王的恩宠,但去南地,对诗人来说,也能作出政绩,为君为民皆有利。诗人愿意尽己之力,使南方贫瘠之地亦能花开烂漫,果实盈筐。范梈在任期间,兑现了他的承诺,他任海南海北道廉访司照磨期间,"巡历遐僻,不惮风波瘴厉,所至兴学教民,雪理冤滞甚众"③,"政誉上彻,仍其所职,迁江西湖东宪长,严明于僚属中,独异目视。"④范梈用实际行为贯彻了自身的用世理念。正如吴澄所云:"若亨父,可谓特立独行之士矣。"⑤

与虞、杨、揭三人不同,范梈的咏物诗中始终呈现出入仕与隐逸并存的思想轨迹。他欣赏来去自如的隐士高人,赞赏他们出则辅助君主,隐则甘居泉林的处事行为。他在《卢鸿》诗中写隐居嵩高峰的有志之士,因天子念治具,诏书访踪,便应时而出,来去从容。

"在昔有志士,隐居嵩高峰。行义榘四海,矫若人中龙。天子念治

---

① (元)范梈:《范德机诗集》,卷二,《四部丛刊》景江安傅氏双鉴楼藏景元钞本。
② (明)叶子奇等撰,吴东坤等校点:《草木子(外三种)》,上海:上海古籍出版社,2012年版,第63页。
③ (明)宋濂等撰:《元史》,北京:中华书局,1976年版,第4183页。
④ (明)宋濂等撰:《元史》,北京:中华书局,1976年版,第4183页。
⑤ (明)宋濂等撰:《元史》,北京:中华书局,1976年版,第4184页。

具,诏书访孤踪。既来亦竟往,去就何从容。架岩结茅堂,虚砌蘼芜封。身虽草土间,道为世所宗。攀磴采石华,引手接云松。朗揖谢污渎,长啸紫烟重。不能谐圣君,岂徒愧万钟。安得起斯人,千载已相从。"①(《卢鸿》)

其《观钱塘上人墨兰二首》亦反映出类似的思想:

"兰以比君子,所贵者幽深。黯然空谷中,远为人所钦。志士秉美德,如玉复如金。笃实而辉光,芳岂出乔林。偶然为时出,节义凛森森。下惬烝庶望,上当君王心。功成无所累,宿好在云岑。"②(其一)

古人常以兰花比君子,此处诗人以兰花比喻隐士,隐士不仅身有高士美德,且有治世才华,他应时而出辅佐君主,功成而退隐居山林。范梈虽然渴望像那些隐士一样,出则有用于君王社稷,退则甘隐泉林,来去自如,现实却往往充满艰辛,诗人入朝为官,但长期沉沦下僚,常辗转于各地。在仕宦期间,诗人思念南方故乡,又思念其母,归隐之心日益迫切。

"思归江路永,荔子几时丹。祇念违亲久,何嫌待尔难。"③(《咏荔子》)

"嗸嗸九春雁,整列向天端。虽念洲诸幽,已违霜雪寒。群行旅阳土,亦为稻粱难。唼食曾未充,知时讵能安。衔芦领孤雏,萧萧理羽翰。明年还当宾,勿兴中路叹。"④(《春雁》)

春雁为谋食,春天飞往北土,诗人为谋生计,亦如春雁辗转。他思恋故土,渴望归乡,发出"明年还当宾"之言。

范梈的咏物诗中还常见哲理之思,如其写《庭草》,"澄心皆净域,履道即安居"⑤,《咏鹿》写鹿之天然自在,"野性难驯不称家,呦呦如怨复如嗟。何如送汝归山去,许令台前卧落花"⑥。

---

① (元)范梈:《范德机诗集》,卷二,《四部丛刊》景江安傅氏双鉴楼藏景元钞本。
② (元)范梈:《范德机诗集》,卷二,《四部丛刊》景江安傅氏双鉴楼藏景元钞本。
③ (元)范梈:《范德机诗集》,卷三,《四部丛刊》景江安傅氏双鉴楼藏景元钞本。
④ (元)范梈:《范德机诗集》,卷一,《四部丛刊》景江安傅氏双鉴楼藏景元钞本。
⑤ (元)范梈:《范德机诗集》,卷三,《四部丛刊》景江安傅氏双鉴楼藏景元钞本。
⑥ (元)范梈:《范德机诗集》,卷六,《四部丛刊》景江安傅氏双鉴楼藏景元钞本。

三、元末谢宗可咏物诗

1. 谢宗可其人其诗

谢宗可的生卒年皆无记载,其大体生活范围与文学创作活跃时间可通过其诗集内容与他人作品大致推出。

元人孔齐在《至正直记》中言萨都剌善咏物赋诗,颇多工巧,并称"金陵谢宗可效之"①,《尧山堂外纪》云谢宗可"有《百咏集》,大率皆效萨诗"②。类似说法还见于《宋元诗会》,亦称其"为诗长于咏物,其声调效萨"。干文传为萨都剌诗集《雁门集》作序称萨都剌"又有巧题百首,皆七言律,别为一集云"③。由此可以推知萨都剌写有巧题百首诗集,且皆为七律,可惜此诗集并未流传下来,今人已经无缘得窥全貌。④ 萨都剌为泰定四年(1327)进士,主要活跃于元代晚期,今人杨光辉考察其生年为元大德十一年(1307)⑤,萨都剌卒年不详,但应活至元朝末叶,是否入明则难以考察。总体而言,萨都剌主要活跃于元代晚期,故谢宗可应该为同一时期或者稍晚于萨都剌的诗人。

杨镰在《元诗史》"咏物诗"一节中称:

"《咏物诗》有《芦花被》一诗,故可确知其上限。贯云石于延祐初离开大都,返回江南。路经梁山泊见渔翁絮芦花为被,便写诗一首交换。

---

① (元)杨瑀、孔齐著,李梦生、庄葳、郭群一校点:《山居新语·至正直记》,上海:上海古籍出版社,2012年,第63页。
② (明)蒋一葵撰:《尧山堂外纪》,《续修四库全书》本,第1194册,第663页。
③ (元)萨都剌著:《雁门集》,上海:上海古籍出版社,1982年版,第402页。
④ 日本1905年刊于《永和本萨天锡逸诗》,其中有60首咏物诗,皆为七言律诗,且与谢宗可咏物诗重复率惊人,但其真伪难以考证,今人杨光辉《萨都剌生平及著作实证研究》中对此有介绍。
⑤ 萨都剌生年问题,主要有八种观点,即1272年、1282年、1283年、1288年、1290年、1292年、1300年、1308年,杨光辉在《萨都剌生平及著作实证研究》一书中对这八种观点依次作了辩驳,并列举实例推出其生年为1307年的观点,本文在此处采用杨光辉的观点。

其诗喧嚣一时,贯氏便以'芦花道人'为号,和(包括追和)者数十家。还画成《芦花被图》,并成为元诗典实。《咏物诗》之中,别的典实不好辨别出现的具体时间,但'芦花被'确实是从贯云石于延祐初年返回江南开始成典。据此,《咏物诗》应作于延祐元年(1314)以后。"①

谢所作《芦花被》显然也是依据贯云石芦花被典故而来。诗中的"一枕和秋眠落月,五更飞梦逐西风"正是化用了贯云石的"西风刮梦秋无际,夜月生香雪满身"两句。

不独《芦花被》一诗可以确定其上限,其他诗如《书灯》《月中桂花》等诗也可以确定《咏物诗》作于延祐开科之后。元初科举不行,时人多荒废读书,黄庚《萤火》:"化形腐草暗生光,数点随风过野塘。窗下久无人夜读,此身不入照书囊"②。又在《书灯》中言明其坚持读书云:"书幌低垂风不来,兰膏花暖夜深开。剔残犹有馀光在,一点丹心未肯灰。"③谢宗可的《书灯》云:

"唔咿声里漏初长,愿借丹心吐寸光。万古分明看简册,一生照耀付文章。芸编清逼兰膏暖,花尽时粘竹汗香。明日金莲供草制,几人风露在秋堂。"④

诗人秉灯苦读,一为学问,另一则为"明日金莲供草制"的未来出路。"金莲"是对"金莲华炬"的简称。出处见《新唐书·令狐绹传》:"(绹)夜对禁中,烛尽,帝以乘舆、金莲华炬送还,院吏望见,以为天子来。"⑤后常用金莲华炬比喻天子对臣子的特殊礼遇,"草制"指草拟制书。秋堂指书生攻读课业之所,秋堂风露常用来描写读书辛苦。元代科举在延祐重开之前废止几十年,在废止的漫长期间内诗人显然不会产生"明日金莲供草制"的前途猜想,更不会发出"几人风露在秋堂"的感慨。更不会借助《月中桂花》发出"折来何必吴刚斧,还我凌云第一人"的豪迈宣言。结合《芦花被》诗歌典实,谢宗可的《咏物诗》必然是写

---

① 杨镰:《元诗史》,北京:人民文学出版社,2003年版,第635页。
② (元)黄庚:《月屋漫稿》,《文渊阁四库全书》本,第1193册,第812页。
③ (元)黄庚:《月屋漫稿》,《文渊阁四库全书》本,第1193册,第808页。
④ (元)谢宗可,(明)瞿祐吉,朱之藩:《合刻咏物诗》,明天启二年刻本。
⑤ (宋)欧阳修等撰:《新唐书》,《文渊阁四库全书》本,第275册,第331页。

于延祐开科即1314年以后。

收录于《元诗选》中的舒逊《和谢宗可霜华花雾尘三韵》是目前所能见到的唯一一首直接标明与谢宗可咏物诗唱和的诗歌,此诗在舒逊《可菴搜枯集》中题为《和谢宗可霜华花雾尘诗韵》,杨镰先生认为《和谢宗可霜华花雾尘三韵》实际上应该是指和谢宗可的《霜华》《花雾》《尘》三首诗的诗韵,笔者赞同杨镰先生的推断。舒逊《和谢宗可霜华花雾尘三韵》实际上是三首和诗中的一首①。谢宗可的咏物诗集中有《霜华》《花雾》《尘》三首诗,《元诗选》中收录的这首诗明显是和谢宗可《霜华》《花雾》《尘》三首诗中的《花雾》一诗诗韵相同。其诗与谢诗《花雾》一诗比照如下。

舒逊《和谢宗可霜华花雾尘三韵》:

"宿酒禁持梦乍醒,阴阴芳树鸟无声。轻笼翠色溶溶晓,渐复红香淡淡晴。误避茶烟跧老鹤,惯藏柳影咽娇莺。东风却怕花神怪,卷起霏微幂不成。"②

谢宗可《花雾》:

"倦紫酣红总未醒,暗熏芳泪滴无声。罗帷隐绣迷春色,绮縠笼香护晓晴。薄暝枝头留睡蝶,轻阴树底咽啼莺。东风卷到阑干曲,半湿游丝舞不成。"③

---

① 杨镰在《元诗史》一文中谈论到咏物诗一节时,曾提到过舒逊的这首诗,他认为:"'霜华花雾尘'是什么意思也还不清楚。是诗的题目?是诗的首句?怎么说都颇费解。谢宗可的咏物诗全是七言律诗,'霜华花雾尘'只是五个字,不像是咏物诗的诗句。所以舒逊的这首诗虽然罕见,但它能说明什么尚无结论。至少可以推知,谢宗可与舒逊兄弟年辈大致相当,舒逊大约生于至大三年(1310),其兄舒頔(1304—1377)是元明之际人。"又在注释中称:"据我判断,这首诗的诗题《文渊阁四库全书》《元诗选》所引都略有错误,应该是《和谢宗可霜华花雾尘世三诗韵》。在旧题谢宗可的《咏物诗》中,有《霜华》《花雾》《尘世》三首咏物诗。特别应该指出的是,这三首诗又见于《永和本萨天锡逸诗》(19页,18页,23页)只是《尘世》题名为《红尘》《霜华》题为《霜花》。虽然这对判断谢宗可、何孟舒两人谁拥有'咏物诗'的著作权并无决定影响,但至少可以证明至少在元明之间,诗人舒逊就已经看到过署名谢宗可的'咏物诗',这对判定《永和本萨天锡逸诗》是伪书,则可以起到关键性作用。"(《元诗史》,杨镰著,北京:人民文学出版社,2003年版,第635页。)
② (清)顾嗣立编:《元诗选》(二集),北京:中华书局,1987年版,第1122页。
③ (元)谢宗可,(明)瞿宗吉、朱之藩:《合刻咏物诗》,明天启二年刻本。

可见舒逊《和谢宗可霜华花雾尘三韵》与谢宗可的《花雾》一诗所押韵完全相同,舒逊《和谢宗可霜华花雾尘三韵》应当有三首,只是不知何故,亡缺其他两首和《霜华》《尘》之诗。

舒逊,字士谦,号可菴,与舒远同为贞素先生舒頔之弟。舒逊无传,今对其生卒年亦不详,仅能凭其兄舒頔的生平推断一二。其兄贞素先生舒頔,字道原,绩溪(今属安徽省)人,至元丁丑辟为池阳贵池教谕,秩满调丹徒校官,馆于平章秦元之之门。至正庚寅年(至正十年即1350年)转台州学正,时艰不仕,奉亲携书归隐华阳山中。其弟舒远、舒逊皆从其隐逸山中。根据贞素先生门生张梓所撰《故贞素先生舒公行状》,舒頔生于大德甲辰年,即大德八年(1304),卒于明洪武丁巳(1377)秋,主要生活在元代中后期至明初。舒逊生年稍晚于舒頔,其大致时间应当与舒頔一致,萨都剌的情况亦类似,故谢宗可生活的时间应当大致在元代中后期至明初这段时间内。

舒氏三兄弟皆为元晚期东南一带的隐逸人士,以舒逊作《和谢宗可霜华花雾尘三韵》的情况来看,舒氏兄弟应当与谢宗可有交游。另外,谢宗可作有《同根竹》一诗,明人徐维起《徐氏笔精》"同根竹"条目云:

"武夷城高岩有巨竹,一干双梢。予与谢在杭,欲赋诗咏之,未就也。偶阅元人谢宗可诗云:竞秀亭亭一种奇,骈头会脱锦绷儿。西山二子情依旧,湘浦双娥影镇随。高节原非连理树,虚心共是傲霜枝。莫教移作仙人杖,恐化雌雄下葛陂。似不能复继矣。"①

此诗在明人衷仲儒《武夷山志》卷十二中录为元谢宗可《城皋双梢竹》。也就是说,谢宗可的《同根竹》很有可能吟咏的即是武夷山高岩上的双梢巨竹。舒氏兄弟隐居的华阳山位于武夷山脉的顺昌县城西北部,距离武夷城不远,如果谢宗可与舒氏兄弟有交游,那么谢宗可的《同根竹》很有可能就是写于舒氏兄弟自至正十年隐居华阳山之后。并且在元末还有诗人游览武夷山、集咏武夷山的现象,只是不知谢宗可是否有到武夷山一游。以上观点仅为笔者猜测,因为在元代诗人题画较多,同根竹、双松、双柏、双头莲、双头牡丹等画中之物,时人也皆有吟咏,谢

---

① (明)徐维起:《徐氏笔精》,《文渊阁四库全书》本,第856册,第503页。

宗可的《同根竹》亦有可能是题画诗,故在此仅作参考。

最早对谢宗可咏物诗集作出评价的是元人汪泽民,汪泽民在至正十三年为谢诗所作的序中称"予居宣城,或见之,亟以念诵,记而后已,窃为之评。"①汪泽民是元代名臣,其生平事略皆有迹可寻,汪泽民在至正三年(1343)辞官返回故里,在至正十六年(1356)遇害之前,一直生活在宣城。根据序言所云,汪泽民见到谢诗,应在辞官以后寓居宣城的这段时期,这也就是说,是在至正三年(1343)到至正十三年(1353)之间。

如果假设成立的话,那么谢宗可《咏物诗》的创作时间可以进一步缩小范围至至正时期。

另外根据明人张益为瞿佑《咏物诗》刻板刊行所作的《咏物新题诗序》的说法,谢宗可明显应属于元代晚期诗人。

"若昔李义山之咏锦瑟、郑谷之咏鹧鸪、谢学士之咏蝴蝶、冯海粟之咏梅花,世皆脍炙其句。近时擅能咏物之名于吟坛者,则有金陵谢宗可。"②

明人徐伯龄《蟫精隽》中《蒲剑诗》条目下亦将谢宗可与黄清老划为两个时段的诗人:

"元黄清老《蒲剑诗》极工于摹写,终于规讽,近世谢宗可工于咏物,此篇迨不多让也。"③

冯子振、黄清老都是元代诗坛上声名比较显著的诗人,并且均在至正八年(1348)去世。按照张益、徐伯龄的说法,显然是把冯子振、黄清老与谢宗可划为不同阶段的诗人,尤其是徐伯龄在《蟫精隽》中称黄清老为元人,而称谢宗可为近世诗人,那么至少说明,谢宗可的文学活动主要发生在元代晚期,甚至有可能到明初。

值得注意的是,谢宗可作咏物诗并非一集而终。瞿佑在《归田诗话》中"卖花声"一则中称:

"谢宗可《百咏》诗,世多传诵,除《走马灯》《莲叶舟》《混堂》《睡燕》

---

① (元)谢宗可,(明)瞿宗吉、朱之藩:《合刻咏物诗·汪泽民序》,明天启二年刻本。
② (明)瞿佑著,乔光辉校注:《瞿佑全集校注》,杭州:浙江古籍出版社,2010年版,第110页。
③ (明)徐伯龄:《蟫精隽》,《文渊阁四库全书》本,第867册,第140—141页。

数篇外,难得全首佳者。向见邱彦能诵其《卖花声》一首,《百咏》中不载。"①

《四库书目提要·咏物诗》中说得更为明确:

"《归田诗话》又曰:'曩见邱彦能诵宗可《卖花声诗》一诗,《百咏》中不载。盖性既喜此一格,则随事成吟,非作此一集而绝笔。'彦能所诵,殆出于此集既成之后欤。"②

瞿佑晚年作《归田诗话》,根据其自序中称"少日见谢宗可《咏物诗》,爱之。因效其体,亦拟百篇"③以及《卖花声》中对谢宗可《百咏》的提法,可知瞿佑少时所见谢宗可《咏物诗》为百篇,其中并无《卖花声》一诗,后见邱彦能诵其诗始知。汪泽民的序言中对谢宗可咏物诗的提法也是咏物百首。《四库书目提要·咏物诗》则直接指明其"非作此一集而绝笔。彦能所诵,殆出於此集既成之后欤。"

瞿佑入明时 21 岁,④邱彦能比瞿佑年长,同为元末明初人。瞿佑于元末初见谢宗可《百咏》,并无《卖花声》一诗,这至少说明谢宗可在元末,至少是至正十三年之后,仍有文学创作。张益《咏物新题诗序》中的说法,则进一步证明了这个事实:

"近时擅能咏物之名于吟坛者,则有金陵谢宗可。予尝读其诗矣,盖工于模写而有得于比兴之旨者焉,其多至于百数十首,每欲效之,有所未遑。"⑤

也就是说,张益所见为百数十首,数量显然多于百首。

明代姚绶有《姚丹丘书咏物诗册》,其序言中云:

"少时尝见先君子松云公诵谢宗可《咏物百首》,亦能记其一二。迩

---

① (明)瞿佑著,乔光辉校注:《瞿佑全集校注》,杭州:浙江古籍出版社,2010年版,第470页。
② (元)谢宗可:《咏物诗》,《文渊阁四库全书》本,第1216册,第620页。
③ (明)瞿佑著,乔光辉校注:《瞿佑全集校注》,杭州:浙江古籍出版社,2010年,第111页。
④ 此处对瞿佑生平事迹的引用,主要参考乔光辉《瞿佑全集校注》中《瞿佑年谱》的记载。
⑤ (明)瞿佑著,乔光辉校注:《瞿佑全集校注》,杭州:浙江古籍出版社,2010年,第110页。

来五十余年,四方驰逐,百事萃心,忘去久矣。宏治戊申(弘治元年1488年)七月,因与式之辈晚酌,闻其所诵谢诗三首,重有感焉,即席依韵追次。八月四日,自苏还抵平望,偶自赋三十余首,子旬颇锐志此艺,因以此纸作乌丝,就其广长书凡二十六首,付与见。余感今思昔者,又将托此以传旬,尚勉之,云东逸史记。又云因余甥伍式之诵谢宗可韵,用之为剪刀、手帕、白燕凡三首。公绶。"①

姚绶,字公绶,号谷庵,又号仙痴、丹丘生、谷庵子、云东逸史等,生于明成祖永乐二十一(1423)年,卒于明孝宗弘治八年(1495),浙江嘉善人,明代前期书画家。明代景泰四年经过乡荐为举人,天顺八年(1464)赐进士,官监察御史,官江西永宁知府。因得罪权贵,明成化初谪为永宁知府。后以母老解官归,居嘉善大云,作室曰丹丘,人称丹丘先生。根据其《姚丹丘书咏物诗册》自序所云,姚绶用谢宗可韵作《剪刀》《手帕》《白燕》三首诗,由此可知姚绶与其甥伍式之所见谢宗可咏物诗集中应有此三诗题。但就已有的谢宗可咏物诗集版本来看,并无这三首诗流传。

这三首诗题又见于元代诗人作品中,如姚绶《手帕》与萨都剌《手帕》韵相合,《白燕》与袁凯、时大本所作诗韵一致,《剪刀》则与瞿佑所作诗韵一致,如下:

"雪剪香罗小小裁,随人只向袖中来。春兼锦字人如玉,夜拭银筝月似杯。幂首肯嫌膏被发,留痕争怕泪盈腮。鲛人亦有闲机杼,借织生绡恐致猜。"②(姚绶《手帕》)

"一幅生绡对角裁,出怀风送粉香来。秋千架上扶绒索,玳瑁筵前捧玉杯。尘拂凤笙笼笋指,梦回鸳枕衬托腮。斑斑多少伤春泪,袖褪长防阿母猜。"③(萨都剌《手帕》)

"飞雪无由沾缟袂,归途有分失乌衣。不随柳絮依稀去,常逐梨花自在飞。梦断玉楼惊月落,愁迷粉蝶送春归。黄泥坂上堂存否,华发坡

---

① 《式古堂书画汇考》,卷二十四,《文渊阁四库全书》本。
② 《式古堂书画汇考》,卷二十四,《文渊阁四库全书》本。
③ (元)萨都剌:《雁门集》,上海:上海古籍出版社,1982年版,第327页。

翁可暂依。"①（姚绶《白燕》）

"故国飘零事已非，旧时王谢见应稀。月明汉水初无影，雪满梁园尚未归。柳絮池塘香入梦，梨花庭院冷侵衣。赵家姊妹多相忌，莫向昭阳殿里飞。"②（袁凯《白燕》）

"锻成双股配柔刚，叠就双锋自敛芒。巧匠夸工冰雪莹，佳人到手岁年长。割开素茧还怜蛹，裁破文鸳不近鸯。恐堕吴淞无网处，错教人认作鱼肠。"③（姚绶《剪刀》）

"巧制工夫百炼钢，特来闺阁共行藏。双环对展鱼肠快，两股齐开燕尾张。针线有功凭制造，绮罗无价任裁量。随机镂出新花样，长在佳人玉指旁。"④（瞿佑《剪刀》）

此三诗题虽不见于今所传谢宗可《咏物诗》各个版本中，但就其背景而言，却似乎又有千丝万缕的联系。毕竟在元代，相同咏物诗题，尤其是经过有名气的诗人的创作，广泛流传，众人进行唱和，是一种比较普遍的行为。萨作《手帕》，谢亦作《手帕》并非没有可能。杨维桢、时大本、袁凯的《白燕》唱和是元末有名的诗歌事件，袁凯因《白燕》诗而闻名，而《白燕》亦是元末流行的咏物诗题。《剪刀》一诗则见于瞿佑效仿谢宗可所作《咏物诗》一集中。根据前文中所言，谢宗可"非作此一集而绝笔"的情况来看，很有可能谢宗可本人也作有此三题。姚绶出生于明永乐年间，其先君子松云公生活于明初，所见谢宗可咏物诗集应当是比较全的。姚绶之甥伍式之亦见过谢宗可咏物诗集，里面有《剪刀》《手帕》《白燕》诗题，应当是比较确定的。姚绶见伍式之诵谢宗可诗，并依韵作诗在明宏治戊申（弘治元年即 1488 年），时间要远远早于目前可见的最早的谢宗可咏物诗版本出版时间，即明天启二年（1621），故笔者猜测，谢宗可咏物诗中应当有此三诗题存在。并且如果此三诗题确实存

---

① 《式古堂书画汇考》，卷二十四，《文渊阁四库全书》本。
② 时大本《白燕诗》：春社年年带雪归，海棠庭院月争辉。珠帘十二中间卷，玉剪一双高下飞。天下公侯夸紫额，国中侪侣尚乌衣。江湖多少闲鸥鹭，宜与同盟伴钓矶。
③ 《式古堂书画汇考》，卷二十四，《文渊阁四库全书》本。
④ （明）瞿佑著，乔光辉校注：《瞿佑全集校注》，杭州：浙江古籍出版社，2010 年版，第 126 页。

在的话,那么又为谢宗可文学活动时间在元晚期尤其是末期提供了支撑,因为《白燕》诗确实是元代晚期流行的诗题。

综合以上所述,谢宗可的文学活动主要发生在元代晚期,应当是可以成立的。

谢宗可的《咏物诗》与萨都剌妙选稿本及明何孟舒的咏物诗(见《诗渊》)有大量的重复内容,杨光辉在《萨都剌生平及著作实证研究》中对此作了统计,萨都剌诗集妙选稿本与谢诗重复诗篇达到 56 首[①],《诗渊》中所收何孟舒咏物诗与谢诗重复 40 首。

鉴于目前相关资料的匮乏,显然很难考订这些重复咏物诗到底归属于哪一位作者,但就其流传情况来看,谢宗可的咏物诗除去相关的专门诗集版本外,还大量见于其他诗歌总集、诗话之中。

萨都剌的咏物诗除去妙选本外,几乎不见流传于其他诗歌总集与他人文献之中,何孟舒的咏物诗作则仅见于《诗渊》之中,尤其值得重视的是,瞿佑与谢宗可为同一时代人,其有关著录不容否定。在这种情况下,本人偏向于认为重复作品归属于谢宗可[②]。

无论重复作品归属如何,可以确定的是,谢宗可的《咏物诗》堪称元代晚期江南隐逸文人咏物诗创作的典型,分析谢宗可的咏物诗一卷,亦可窥见元末江南一带隐逸文人的创作情况。

2. 谢诗中的内容

(1) 由仕而隐的情感经历

在元代,文人出仕与归隐是常见状态,元代文人出仕不久即辞官回家的现象非常普遍。究其原因,一方面是江南一带隐逸风气由来已久,元朝早期科举不兴,文人多数自谋生路,已经适应了远离庙堂的半隐半俗生活。相对于庙堂的处处谨慎小心,轻松自由的隐居生活无疑令文

---

① 杨光辉进行对比所采用的谢诗版本为四库本,本文所用底本为明天启二年刻本,无《萤灯》《虎顶杯》二首,实际上与谢诗妙选稿本重复诗目为 54 首,与何孟舒重复诗目为 38 首。

② 杨光辉在《萨都剌生平及著作实证研究》一书中对《海蜇》一诗进行了考证,认为其应归属与萨都剌所作。

人心生留恋。另一方面则在于元代文人面临的恶劣环境。喜爱汉人儒家文化的元朝皇帝如文宗、顺帝等人,并不是元朝权力的真正掌权者,强臣如伯颜等人对汉人、南人都持排斥态度。顺帝时期,因丞相伯颜擅权,执意废科举,后至元二年(1336)、后至元五年(1339)的科举甚至一度中断。延祐重开科举曾一度令文人欢呼雀跃,但现实却是元朝统治者对蒙古、色目人与汉人、南人分榜取士,增加汉人、南人取士的难度,每届科举录取士人数量不过百人。种种因素的叠加,都导致了文人对元廷期望的落空。加之元末战乱频仍,东南一带起义活动频繁,时世动乱,朝廷混乱,出仕吸引力大为下降,为避时乱,不少文人纷纷选择隐居山林,在江南之地避世隐居的吸引力渐增,部分文人情感经历上由仕而隐成为普遍现象。咏物虽为小小体,同样可以捕捉到诗人情感波动的痕迹。在谢诗中,此种情感轨迹亦有展现。

诗人早期为科举重开雀跃不已,对自己的前途未来亦产生了联想,他在《书灯》中幻想"明日金莲供草制"①,又在《月中桂花》中发出"折来何必吴刚斧,还我凌云第一人"②的豪言壮语。科举重开,给诗人带来了科举致仕的极大幻想与希望。

但诗人的出仕显然没有实现,相对于《书灯》《月中桂花》等诗中表现出来的对仕途的种种猜想,平淡悠闲的隐居生涯才是诗人诗歌表现的主体。如其在《半日闲》所描述的画面,诗人显然过着隐居山林,坐看闲云静听流泉,烹茶读书的半淡闲雅生活。

"闲处光阴未有涯,偶然一晌到山家。坐看云起昼停午,静听泉流日未斜。槐影正圆初破睡,竹阴微转罢分茶。也胜忙里风波苦,十二时中老鬓华。"③(《半日闲》)

杨公远在《隐居杂兴》写其隐居生活:

---

① (元)谢宗可,(明)瞿宗吉、朱之藩:《合刻本咏物诗·谢宗可咏物诗》,明天启二年刻本。

② (元)谢宗可,(明)瞿宗吉、朱之藩:《合刻本咏物诗·谢宗可咏物诗》,明天启二年刻本。

③ (元)谢宗可,(明)瞿宗吉、朱之藩:《合刻本咏物诗·谢宗可咏物诗》,明天启二年刻本。

"碧云深处著吾庐,远却喧嚣尽自如。呵砚磨冰朝炼句,拥炉烧叶夜观书。人生穷达剩轩鹤,世事盈虚赋芧狙。勘破已无朝市梦,软红端不上衣裾。"①(其一)

此诗亦是对谢宗可日常生活的反映。诗人日常读书锻句,以此为乐,常借咏物对历史人物发出自身的见解,如《挂兰》写闲读《离骚》:

"江浦烟丛困草莱,灵根从此谢栽培。移将楚畹千年恨,付与东君一缕开。湘女久无尘土梦,灵均元是栋梁材。午窗试读《离骚》罢,却怪幽香天上来。"②

兰为幽物,诗人常以空谷幽兰比喻佳人或以喻隐逸高雅之士。屈原常以美人香草自喻,诗人读《离骚》,联想到屈原生平曲折,不禁发出"江浦烟丛困草莱,灵根从此谢栽培"的感慨,挂兰在此处亦是风雅人物的象征,"午窗试读离骚罢,却怪幽香天上来"有两层含义,一指现实之中挂兰香气,一指《离骚》令人回味悠长。

又写《醒酒石》:

"子孙犹自问监军,醒籍千年迹已陈。苍骨冷侵酣枕梦,苔痕清逼醉乡春。西风别墅啼山鬼,落日朱崖泣海神。牛李相倾果何得,太湖甲乙更谁人。"③

《醒酒石》写唐李德裕故事,李德裕为晚唐名相,穆宗时,因与牛僧孺、李宗闵政见不合,发展成为党争。武宗即位后,得到重用,封卫国公。后宣宗即位,牛党执政,李德裕失势,一再被贬,于贬所去世。醒酒石为李德裕平泉故居庭院中物。

"初,德裕之为将相也,大有勋于王室,出藩入辅,绵历累朝;及留守洛阳,有终焉之志,于平泉置别墅,采天下奇花异竹、珍木怪石,为园池之玩。自为家戒序录,志其草木之得处,刊于石,云:'移吾片石,折树一枝,非子孙也。'洎巢、蔡之乱,洛都灰烬,全义披榛而创都邑,李氏花木,

---

① (元)杨公远:《野趣有声画》,《文渊阁四库全书》本,第1193册,第731页。
② (元)谢宗可,(明)瞿宗吉、朱之藩:《合刻本咏物诗·谢宗可咏物诗》,明天启二年刻本。
③ (元)谢宗可,(明)瞿宗吉、朱之藩:《合刻本咏物诗·谢宗可咏物诗》,明天启二年刻本。

多为都下移掘,樵人鬻卖,园亭扫地矣。有醒酒石,德裕醉即踞之,最保惜者。光化初,中使有监全义军得此石,置于家园。敬义知之,泣谓全义曰:'平泉别业,吾祖戒约甚严,子孙不肖,动违先旨。'因托全义请石于监军。他日宴会,全义谓监军曰:'李员外泣告,言内侍得卫公醒酒石,其祖戒堪哀,内侍能回遗否?'监军忿然厉声曰:'黄巢败后,谁家园池完复,岂独平泉有石哉!'全义始受黄巢伪命,以为诋己,大怒曰:'吾今为唐臣,非巢贼也。'即署奏笞毙之。"①

《醒酒石》借助李德裕平泉故居中醒酒石的遭际写世事无常,往日荣华转眼便烟消云散。

《无弦琴》用陶渊明故事,"渊明不解音律,而蓄无弦琴一张,每酒适,辄抚弄以寄其意。"②,弹无弦琴非为赏乐,乃为寄意。谢诗写《无弦琴》亦取此意:

"独茧长缫底用抽,蛇纹空巢凤枝秋。落星留晕绳光断,冻瀑无声练影收。别鹤那闻风外泣,孤鸾不向月中愁。多情只有柴桑老,寂寂高山水自流。"③

诗人所描写的无弦琴之琴音,皆非耳所闻,乃为心音,其重在高山流水,取知音之意。

在诗人眼中,功名已远,身在乱世,应取纵意自适、及时行乐,不为功名富贵所累的人生态度。

"大夫何事亦哺糟,自恨争名爝火劳。"(《松酿酒》)

"酩酊敲棋呼二叟,梦中同作醉乡游。"(《橙杯》)

"安得沧溟俱变酒,垂涎终日饮如何。"(《螺杯》)

《松酿酒》其实是采松酿酒,舒远《幽事》:

"树绕重门尽日阴,倚风时听蜕蝉吟。采松酿酒开除事,画纸围棋消遣心。亲旧殊方音貌貌,兵戈满地夜沉沉。眼前得失君休问,家住云

---

① (宋)薛居正等奉敕撰:《旧五代史》,《文渊阁四库全书》本,第277册,第505—506页。

② (梁)萧统撰:《昭明太子集》,《文渊阁四库全书》本,第1063册,第674页。

③ (元)谢宗可,(明)瞿宗吉、朱之藩:《合刻本咏物诗·谢宗可咏物诗》,明天启二年刻本。

窝深复深。"①

舒远与舒逊同是舒頔之弟,在诗人眼中,采松酿酒是其隐居避世生活中的日常之事,属于幽事之一。

"大夫何事亦哺糟,自恨争名爝火劳。春色未香浮蚁绿,雨声先沸老龙膏。不须琥珀供灵药,且作珍珠滴小槽。傲却岁寒消一醉,凉州空自换葡萄。"②

松酿酒亦有远功名、取闲适自在之意。诗人放纵阔达的情感在《醉乡》之中亦有展现:

"曾笑三闾不解游,移家欲向麦城头。人酣方外鸿荒梦,谁识尘中富贵愁。夜月放船浮酒海,春风扶杖上糟丘。相逢还似无何有,唤起东皋为赠侯。"③

饮酒而入醉乡,于醉梦之中亦畅游天南海北,如入无何有之乡,超然于天地间。黄溍亦在《题醉乡图》云:

"后来视今犹视昔,今我不乐胡为哉。大官马湩远莫致,邻翁绿蚁浮新醅。欣然一饮便终夕,鼻端气息如云雷。是间别有一天地,不知何处为蓬莱。"④

谢诗中反复表达自身的隐逸之志,如写《鱼蓑》:"羊裘莫笑狂奴错,也著烟波万顷秋。"⑤写《钓丝》:"牵回江上烟波梦,掣断人间富贵情。我欲笑携千尺去,桃花浪里拔鲲鲸。"⑥无论科举、仕进曾在其心中掀起过怎样的涟漪,诗人最终选择了隐逸山水作为其最终的归宿。

元代晚期,文人在仕进与隐逸之间进行的选择往往以隐逸告终。

---

① (清)顾嗣立编:《元诗选》(二集),北京:中华书局1987年版,第1120页。
② (元)谢宗可,(明)瞿宗吉、朱之藩:《合刻本咏物诗·谢宗可咏物诗》,明天启二年刻本。
③ (元)谢宗可,(明)瞿宗吉、朱之藩:《合刻本咏物诗·谢宗可咏物诗》,明天启二年刻本。
④ (元)顾瑛:《草堂雅集》,卷二,《文渊阁四库全书》本,第1369册,第208页。
⑤ (元)谢宗可,(明)瞿宗吉、朱之藩:《合刻本咏物诗·谢宗可咏物诗》,明天启二年刻本。
⑥ (元)谢宗可,(明)瞿宗吉、朱之藩:《合刻本咏物诗·谢宗可咏物诗》,明天启二年刻本。

如此山先生周权,在《锦鸡》一诗便借助锦鸡表达自身对仕途与隐逸的看法:

"巴山灵鸟初离群,葳蕤丽组云锦文。羽林新刷爪距利,采色胜似沙头鸳。晴曦入户烂相射,喙中有物垂红碧。绶光若若花盘修,出示山童有矜色。文章固足媒尔身,雕笼拘束还悲辛。区区啄饮岂不厚,情深野树溪云春。"①

身披华彩,喙中有物的锦鸡,仅以外形之华美便足以饮食丰厚,但其代价却是失去自由,身处雕笼,诗人以锦鸡自喻,传达了对自由隐逸生活的向往。

周权,字衡之,号此山,处州人,有俊才,尝游京师,以诗贽翰林学士袁桷,受到袁桷的赞赏,袁桷力荐于朝,不就。周权无意于仕途,肆力于词章,《锦鸡》一诗是就是其对仕进一途的看法。周权的咏物诗多写隐逸清雅之物,如咏《山中云》:"卷舒本何心,乃以悦遐瞩。"②咏《松下泉》:"不濯软红尘,空山泻明月。"③语句简淡平和,意象出尘,绝异于俗世之物。

对隐逸志向的吟咏成为元末诗人咏物诗中的一个重要主题。

(2)诗人隐居生活画面

自宋以来,"琴棋书画诗酒茶"已成为文人七件雅事,诗人隐居,以作诗为乐,必然少不了有助文思的茶。饮茶,在诗人生活中,具有特殊的象征意义。在元代,写茶及相关的煮茶、煎茶活动往往带有强烈的书斋气息与隐逸氛围,白居易《题施山人野居》:"得道应无著,谋生亦不妨。春泥秧稻暖,夜火焙茶香。水巷风尘少,松斋日月长。高闲真是贵,何处觅侯王。"将隐士施山人白日劳作,夜火焙茶的生活方式视为高雅悠闲。在宋代,饮茶是宋代文人艺术化生活的重要展示手段,是雅致闲适生活的象征,吟咏茶事活动十分普遍。在元代,饮茶已经成为全民活动,不仅市井茶肆、茶楼、茶坊遍布,百姓以茶待客也很普遍。不仅元

---

① (清)顾嗣立编:《元诗选》(初集),北京:中华书局,第1589页。
② (清)顾嗣立编:《元诗选》(初集),北京:中华书局,1987年版,第1584页。
③ (清)顾嗣立编:《元诗选》(初集),北京:中华书局,1987年版,第1586页。

诗,元曲中也有不少对茶楼、茶肆、茶坊中吃茶行为的描绘,喝酒吃茶早已融入市民的日常生活中。相对宋人对"点茶""斗茶"等茶事活动的详细描绘,元人更倾向于以煮茶字眼入诗,以此显示诗人生活的古朴闲雅,如"竹窗西日晚来明,桂子香中鹤梦清。侍立小童闲不动,萧萧石鼎煮茶声。"①"竹架已藏扇,陶瓶时煮茶"②等。谢宗可《雪煎茶》《煮茶声》《茶烟》等诗充分展示茶之雅,将茶、禅、诗、隐紧紧结合起来。如:

"夜扫寒英煮绿尘,松风入鼎更清新。月团影落银河水,云脚香融玉树春。陆井有泉应近俗,陶家无酒未为贫。诗脾夺尽丰年瑞,分付蓬莱顶上人"③。(《雪煎茶》)

"龙芽香暖火初红,曲几蒲团听未终。瑞雪浮江喧玉浪,白云迷洞响松风。蝇飞蚓窍诗怀醒,车绕羊肠醉梦空。如诉苍生辛苦事,蓬莱好问玉川翁。"④(《煮茶声》)

《雪煎茶》一诗用了大量的清雅意象,"夜扫寒英煮绿尘,松风入鼎更清新"中的寒英,指寒天的花,可以指梅花也可以指菊花,唐柳宗元《早梅》:"寒英坐销落,何用慰远客。"唐李山甫《刘员外寄移菊》:"烟含细叶交加碧,露拆寒英次第黄。"元曹之谦《白菊》:"见说寒英能愈疾,拟开三迳著茅亭。"绿尘,这里指茶,无论是寒英还是茶,都是雅物,清物。松风,指煮茶声音如同林间松风,是茶诗中常用的词汇,松风亦清雅。

《茶烟》一诗,相对《雪煎茶》《煮茶声》等诗,隐逸意味更浓:

"玉川垆畔影沉沉,淡碧萦空香隔林。蚓窍声微松火暗,凤团香暖竹窗阴。诗成禅榻风初起,梦破僧房雪未深。老鹤归迟无俗侣,白云一缕在遥岑。"

茶烟,此处指煮茶产生的水蒸汽。烟者,实云也,云和烟是古代隐逸文化的标志,这是因为云和烟都是轻薄的,能够凌空向上,离开凡尘,

---

① (清)顾嗣立编:《元诗选》(初集),北京:中华书局,1987年版,第2372页。
② (清)顾嗣立编:《元诗选》(二集),北京:中华书局,1987年版,,第785页。
③ (元)谢宗可,(明)瞿宗吉,朱之藩:《合刻咏物诗·谢宗可咏物诗》,明天启二年刻本。
④ (元)谢宗可,(明)瞿宗吉,朱之藩:《合刻咏物诗·谢宗可咏物诗》,明天启二年刻本。

象征着上升到更高的精神境界。烟、鹤、雪、云皆是有隐逸色彩的物象。如于立《题赵千里临李思训煎茶图》："山风吹断煮茶烟,竹外谁惊白鹤眠。写就淮南招隐曲,松花散落石牀前。"①其隐逸物象组合的方式相似。

元人写茶,好引用玉川诗,如耶律楚材《西域从王君玉乞茶因其韵(七首)》："卢仝七碗诗难得,谂老三瓯梦亦赊。""破梦一杯非易得,搜肠三碗不能赊。"杜本《咏武夷茶》："一径入烟霞,青葱渺四涯。卧虹桥百尺,宁羡玉川家。"胡助《茶屋》:"唤醒玉川招陆羽,共排闾阖诉诗穷"等。玉川指唐代诗人卢仝,其自号玉川子,为唐代隐士,家贫,好读书,朝廷曾两度要起用他为谏议大夫,均不就。卢仝好茶,作《走笔谢孟谏议寄新茶》诗,又称《玉川茶歌》《七碗茶歌》,是有名的茶歌,备受世人推崇。"诗脾夺尽丰年瑞,分付蓬莱顶上人""如诉苍生辛苦事,蓬莱好问玉川翁"都借用了卢仝典故。"诗成禅榻风初起,梦破僧房雪未深。老鹤归迟无俗侣,白云一缕在遥岑。"将饮茶与作诗参禅结合在一起,以茶参禅,茶与释、道的幽寂、冲和、超脱世俗思想相符合。

谢诗中的《松枝火》一诗,赞美松枝"馀烬尚留霜后节,死灰难灭岁寒心"的高尚节操,其背后亦暗与其隐逸之意相合。松树是傲霜劲节之物,为隐士所喜,故唐戴叔伦《南野》云:"茶烹松火红,酒吸荷杯绿。"唐孟贯《赠栖隐洞谭先生》:"石泉春酿酒,松火夜煎茶。"戴叔伦出身隐士家族,因家贫出仕,后归隐;洞谭先生指谭峭,唐末五代道士,两人皆属于隐士,煎茶时都用松木生火。谢《茶烟》中亦有"蚓窍声微松火暗"句。

(3) 谢诗中灯品与元代灯夕

谢宗可《咏物诗》一卷中,一百多首诗歌,与灯有关的就写了八种,如走马灯、泡灯、雪灯、莲灯、塔灯、水灯、天灯与书灯,谢宗可的咏灯诗中所咏灯品,涵盖了天上(如天灯)、地上(如塔灯、走马灯)、水中(水灯、莲灯)三类,材质包括了纸质、玻璃(泡灯)、雪(雪灯),读书之灯,这些灯品背后又对应时令习俗,如雪灯宋时常为禁中赏雪所设。

"禁中赏雪多御明远楼(禁中称"楠木楼")。后苑进大小雪狮儿,并

---

① (清)顾嗣立编:《元诗选》(三集),北京:中华书局,1987年版,第712页。

以金铃彩缕为饰,且作雪花、雪灯、雪山之类,及滴酥为花及诸事件,并以金盆盛进,以供赏玩。"①

其以雪制成,故云其"六出自随飞烬落,寸辉不受积阴藏。"水灯常为莲花状,放水灯时千盏万盏汇聚,极为壮观美丽。

"万点芙蓉午夜芳,醉看疑似水云乡。"(《莲灯》)

"万点芙蓉开碧沼,一天星斗落冰盘。"(《水灯》)

放水灯是浙江中秋习俗:

"此夕浙江放'一点红'羊皮小水灯数十万盏,浮满水面,烂如繁星,有足观者。或谓此乃江神所喜,非徒事观美也。"②

塔灯为供奉佛祖所设,常设以七层,如宝塔状,故云:"七层火树云生暖,九曲神珠夜吐光""如来应到天坛上,万斛金莲绕步香"。天灯就是孔明灯,常以绳系之,"光分霄汉三更黑,影乱星辰万点红。玉树倚天擎火齐,金绳系日挂瑶空。"③走马灯在宋代就已经出现了。

"羊皮灯,则镞镂精巧,五色妆染,如影戏之法。罗帛灯之类尤多,或为百花,或细眼,间以红白,号'万眼罗'者,此种最奇。外此有五色蜡纸,菩提叶,若沙戏影灯马骑人物,旋转如飞。又有深闺巧娃,翦纸而成,尤为精妙。"④

走马灯内有轮轴,轮轴上有剪纸图案,图案多为武将故事,燃灯之时,热气上升,推动轮轴转动,烛光将剪纸的影投射在屏上,图像便不断走动,连成影像,如同戏剧画面,颇受时人喜爱。《走马灯》中所描述的就是绘有三国赤壁故事图案的走马灯:

"飚轮拥骑驾炎精,飞绕人间不夜城。凤鬣追星低弄影,霜蹄逐电去无声。秦军夜溃咸阳火,吴炬宵驰赤壁兵。更忆雕鞍年少梦,章台踏

---

① (宋)周密著,李小龙、赵锐评注:《武林旧事》(插图本),北京:中华书局,2007年版,第93页。

② (宋)周密著,李小龙、赵锐评注:《武林旧事》(插图本),北京:中华书局,2007年版,第87页。

③ (元)谢宗可、(明)瞿宗吉、朱之蕃:《合刻咏物诗·谢宗可咏物诗》,明天启二年刻本。

④ (宋)周密著,李小龙、赵锐评注:《武林旧事》(插图本),北京:中华书局,2007年版,第59页。

碎月华明。"①

泡灯一般以玻璃制成瓶状,可以贮水蓄鱼,映以屏烛,通明可爱,故云:"天星影落水壶夜,神汞光凝火镜明。""游鱼不觉三更冷,飞入琉璃井底行。"②泡灯在宋代也已经出现,《武林旧事》中提及无骨灯做法与泡灯有类似之处。

"灯品至多,苏、福为冠,新安晚出,精妙绝伦。所谓'无骨灯'者,其法用绢囊贮粟为胎,因之烧缀,及成去粟,则混然玻璃球也。景物奇巧,前无其比。又为大屏,灌水转机,百物活动。"③

除去现实之灯,还有诗人吟咏灯的映像,如镜中灯等。

谢诗对不同灯品的吟咏,亦能看出元代灯夕活动的繁盛。灯夕自古有之,宋代尤盛。灯夕是一项极为重要的节日集市活动,上至天子下至百姓,都对灯夕有着独特的喜爱之情,生活在宋末元初的周密作《武林旧事》,其中"元夕""灯品""中秋""赏雪"条目对宋代时期张灯习俗盛况有详细的记载:

"一入新正,灯火日盛,皆修内司诸 分主之,竞出新意,年异而岁不同。往往于复古、膺福、清燕、明华等殿张挂,及宣德门、梅堂、三间台等处临时取旨,起立鳌山。灯之品极多(见后'灯品'),每以'苏灯'为最,圈片大者径三四尺,皆五色琉璃所成,山水人物,花竹翎毛,种种奇妙,俨然着色便面也。其后福州所进,则纯用白玉,晃耀夺目,如清冰玉壶,爽彻心目。近岁新安所进益奇,虽圈骨悉皆琉璃所为,号'无骨灯'。禁中尝令作琉璃灯山,其高五丈,人物皆用机关活动,结大彩楼贮之。又于殿堂梁栋窗户间为涌壁,作诸色故事,龙凤水,蜿蜒如生,遂为诸灯之冠。前后设玉栅帘,宝光花影,不可正视。仙韶内人,迭奏新曲,声闻人间。殿上铺连五色琉璃,皆球文戏龙百花。小窗间垂小水晶帘,流苏

---

① (元)谢宗可、(明)瞿宗吉、朱之蕃:《合刻咏物诗·谢宗可咏物诗》,明天启二年刻本。
② (元)谢宗可、(明)瞿宗吉、朱之蕃:《合刻咏物诗·谢宗可咏物诗》,明天启二年刻本。
③ (宋)周密著,李小龙、赵锐评注:《武林旧事》(插图本),北京:中华书局,2007年版,第59页。

宝带,交映璀璨。中设御座,恍然如在广寒清虚府中也。至二鼓,上乘小辇,幸宣德门,观鳌山。擎辇者皆倒行,以便观赏。金炉脑麝如祥云,五色荧煌炫转,照耀天地。山灯凡数千百种,极其新巧,怪怪奇奇,无所不有,中以五色玉栅簇成'皇帝万岁'四大字。"①

相对于宋代江南地区的元夕灯市的盛况,元代前期灯市大为凋敝,在中后期则逐渐恢复盛况。实际上,在元代前期灯火禁制甚严,南方城市的灯火禁制尤严格。元朝统治者对南方地区实行灯火管制的原因,一部分是元代统治者对南人心存猜忌,"江南未定之时,为恐人心未定,因此防禁"②(《刑部十九·禁夜·讲究开禁灯火条》),另一部分则是因为南方多土木结构,容易引发火灾。在当时,浙西地区盛行"年年防火起,夜夜防贼来"③的民谣,元代杭州地区发生过几起大型火灾,其中至正元年四月的火灾危害尤烈,损毁房屋万间,烧死数十人,时人多有记载,引发大火的原因便是木质结构极易串联导致。南方城市的灯禁直到至元二十九年才被提出取消,提出取消的原因则是"江南归附已后一十八年,人心宁一,灯火之禁,似宜宽驰。"④

元代灯火萧条的情况自开禁灯火后,逐渐复苏,元夕张灯亦受到帝王的喜爱。据记载,元英宗时,欲于内庭张灯为鳌山,被当时任礼部尚书的张养浩劝阻,阻止的原因在于"世祖临御三十余年,每值元夕,闾阎之间,灯火亦禁;况阙庭之严,宫掖之邃,尤当戒慎。"⑤到了泰定中后期,泰定帝欲在元夕命有司张灯山为乐,被监察御史赵师鲁劝阻,劝阻的原因则是:"燕安怠惰,肇荒淫之基;奇巧珍玩,发奢侈之端。观灯事虽微,而纵耳目之欲,则上累日月之明。"⑥泰定帝因此作罢。帝王预在禁中设灯山被劝阻的情况发生在至元以后,这足以说明元代灯夕活动

---

① (宋)周密著,李小龙、赵锐评注:《武林旧事》(插图本),北京:中华书局,2007年版,第49—50页。
② 《元典章》影印本,北京:中国书店,1990年版,第807页。
③ (元)杨瑀、孔齐撰,李梦生、庄葳、郭群一校点:《山居新语·至正直记》,"浙西谚"条,上海:上海古籍出版社,2012年版,第77页。
④ 《元典章》影印本,北京:中国书店,1990年版,第807页。
⑤ (元)脱脱等撰:《宋史》,北京:中华书局,1977年版,第4091页。
⑥ (元)脱脱等撰:《宋史》,北京:中华书局,1977年版,第4113页。

日益受到重视。元诗中不少诗歌反映灯夕盛况,如:

"沉香火底鳌山柱,翠幌星前羯鼓楼。小队天魔花作阵,初筵云醴玉为舟。"①(吕诚《越楼观灯》)

"对簇鳌山十万人,皇都今夕几分春。"②(郑玉《元宵诗用仲安韵五首》其一)

"市上镫张玉井莲,门前箫鼓更喧天"。③(郑玉《元宵诗用仲安韵五首》其五)

3. 谢诗的艺术特色

沈德潜曾评价咏物诗云:

"咏物,小小体也;而老杜咏《房兵曹胡马》则云:'所向无空阔,真堪托死生'。德性之调良,俱为传出。郑都官咏《鹧鸪》则云:'雨昏青草湖边过,花落黄陵庙里啼。'此又以神韵胜也。彼胸无寄托,笔无远情,如谢宗可、瞿佑之流,直猜谜语耳。"④

在沈德潜看来,咏物诗本身而言,在诗中属于"小小体也",也就是说咏物诗很难承载大容量的情感、内容,往往流于微末,属于"小"者,不属于"大雅"之列。袁枚对咏物诗在创作中的地位曾发表自己的看法:

"有某以诗见示,皆题雁字、夹竹桃之类。余谓之曰:尊作体物非不工,然飨宴者,必先有三牲五鼎,而后有葵菹蚳醢之供;造屋者,必先有明堂大厦,而后有曲室密庐之备。似此种题,大家集中,非不可存,终不可开卷便见。韩昌黎与东野联句,古奥可喜。李汉编集,都置之卷尾,此是文章局面,不可不知。"⑤

可见咏物诗创作虽广,然其在诗中地位趋于微末。杜甫《房兵曹胡马》却能做到意境阔大、情感豪放浓烈,远非微末之流,郑谷《鹧鸪》虽无

---

① (清)顾嗣立编:《元诗选》(三集),北京:中华书局,1987年版,第661页。
② (清)顾嗣立编:《元诗选》(初集),北京:中华书局,1987年版,,第1760页。
③ (清)顾嗣立编:《元诗选》(初集),北京:中华书局,1987年版,,第1760页。
④ (清)沈德潜:《说诗晬语》,《清诗话》本,(清)王夫之等撰,上海:上海古籍出版社,1978年版,第245页。
⑤ (清)袁枚著、顾学颉校点:《随园诗话》,北京:人民文学出版社,2006年,第183页

《房兵曹胡马》的意境阔大、兴寄强烈,但能以其神韵动人,两者都是咏物诗中的佳作。在诗人看来,缺乏神韵、寄托的咏物诗,都不能算是好的咏物作品,而是接近猜谜语了。他特意以谢宗可、瞿佑的作品为例,说其"彼胸无寄托,笔无远情""直猜谜语耳",点明了谢诗的明显缺陷:胸无寄托,笔无远情。

谢诗当然并非全无兴寄,汪泽民评价谢宗可《咏物诗》一卷云其:

"本朝金陵谢宗可为咏物诗百篇,益精微,词必新,理必正,事必工,字必谨,绮靡而不伤于华,平淡而不流于俗,于是求公之心,既可见焉。予居宣城,或见之,亟以念诵,记而后已,窃为之评曰:晋谢朓幽襟逸怀,故诗多清新,李贺唐王孙,故诗多富贵,观公之于诗又能兼之。"①

在汪泽民看来,谢诗兼具清新、富贵两种情致,词新理正,事典贴切,用字谨慎,具有"绮靡而不伤于华,平淡而不流于俗"的特征。汪泽民对谢宗可的《咏物诗》显然评价甚高。明张益、清贺光烈对谢宗可《咏物诗》一卷也持有肯定的态度,认为其作咏物诗富有比兴者居多,对其评价亦不低。如张益《咏物新题诗序》中云:

"咏物者,诗家之一体也,然不徒以模写形色为工,而实以比类托兴是尚。若昔李义山之咏《锦瑟》、郑谷之咏《鹧鸪》、谢学士之咏《蝴蝶》、冯海粟之咏《梅花》,世皆脍炙其句。近时擅能咏物之名于吟坛者,则有金陵谢宗可。予尝读其诗矣,盖工于模写而有得于比兴之旨者焉,其多至于百数十首,每欲效之,有所未逮。"②

贺光烈:

"咏物家,传神为上,传形为下,运思罔象,求诸无何有之乡,跃然以出,故其旨趣远,光彩深。唐人近得三昧间,多叹缓之调,宋元以下,其细已甚,乏鼓钟之音。谢宗可,元人也,独以空灵骀荡擅胜一时,瞿宗吉间代争场,托意多而取意寡,轩轾有分,亦其亚也。"③

---

① (元)谢宗可,(明)瞿宗吉,朱之藩:《合刻咏物诗》,明天启二年刻本,汪泽民原序。
② (明)瞿佑著,乔光辉校注:《瞿佑全集校注》,杭州:浙江古籍出版社,2010年,第110页。
③ 谢宗可、瞿宗吉、张木威著,老山菅原、梅屋松井校阅:《三家咏物诗·贺光烈序》,桐阴书屋藏版。

汪泽民、张益与贺光烈对谢宗可《咏物诗》的评价显然与沈德潜所评价的"直猜谜语耳"不同。

沈德潜的评价亦非过激言论。谢诗虽有比兴,有诗人之情思,如其写隐逸之志,写对科举致仕的心理预期,写隐居日常中的闲雅淡然,但其情、其志,远未脱离一己之情,诗人所想所感,仍仅仅围绕自身生活的狭窄圈子。相较于《房兵曹胡马》的阔大意境,《鹧鸪》中蕴含的情思意蕴,远不能比。故沈德潜批评其"胸无寄托,笔无远情",归根到底,还是其囿于物、人,未能实现远情、远志。

谢宗可之诗题,多为元代社会尤其是江南一带的流行诗题,就其题材而言多纤巧精美之物。谢诗题材,主要可分为人工器物、自然天象、动植物与题画四类。其中人工器具多为精工巧物,如鹭羽扇、鼠须笔、龙涎香、螳螂簪、蟾蜍滴水、螺壳酒杯、橙杯、铁砚、琉璃帘、各类灯品等。自然气象除去江潮阔大外,写霜花、雪珠、晓色、水纹,皆取其秀美活泼。日常写煎茶、酿酒、作诗、炼句,植物写柳眼、荷钱、红菊、白莲、各类梅花等物。动物则重写飞禽鳞虫,莺、燕、蝶、雁等,取其名则更为纤小,如莺梭、睡燕、蝶使、雁字。又写水中所见如云、月、桂花等,饮食如海蜇、蓴菜,各类生活器具如竹夫人、汤婆,题画如仙槎、莲叶舟等。所取意象亦不乏朦胧者,如花雾。其诗歌题材正如《四库全书总目·咏物诗》所言:

"宗可此编,凡一百六首,皆七言律诗。如不咏燕蝶而咏睡燕、睡蝶,不咏雁莺而咏雁字、莺梭。其标题亦皆纤仄,盖沿雍陶诸人之波,而弥趋新巧。"

仅以诗题而言,便已见其纤巧特征。取材已然流于纤巧,情感表达自然难以壮大。

谢诗中出现了不少香艳意象,如《琉璃帘》:

"澄光摇碎一庭秋,莹碧玲珑破浪浮。净练悬风晴未落,明河接地晓难收。冰痕半卷银钩冷,绣带低垂玉缕柔。纤手怯寒轻揭处,不妨月影上南楼。"①

琉璃帘本就容易与女子挂钩,诗人前文描绘琉璃帘之美,最后一联以女子纤手揭起结尾,意境朦胧香艳,颇得晚唐韵致。又如《卖花声》:

"春光叫遍费千金,紫韵红腔细细吟。几处又惊游冶梦,谁家不动惜芳心。响穿红雾楼头晓,清逐香风巷陌深。妆镜美人听未了,绣帘低揭画檐阴。"②

由女子卖花声音联想到美人妆镜罢,闻声揭帘的场景,意境皆优美。故《四库书目提要·咏物诗》又云其诗"格调虽卑,才思尚艳"。

谢宗可咏物诗虽多达百首,真正佳者却寥寥无几。

"谢宗可《百咏》诗,世多传诵,除《走马灯》《莲叶舟》《混堂》《睡燕》数篇外,难得全首佳者"③。

瞿佑认为《走马灯》《莲叶舟》《混堂》《睡燕》是谢诗中佳者,其他诸作难找到全首佳者。这四首诗分别为:

"飙轮拥骑驾炎精,飞绕人间不夜城。风鬣追星低弄影,霜蹄逐电去无声。秦军夜溃咸阳火,吴炬宵驰赤壁兵。更忆雕鞍年少梦,章台踏碎月华明"④(《走马灯》)

"稳桌红衣泛渺茫,风帆浪楫水云乡。晓撑太华半峰月,晚载西湖十里香。藕放雪丝应作缆,荷擎翠柄若为樯。不须更捧金仙足,太乙真人梦正凉。"⑤(《莲叶舟》)

"香泉涌出半池温,难洗人间万古尘。混沌壳中天不晓,淋漓气底

---

① (元)谢宗可,(明)瞿宗吉,朱之藩:《合刻咏物诗·谢宗可咏物诗》,明天启二年刻本。
② (元)谢宗可,(明)瞿宗吉,朱之藩:《合刻咏物诗·谢宗可咏物诗》,明天启二年刻本。
③ (明)瞿佑著,乔光辉校注:《瞿佑全集校注》,杭州:浙江古籍出版社,2010年,第470页。
④ (元)谢宗可,(明)瞿宗吉,朱之藩:《合刻咏物诗·谢宗可咏物诗》,明天启二年刻本。
⑤ (元)谢宗可,(明)瞿宗吉,朱之藩:《合刻咏物诗·谢宗可咏物诗》,明天启二年刻本。

夜长春。波涛鼓怒喧风雨,云雾垂阴护鬼神。却笑相逢裸形国,不知谁是浴沂人。"①(《混堂》)

"补巢衔罢落花泥,困顿东风倦翼低。金屋昼长随蝶化,雕梁春尽怕莺啼。魂飞汉殿人应老,梦入乌衣路转迷。却怪卷帘人唤醒,小桥深巷夕阳西。"②(《睡燕》)

四诗中以《睡燕》最为人称道,诗人以汉宫飞燕故事、王谢堂前燕诗典入诗,意境慵懒朦胧,又融入了历史兴亡、人生遭际之感。《莲叶舟》与《仙槎》一样皆为题画诗,吴莱《颖渊集》中有《诸暨张敬仲家有太一真人莲叶舟及海上人差二画轴胡允文题予亦效作二首寄之》两首诗,从谢诗内容来看,亦可推知其为题画诗。《莲叶舟》应是吟咏李伯时所画太乙真人图,图中太乙真人乘坐莲叶。宋代韩驹曾作《题李伯时画太乙真人图》云:

"太一真人莲叶舟,脱巾露发寒飕飕。轻风为帆浪为楫,卧看玉宇浮中流。中流荡漾翠绡舞,稳如龙骧万斛举。不是峰头十丈花,世间那得叶如许。龙眠画手老入神,尺素幻出真天人。恍然坐我水仙府,苍烟万顷波粼粼。玉堂学士今刘向,禁直岩峣九天上。不须对此融心神,会植青藜夜相访。"③

谢宗可《莲叶舟》可与韩驹《题李伯时画太乙真人图》比照。宗可此四首诗虽为诗中佳者,但亦非高作,究其原因,还是在于其题过于纤仄,"胸无寄托,笔无远情",诗作亦容易过于着题。瞿佑曾效仿谢宗可作《咏物诗》一卷,在谈到咏物诗写作之难时,说:"大抵咏物之作,拘于题则固执不通,有黏皮带骨之陋;远于题则空疎不切,有捕风系影之失。故自昔名家鲜有此作。"④咏物诗的创作,自宋以来,诗人普遍认为应当

---

① 《混堂》一诗在《至正直记》"萨都剌"一则中记载为萨都剌所作,其归属无从考证。在此处仅按明天启二年刻本《合刻咏物诗》中谢宗可《咏物诗》中收录。

② (元)谢宗可,(明)瞿宗吉,朱之蕃:《合刻咏物诗·谢宗可咏物诗》,明天启二年刻本。

③ (清)厉鹗辑撰:《宋诗纪事》,上海:上海古籍出版社,1983年版,第844页。

④ (明)瞿佑著,乔光辉校注:《瞿佑全集校注》,杭州:浙江古籍出版社,2010年,第111页。

不要太着题,又不可太离题,需在不即不离之间。只是作诗并非易事,所说虽易,做到却难。瞿佑本人在序言中即已认识这点,故而对于自己所作《咏物诗》一卷,瞿佑又云"倘有见者,幸勿以前所言二病为诮也。"[①]谢诗亦难免此两弊病。

---

① (明)瞿佑著,乔光辉校注:《瞿佑全集校注》,杭州:浙江古籍出版社,2010年,第111页。

余　　论

　　咏物诗常被视为诗人之余事,"言志乃诗人之本意,咏物特诗人之余事"①,亦常被视为诗之末技,朱之蕃在《合刻咏物诗》自序中曾称:"雕虫小技,壮夫不为,矧咏物更属小技中之尤小者乎?予之童心稚气,长笑大方,里语巷谈取诮作者,自知其难免也。"②咏物诗中固然有像杜甫《房兵曹胡马》、李白《天马歌》那等气势雄浑、寄托深厚的作品,又或者是郑谷《鹧鸪》那样神韵丰满的作品,但是"咏物,小小体也",确实是历代诗人的普遍看法。

　　元代是中国历史上疆域版图最为广阔的王朝,自忽必烈1271年改号为元,到1368年朱元璋登基称帝,历时97年,除去元代晚期社会动荡、战乱频仍,平安统治六七十年。"元朝自世祖混一之后,天下治平者六七十年,轻刑薄赋,兵革罕用,生者有养,死者有丧,行旅万里,宿泊如家,诚所谓盛也矣!"③作为一个疆域空前强大的国家,似乎本应看到文人的豪迈胸襟与气象,但现实却是本视为诗人余事的咏物诗成为元诗的一大特色,这不得不令人深思。

　　元代是中国历史上第一个由少数民族统治的中央王朝,元朝的统治者蒙古人来自北方草原地区,他们在马背上取得天下,受草原文化的影响,多数元朝统治者对汉族文化持排斥、轻视态度。忽必烈作为元朝最为英明的君主,尽管身边也起用了大批汉族文人,甚至在至元年间一度招揽南宋贤才,但其从根本上重视的是这些汉族文人的政治作用而非文化作用。忽必烈之后的九位君主,除了仁宗、文宗、顺帝少数几位

---

①　(清)丁福保:《历代诗话续编》,北京:中华书局,1983年版,第450页。
②　(元)谢宗可、(明)瞿宗吉、朱之蕃:《合刻咏物诗·朱之蕃序》,明天启二年刻本。
③　(明)叶子奇等著,吴东昆等校点:《草木子(外三种)》,上海:上海古籍出版社,2012年版,第39页。

君主喜爱汉族文化,大部分对文人持以轻视的态度。在元初,文人儒士甚至被视为驱口,经过程钜夫、姚枢等人的努力,才从奴隶中被区分开,受到一定的保护,但其地位仍然很低,郑思肖更在《心史》中称元代社会中"九儒十丐",文人社会地位等同娼妓之流。《心史》的真伪尚存在疑问,但元代文人地位的低下是不争的事实。元蒙统治者更实行四等人制度,将臣民分为四等;第一等人是蒙古人,是元朝的"国族"。第二等人为色目人,包括西北各民族、西域以及欧洲人,主要包括畏兀儿、哈剌鲁、钦察、康里、阿速、唐兀、阿儿浑、回回以及吐蕃、乃蛮、汪古等族。第三等人是汉人,原金朝境内的各族人,包括汉族、女真、契丹、渤海以及高丽人。以及归附较早的云南、四川两行省的大部分居民。第四等人为南人,指原南宋境内的各族人。[①] 南人则把前三等人统称为"北人"。在仕进、科举方面,法律地位上,蒙古人、色目人受到优待和保护,汉人、南人不仅受到诸多限制,刑罚也远远重于蒙古人、色目人。

对文人而言,影响更大的则是元代科举制度的一度废止。元代科举制度在延祐二年(1315)正式恢复前,废止时间长达几十年。科举制度历来被视为文人改变命运,实现理想抱负的重要途径,元代科举的废止,无疑带给文人沉重的打击。迫于生计需要,大量的文人不得不改变自身的命运,"隐于农、于工、于商、于医卜、于屠钓,至于博徒、卖浆、抱关吏、酒家保,无乎不在"(元好问《市隐斋记》)。在重开科举前的几十年时间里,大部分文人已经适应了这种半隐居的市井生活。延祐二年,重开科举,文人获得了科举致仕的机会,但通过科举进入仕途的毕竟是少数,即便在科举重开之后,元代社会也已难以再现宋代科举取士的繁盛局面。据统计,元代在延祐开科之后,每三年举行一次,中间惠帝执政时期,因为权相伯颜执意废除科举,科举一度中断,1336、1339 年的科举被取消,前前后后加起来,元代一共举行了 16 次科举考试,考中进士一共 1139 人,这意味着每次科举考试,取士人数不超过百人,这显然不足以改变大多数文人的生计问题。更何况元代科举对汉族文人并不

[①] 此处四等人分法主要参考史卫民:《元代社会生活史》,北京:中国社会文献出版社,1996 年版,第 51—52 页。

公平,蒙元统治者将科试分为两榜,蒙古、色目人一榜,汉人、南人一榜,前者容易后者难,汉人、南人需要在考试中多加一场,试题的字数和内容规定亦严苛。这样的后果就是汉人、南人科考中第极难,文人宿儒屡考不第的情况很普遍,针对这种现象,时人曹伯启发感慨道:

"凭谁荐起,望几处侯门,要开怀抱,将进又止凝眸处,往往修程万里。飞黄跛鳖相比。酣歌点检平生事,惟恐老之将至。"①

科举考试的困难重重与歧视对待无疑打击了汉族文人科举的积极性。在元代,汉人、南人,尤其是南人,在仕进之路上极为受阻,甚至备受歧视。

"天下治平之时,台省要官皆北人为之,汉人、南人万中无一二,其得之者不过州县卑秩,盖亦仅有而绝无者也。后有纳粟、获功二途,富者往往以此求进。令之初行,尚犹与之,及后求之者众,亦绝不与南人。在都求仕者,北人目为'腊鸡',至以相訾诟。盖腊鸡为南方馈北人之物也,故云。"②

文人进入朝廷,也常常处于朝廷政权的核心之外。元代文人蒙受圣恩的顶峰,在文帝开奎章阁时期,但其也不过日与君主谈论诗画为乐,权臣伯颜等人对汉文化、汉人都抱以警惕排斥的态度,奎章阁盛况也如昙花一现,很快便随着文人的集体辞职而消失。

在这种情况下,元代大多数文人无论自愿或被迫,选择隐居或继续保持半隐居的生活方式成为一种常态。异族统治,统治阶层对汉人的歧视、文化的轻视、长期隐居的生活方式,都让元代文人,尤其是江南地区的文人对元朝统治者持有疏离的态度。这种疏离心态,又进一步推动了隐逸之风的盛行。"朝为田舍郎,暮登天子堂"对元代文人而言,已经成为一种遥不可及的理想,修身治国平天下的士人理想在元代文人心中,趋于飘渺虚幻,达则兼济天下,穷则独善其身,隐,似乎成为文人的最佳选择。元代文人之隐,多数不是精神状态上的隐逸,而是出于对

---

① 唐圭璋编:《全金元词》,北京:中华书局,1979年版,第815页。
② (明)叶子奇等撰,吴东昆等校点:《草木子(外三种)》,上海:上海古籍出版社,2012年版,第40页。

生活方式的选择。

诗歌作为反映生活的镜子,亦能反映出文人远离家国、囿于日常的特征,尤其是咏物诗,作为诗人可手到拈来的题材,更能够从细微处反映文人的生活处境与心态。咏物在元代,是诗人展示自身文笔才华最好的方式,亦是考验他人的最佳题材,元人何正在至顺间荐授鳌川书院山长时,考官曾以春草、月为题来试其才华,其所作《春草》《月》诗成后一时为人传诵,由此亦可见元人作咏物诗活动的频繁与日常化,至于咏物集咏活动,在元代更是常见。

元代咏物诗,在其写作特色上,重归其体物本质,兴寄少而单纯赋物多。这固然在某种程度上减少了咏物诗的情感内涵,减弱了诗歌打动人心的力量,但究其本质,则是对咏物诗这一诗体的回归,随着各种诗体与诗题创作倾向、特征的日愈清晰与细化,咏物诗的创作必然日渐突出其体物特色。而自唐以后咏物诗的整体发展特征也说明了这一点。

咏物诗固然被历代文人视为"余事""小小体也""雕虫小技",地位不显,但不能否认的是,正是咏物诗的存在,磨砺了诗人的技巧,提供了诗人随心所欲创作的诗题。诗人可以通过这种诗题,随心所欲的记载展示着自己日常,透露着诗人细微的流动的情思。正是因为它的"余事"性质,诗人才得以尽情地创作,展示诗人的最本质的生活日常。

参考文献

一、古代文献

[1] (晋)陆机著,张少康集释:《文赋集释》,北京:人民文学出版社,2005年版

[2] (南朝梁)刘勰著,范文澜注:《文心雕龙注》,北京:人民文学出版社,2006年版

[3] (南朝梁)钟嵘著,曹旭笺注:《诗品笺注》,北京:人民文学出版社,2009年版

[4] (唐)杜甫著,(清)钱谦益笺注:《钱注杜诗》,上海:上海古籍出版社,1979年版

[5] (唐)欧阳询撰,王绍楹校:《艺文类聚》,上海:上海古籍出版社,1982年版

[6] (宋)黄庭坚撰,(宋)任渊等注;刘尚荣校点:《黄庭坚诗集注》,北京:中华书局,2003年版

[7] (宋)林景熙:《霁山文集》,《文渊阁四库全书》本

[8] (宋)孟元老撰,伊永文笺注:《东京梦华录》,北京:中华书局,2006年版。

[9] (宋)阮阅撰,周本淳校点:《诗话总龟》,北京:人民文学出版社,2005年版

[10] (宋)魏庆之著,王仲闻点校:《诗人玉屑》,北京:中华书局,2007年版

[11] (宋)谢枋得:《叠山集》,《文渊阁四库全书》本

[12] (宋)谢翱:《晞发集》,《文渊阁四库全书》本

[13] (宋)谢翱:《晞发遗集》,《文渊阁四库全书》本

[14] (宋)周密著,吴企明点校:《癸辛杂识》,北京:中华书局,1988年版

[15] (宋)郑思肖著,陈福康校点:《郑思肖集》,上海:上海古籍出版社,1991年版

[16] (宋)周密著,李小龙、赵锐评注:《武林旧事》(插图本),北京:中华书局,2007年版

[17] (金)段成己、段克己:《二妙集》,《文渊阁四库全书》本

[18] (元)陈基撰,胡文楷撰校勘记:《夷白斋稿外集》,《四部丛刊》景常熟瞿氏铁琴铜剑楼藏明钞本

[19] (元)傅若金:《傅与砺诗文集》,《文渊阁四库全书》本

[20] (元)冯子振、释明本:《梅花百咏》,《文渊阁四库全书》本

[21] (元)范梈:《范德机诗集》,《四部丛刊》景江安傅氏双鉴楼藏景元钞本

[22] (元)方祺编:《河汾诸老诗》,上海:商务印书馆,民国二十五年版

[23] (元)方回选评,李庆甲集评校点:《瀛奎律髓汇评》,上海古籍出版社,1986年版

[24] (元)顾瑛编:《草堂雅集》,《文渊阁四库全书》本

[25] (元)郭豫亨:《梅花字字香》,《文渊阁四库全书》本

[26] (元)郝经:《陵川集》,《文渊阁四库全书》本

[27] (元)黄庚:《月屋漫稿》,《文渊阁四库全书》本

[28] (元)胡祗遹著,魏崇武、周思成校点:《胡祗遹集》,长春:吉林文史出版社,2008年版

[29] (元)揭傒斯:《揭文安公全集》,《四部丛刊》景乌程蒋氏密韵楼藏旧钞本

[30] (元)揭傒斯著、李梦生标校:《揭傒斯全集》,上海:上海古籍出版社,1985年版

[31] (元)孔齐撰,庄敏、顾新点校:《至正直记》,上海:上海古籍出版社,1987年版

[32] (元)刘诜:《桂隐先生集》,《元人文集珍本丛刊》钞本

[33] (元)刘因:《静修集》,《四部丛刊》景上海涵芬楼藏元刊本

[34] (元)马祖常:《马石田文集》,《元人文集珍本丛刊》明刊本

[35] (元)欧阳玄:《圭斋文集》,《四部丛刊》景上海涵芬楼藏明成化本

[36] (元)舒頔:《贞素斋集》,《文渊阁四库全书》本

[37]（元）释明本:《中峰禅师梅花百咏》,《丛书集成新编》本

[38]（元）苏天爵:《元文类》,《文渊阁四库全书》本

[39]（元）萨都剌:《雁门集》,上海:上海古籍出版社,1982年版

[40]（元）苏天爵著,陈高华校点:《滋溪文稿》,北京:中华书局,1997年版

[41]（元）脱脱等撰:《宋史》,北京:中华书局,1977年版

[42]（元）陶宗仪撰,李梦生校点:《南村辍耕录》,上海:上海古籍出版社,2012年版

[43]（元）吴澄:《吴文正公集》,《元人文集珍本丛刊》成化二十年刊本

[44]（元）吴莱:《渊颖吴先生集》,《四部丛刊》景萧山朱氏盦藏元刊本

[45]（元）危素:《危太朴云林集》,《元人文集珍本丛刊》刘氏嘉业堂刊本

[46]（元）王逢撰:《梧溪集》,《知不足斋丛书》本

[47]（元）谢应芳:《龟巢稿》,《四部丛刊》本

[48]（元）谢宗可:《咏物诗》,《文渊阁四库全书》本

[49]（元）谢宗可:《咏物诗》,民国刘氏远碧楼抄本一册

[50]（元）谢宗可,（明）瞿宗吉:《谢瞿咏物诗》,清茵阁刻本二册

[51]（元）谢宗可,（明）瞿宗吉,朱之蕃:《合刻咏物诗》,明天启二年刻本六册

[52]（元）谢宗可,（明）瞿佑,（清）张邵:《三家咏物诗》,清康熙五十三年刻本一册

[53]（元）许有壬:《至正集》,《元人文集珍本丛刊》石印本

[54]（元）袁桷:《清容居士集》,《四部丛刊》景上海涵芬楼藏武英殿聚珍版本

[55]（元）杨载:《翰林杨仲弘诗》,《四部丛刊》景江南图书馆藏明嘉靖丙申翁氏刊本

[56]（元）余阙:《青阳先生文集》,《四部丛刊》续编景常熟瞿氏铁琴铜剑楼藏明刊本

[57]（元）虞集著,王颋校点:《虞集全集》,天津:天津古籍出版社,2007年版

[58]（元）杨瑀、孔齐撰,李梦生、庄葳、郭群一校点:《山居新语·至正直记》,上海:上海古籍出版社,2012年版

[59]（元）张养浩:《归田类稿》,《文渊阁四库全书》本

[60] (元)周伯琦:《近光集》,《文渊阁四库全书》本

[61] (元)韦珪:《梅花百咏》,《续修四库全书》本

[62] (元)张雨:《句曲外史贞居先生诗集》,《四部丛刊》景上海涵芬楼藏景写元刊本

[63] (元)张昱:《可闲老人集》,《文渊阁四库全书》本

[64] (明)程敏政辑:《宋遗民录》十五卷,《知不足斋丛书》本

[65] (明)胡应麟:《诗薮》,上海:上海古籍出版社,1979年版

[66] (明)胡震亨:《唐音癸鉴》,上海:上海古籍出版社,1981年版

[67] (明)蒋一葵:《尧山堂外纪》,《续修四库全书》本

[68] (明)李时珍:《本草纲目》,北京:人民卫生出版社,1982版

[69] (明)瞿佑著,乔光辉校注:《瞿佑全集校注》(上下册),杭州:浙江古籍出版社,2010年版

[70] (明)宋濂等撰:《元史》,北京:中华书局,1976年版

[71] (明)叶子奇等撰、吴东坤等校点:《草木子(外三种)》,上海:上海古籍出版社,2012年版

[72] (清)曹寅、彭定求等编:《全唐诗》,上海:上海古籍出版社,1986年版

[73] (清)丁福保编:《历代诗话续编》,北京:中华书局,1983年版

[74] (清)顾嗣立编:《元诗选》(初集),北京:中华书局,1987年版

[75] (清)顾嗣立编:《元诗选》(二集),北京:中华书局,1987年版

[76] (清)顾嗣立编:《元诗选》(三集),北京:中华书局,1987年版

[77] (清)顾嗣立、席世臣编,吴申扬点校:《元诗选》(癸集),北京:中华书局,2001年版

[78] (清)何文焕辑:《历代诗话》,北京:中华书局,1981年版

[79] (清)何文焕、丁福保编:《历代诗话统编》影印本,北京:北京图书馆出版社,2003年版

[80] (清)觉罗石麟等监修,储大文等编纂:《山西通志》,《文渊阁四库全书》本

[81] (清)刘熙载:《艺概》,上海:上海古籍出版社,1978年版

[82] (清)厉鹗辑:《宋诗纪事》,上海:上海古籍出版社,1983年版

[83] (清)钱熙彦编次:《元诗选补遗》,北京:中华书局,1987年版

[84] (清)王夫之等撰:《清诗话》,上海:上海古籍出版社,1978年版

［85］（清）王文诰辑注，孔凡礼校点：《苏轼诗集》，北京：《中华书局》，1982年版

［86］（清）吴之振、吕留良、吴自牧选；（清）管庭芬、蒋光熙补：《宋诗钞》，北京：中华书局，1986年版

［87］（清）俞琰：《咏物诗选》，成都：成都古籍出版社，1984年版

二、今人整理、出版著作

［88］隋树森编：《全元散曲》（全二册），北京：中华书局，1964年版

［89］洪顺隆：《六朝诗论》，台北：文津出版社，1978年

［90］唐圭璋编：《全金元词》（全二册），北京：中华书局，1979年版

［91］逯钦立辑校：《先秦汉魏晋南北朝诗》，北京：中华书局，1982年版

［92］郭绍虞编选，富寿荪校点：《清诗话续编》，上海：上海古籍出版社，1983年版

［93］《诗渊》影印本，北京：书目文献出版社，1984年版

［94］韩儒林主编：《元朝史》，北京：人民出版社，1986年

［95］上海古籍出版社，上海书店编：《二十五史》，上海：上海古籍出版社，上海书店出版，1986年版

［96］薛祥生、孔繁信选注：《张养浩作品选》，北京：人民文学出版社，1987年版

［97］柯劭忞：《新元史》影印本，北京：中国书店，1988年版

［98］《元典章》影印本，北京：中国书店，1990年版

［99］刘卓英主编：《诗渊索引》，北京：书目文献出版社，1993年

［100］么书仪：《元代文人心态》，北京：文化艺术出版社，1993年

［101］史仲文：《中国全史·中国元代习俗史》，北京：人民出版社，1994年

［102］李栖：《两宋题画诗论》，台湾学生书局，1995年版

［103］薛兆瑞、郭明志主编：《全金诗》，天津：南开大学出版社，1995年版

［104］史卫民：《元代社会生活史》，北京：中国社会科学出版社，1996年版

［105］上海古籍出版社、上海书店编：《二十五史》，上海古籍出版社、上海

书店出版,1986年版

[106] (德)傅海波,(英)崔瑞德编,史卫民等译:《剑桥中国辽西夏金元史·907—1368》,北京:中国社会科学出版社,1998年版

[107] 朱光潜:《诗论》,北京:生活·读书·新知三联书店,1998年版

[108] 周振甫:《诗品译注》,北京:中华书局,1998年版

[109] 陆侃如、冯沅君:《中国诗史》,天津:百花文艺出版社,1999年版

[110] 陈垣:《元西域人华化考》,上海:上海古籍出版社,2000年版

[111] 傅璇琮主编:《中国诗学大辞典》,杭州:浙江教育出版社,2000年版

[112] 郭预衡主编:《中国古代文学史》,上海:上海古籍出版社,2000年版

[113] 孙家富:《先秦两汉诗学》,长沙:湖南人民出版社,2000年版

[114] 萧启庆:《元代蒙古、色目士人层的形成与发展》,《文化的馈赠》(史学卷),北京:北京出版社,2000年版

[115] 林淑贞:《中国咏物诗"托物言志"析论》,台北:台北万卷楼图书有限公司,2002年版

[116] 杨镰:《元诗史》,北京:人民文学出版社,2003年版

[117] 查洪德:《理学背景下的元代文论与诗文》,北京:中华书局,2005年版

[118] 杨光辉:《萨都剌生平及著作实证研究》,北京:高等教育出版社,2005年版

[119] 杨镰:《元代文学编年史》,太原:山西教育出版社,2005年版

[120] 程俊英译注:《诗经译注》,上海:上海古籍出版社,2006年版

[121] 邓绍基主编:《中国文学家大辞典·辽金元卷》,北京:中华书局,2006年版

[122] 郭预衡主编:《中国古代文学史长编》,上海:上海古籍出版社,2007年版

[123] 张燕婴译注:《论语》,北京:中华书局,2007年版版

[124] 曹旭主编,赵红菊著:《南朝咏物诗研究》,上海:上海古籍出版社,2009年版

[125] 王次澄:《宋遗民诗与诗学》,北京:中华书局,2011年版

[126] 程俊英撰:《诗经译注》,上海:上海古籍出版社,2012年版

[127] 杨镰主编:《全元诗》,北京:中华书局,2013年版

三、期刊论文

[128] 洪顺隆:《六朝咏物诗研究》,《大陆杂志》,1978年第4期

[129] 麻守中:《试论古代咏物诗》,《吉林大学社会科学学报》,1983年第5期

[130] 尹荣方:《略论齐梁咏物诗》,《汕头大学学报》,1987年第2期

[131] 刘继才:《略论中国古代咏物诗》,《辽宁师范大学学报》,1988年第4期

[132] 育松:《咏物诗的兴盛及其价值》,《广西师范大学学报》,1991年第2期

[133] 葛晓音:《创作范式的提倡和初盛唐诗的普及——从"李峤百咏"谈起》,《文学遗产》,1995年第6期

[134] 胡大浚,兰甲云:《唐代咏物诗发展之轮廓与轨迹》,《烟台大学学报(哲学社会科学版)》,1995年第2期

[135] 蓝甲云:《简论唐代咏物诗发展轨迹》,《中国文学研究》,1995年第2期

[136] 王玫:《论六朝咏物诗、宫体诗与山水诗之联系》,《齐鲁诗刊》,1996年第6期

[137] 余辉:《元代宫廷绘画机构初探》,《故宫博物院院刊》,1998年第1期

[138] 余辉:《元代宫廷绘画史及佳作考辨》,《故宫博物院院刊》,1998年第3期

[139] 樊荣:《梁陈咏物诗论》,《新乡高等专科学校学报》,1999年第3期

[140] 余辉:《元代宫廷绘画史及佳作考辨续一》,《故宫博物院院刊》,2000年第3期

[141] 余辉:《元代宫廷绘画史及佳作考辨续二》,《故宫博物院院刊》,2000年第4期

[142] 于志鹏、成曙霞:《略论〈文心雕龙〉观照下的咏物诗》,《信阳师范学院学报》,2002年第2期

[143] 鲁竹:《〈乐府补题〉与浙西六家的咏物词——兼论浙西词派的形成》,《南阳师范学院学报(社会科学版)》,2002年10月第5期。

[144] 林大志:《论咏物诗在齐梁间的演进》,《河北大学学报》,2003年第1期

[145] 归青:《论体物潮流对宫体诗形成的影响》,《上海大学学报》,2004年第1期

[146] 蒋寅:《古典诗歌中的"吏隐"》,《苏州大学学报(哲学社会科学版)》,2004年3月第2期。

[147] 于志鹏:《中国古代咏物诗概念界说》,《济南大学学报》,2004年第2期

[148] 韩经太:《诗艺与"体物"——关于中国古典诗歌的写真艺术传统》,《文学遗产》,2005年第2期

[149] 沈文凡:《南朝咏物诗发展演变及其动因初探》,《贵州大学学报》,2005年第5期

[150] 刘国蓉:《晚唐咏物诗题材特征论》,《河南理工大学学报(社会科学版)》,2007年第4期

[151] 施新:《"月泉吟社"活动形式考》,《浙江社会科学》,2007年3月第2期

[152] 杨铸:《日本钞本郭居敬〈百香诗选〉》,《中国典籍与文化》,2007年第1期

[153] 李正春:《从〈元诗选〉看元代组诗的创作》,《学术交流》,2009年11月第11期

[154] 李黎:《宋代民俗对咏物诗的影响》,《社会科学家》,2011年3月第3期

[155] 于志鹏:《盛唐咏物诗新变特征试论》,《西南交通大学学报(社会科学版)》,2012年5月第3期

[156] 周剑之:《宋诗纪事的发达与宋代诗学的叙事性转向》,《文学遗产》,2012年第5期

[157] 周剑之:《窗外之梅,窗内之书——论宋诗新原质"梅"、"窗"、"书"之人文品格》,《汉语言文学研究》,2012年第3期

[158] 周剑之:《物耶?人耶?事耶?事境化咏物诗的写物之趣》,《文史知识》,2012年8月

[159] 刘宏英:《元代诗文中的天马集咏》,《河北北方学院学报(社会科学版)》,2014年2月第1期

四、学位论文

[160] 林启兴:《论唐代咏物诗》,博士学位论文,北京师范大学,1994年
[161] 路成文:《宋代咏物词研究》,博士学位论文,南京大学,2001年
[162] 徐盛:《魏晋至盛唐咏物诗研究》,博士学位论文,北京大学,2001年
[163] 王韶华:《元代题画诗文研究》,浙江大学博士后论文,2002年
[164] 于志鹏:《宋前咏物诗发展史》,博士学位论文,山东大学,2005年
[165] 杨凤琴:《唐代咏物诗研究》,博士学位论文,上海师范大学,2005年
[166] 赵红菊:《南朝咏物诗研究》,博士学位论文,上海师范大学,2005年
[167] 彭茵:《元末江南文人风尚与文学》,博士学位论文,南京师范大学,2006年
[168] 高淑平:《中古咏物诗研究》,博士学位论文,东北师范大学,2011年
[169] 刘利侠:《清初咏物诗研究》,博士学位论文,陕西师范大学,2011年
[170] 徐平:《元代科考赋集〈青云梯〉研究》,硕士学士论文,湖南大学,2012年
[171] 韩川:《元代咏物散曲研究》,硕士学位论文,江西师范大学,2013年